U0119843

康健雜誌
天下雜誌

惡醫

久坂部羊

推薦序I

一本讓我深刻反思醫病互動的小說

台灣在宅醫療學會理事長／余尚儒

你有遇過「壞醫生」嗎？

初見本書書名，讓同為醫師的我有點震撼。我想，沒有人天生要做壞醫生吧！但念頭一轉，想起這句俗話：「先生緣、主人福。」

人的一生之中，難免遇到好醫生或壞醫生。其實對醫護人員來說，也存在「好病人」與「壞病人」之分；畢竟人皆平等，既高尚，又庸俗。

因此，我認為，醫生的好壞，端看對誰而言，其實是一面內心的反射鏡。然而，當生命受疾病的威脅愈大，反射力道愈是強烈！

人終將一死，生命最大的威脅，莫過於「死亡」；尤其罹患絕症，大限將至之前。人面對絕症的衝擊、排山倒海的情緒，讓人變得更焦慮、煩躁、不安與恐懼。就我從事安寧照顧的工作經驗來看，醫生和病人的關係、種種複雜的心情，往往隨著疾病變化而改變。

在臨床上，「告知壞消息」這項「治療」並不簡單，需要相當的經驗和敏銳度。

我曾在某區域醫院的安寧病房工作，重要工作是告知壞消息，引導病人接受安寧緩和治療。經由安寧護理師協助，我們一一拜訪病人、家屬，蒐集病人對治療的反應、對絕症治療的看法以及家屬的期待，同時還要了解病人的職業、教育程度、宗教信仰、文化、經濟狀況等。無論是單刀直入地讓對方明白，抑或是迂迴婉轉的說明，目的都是要讓病人及家屬認清事實，提早做準備——原因無他，沒有準備的結束，更讓人惋惜。

在人口結構極速高齡化的社會，醫療費激增，生命末期盡可能不進醫院、不利用尖端醫療，是降低無效醫療的重要手段。循此脈絡，在醫療資源珍貴的現況下，「告知壞消息」與「最好的選擇」已是一體兩面的事。如何告知壞消息、取得病人最大的幸福感、節省最多不必要的醫療浪費，協助病人做出最好的選擇，其牽涉、影響的範圍已不限病人本身，亦包含家屬、全體社會的福祉。

我心中的好醫師，是在不傷害的原則下，努力讓病人活出自己。這說來簡單，但仔細想想，卻非易事。支援病人在家生活的「在宅醫療」，大概是最希望每個人活出自己的醫療方式。在宅醫療強調：尊重自主，透過在家生活來加以體現「幸福感」。

二〇一六年一月六日，《病人自主權利法案》公布，預定三年後實施。二〇一八年，台灣業已進入高齡社會，並在二〇二五年進入超高齡社會，愈來愈多生命將面臨臨終的各種選擇，醫病互動勢必更為細緻且複雜。面對生命後期，尊重病人自主，這股趨勢在病人權利意識高漲、醫療糾紛頻繁的年代，提醒我們必須更重視醫病關係。

感謝康健出版願意引進這一本得到醫療小說賞肯定的長篇故事，久坂部 羊醫師本身從事醫療工作，尤其是老人醫療與在宅醫療，在他細膩的筆觸下，我們認識到日本醫療體系的黑暗面，而媒體廣告利用病人的害怕心理，謀取最大利益，在任何社會在所難免。加上作者善於觀察與刻畫人性，無論是各類型的醫生、病人情緒的變化，甚至癌症志工的私心，都逃不出小說家之眼。讓同樣從事醫療工作的我，一邊閱讀，一邊豎起寒毛。令我在臨床工作中，每日檢視，今天的我是好醫生？還是壞醫生呢？我今天遇到好病人，還是壞病人？

本人誠惶誠恐，推薦《惡醫》。邀請大家一同來學習，建立「醫病互動」良善的循環。

推薦序 II

拒絕提供無效醫療的惡醫

癌症病人家屬／專長心理腫瘤學的精神科醫師　吳佳璇

這是一部讀者極易入手的醫療小說。

身為現役醫師的作者，以單刀直入的寫實手法，從醫師告知病人「可以選擇不必再承受痛苦的治療」，用大概只剩三個月的生命，「做些你喜歡的事情，把時間用在有意義的事物」，病人旋即以「你的意思就是叫我去死」、「你說無藥可醫，對我來說，跟叫我去死沒兩樣」反擊，並憤而離開診間的衝突場景揭開序幕，讓許多讀者（包括我）一掀開首頁，便緊緊跟隨兩位主角——五十二歲末期胃癌病人小仲與三十五歲外科主治醫師森川的視角，在為求一線生機與避免無效醫療的拉扯中擺盪，一路跌跌撞撞，直到病人嚥下最後一口氣。

無論是循著病人還是醫師，作者在兩條交錯進行的主軸上，為了辯證生命本質與醫療極限兩大命題，拋出數不清的議題，從病人自主權利、生命倫理四原則、如何形成醫療決策、醫師溝通能力與行醫心態、志工倫理、臨床研究倫理、到醫師與藥廠互動等等，可說是無所不包，延續著被譽為「平成白色巨塔」的前作

《破裂》的社會寫實風格。但為了不影響讀者閱讀興味，本文預定只就造成森川與小仲醫病關係破裂的核心——何時該放手，也就是如何看待無效醫療（medical futility）的概念，略述一二。

所謂的無效，futility，源自拉丁文futilis，本意是「易漏的」。換言之，一個無效的行動無論重複幾次，也無法達到目的。然而，「無效醫療」概念最大癥結在於「無效」的認定傾向醫療主觀判斷，即便是最為人接受的定義之一：當治療能達目標的可能性少於一％，則可認定為無效醫療，只要訴諸醫療的不確定性，亦不必然成立。誰敢說過去一百個無效案例代表新的案例必然無效？至於美國醫學會（American Medical Association）認為，當治療病人時，若醫療服務只是延長其末期的死亡過程，之後的處置應被視為無效，則持續受到少數人基於宗教或其他價值觀不同的質疑。總而言之，截至目前為止，沒有一個一體適用的準則，能協助醫師判斷是否「治療對病人完全沒有幫助」。

然而，基於行善與不傷害的倫理原則，以及醫療資源有限的正義原則，每一位醫師都可能像森川一樣，面臨「在凌駕病患自主權之上，醫師得以在不經病患同意的情況下，不給予或撤除被視為不適當的治療」的情境，並承受病人或家屬的反彈。

不幸的是，真實世界不似醫學倫理學教科書所寫，只要運用衝突解決技巧溝通協調，就能化解危機。曾經從事社會運動，個性有稜有角的病人小仲，在以憤怒反擊自認充滿善意、誠實告知癌末病情的醫師森川後，主動找上兩位醫師繼續治療。第一位標榜「抗癌藥物治療專家」，以化療藥直接灌注病人腹腔，可病人盼來的不是療效，而是險些喪命的副作用，以及因戳破醫師為求發表論文，重視臨床數據更甚病人生命的劣行，被趕出院的不堪。不甘等死的小仲，找上另一家診所，進行沒有健保給付的免疫細胞治療。所幸孑然一身又「難搞」的小仲，雖因完成一個療程荷包大失血，卻遇上致力推廣癌症支持性照護（supportive care）的民間社團「海克力士會」，且因工作人員鍥而不捨的努力，終能坦然面對死亡，順利轉銜至安寧療護機構，並在生命倒數時刻，意外得知「惡醫」森川的近況，及時完成人生「道謝、道愛、道歉與道別」的四道習題。

推薦序Ⅲ

以溝通瓦解藩籬，共創醫病雙贏

立法院榮譽顧問、病人自主研究中心執行長／楊玉欣

近年來，「醫病關係」已成台灣複雜難解的社會議題之一，每當醫療糾紛登上新聞報導，暴露在世人面前的多半是醫院與病患家庭的對立場面，彷彿醫師專業判斷與病人自主意願之間存在著一道難以跨越的鴻溝。如此的糾紛案例日益增加，不僅嚴重影響了醫療從業人員的工作熱忱，更瓦解醫者與病家之間的信任。令人感慨的是，儘管我們有愈來愈多管道接收醫療相關知識，然而資訊普及卻無助於改善醫療機構與病人之間的溝通品質，以致於醫糾案件不減反增，訴訟竟成為愈來愈常見的溝通手段。

無獨有偶，與我們相鄰的日本也存在著醫病關係惡化的問題。對於日本醫界現況觀察入微的久坂部 羊醫師，在長篇小說《惡醫》生動描繪出醫師與病人立場不同所引發的溝通困難和衝突。作者深刻地描寫醫病雙方的心理狀態，使得每位人物的情感與思路更為真實：秉持專業判斷的有為醫師，面臨來自醫院經營壓力與病人期待難以平衡時的苦惱與自省；癌症病人被宣告生命行將結束後的情緒反

應，激烈的言語背後隱藏著獨自面對死亡的徬徨無助，以及因熱愛生命而無法割捨放下的深刻執念。我深刻體會作者藉故事人物之口，對醫療體制、人性各種樣貌，以及人與人之間溝通可能性的深度反思。

難能可貴的是，作者雖呈現醫療現場種種溝通困境，卻仍持續引領我們思考：在醫病對立、相互指責之外，是否還有其他出路？醫師的專業判斷與病人基於求生的醫療選擇，如何相互理解與體諒？

多年以來，我有幸服務重症病友，透過服務的經驗中，我認為醫病雙方的溝通藩籬並非不可打破。透過更完善的溝通機制，並經由專業團隊提供諮商服務，便可協助重症病人充分掌握醫療選擇的風險利弊，預先做好因應未來病況發展的評估規劃，進而避免病人及家屬面對突如其來的病情轉變而措手不及；另一方面，醫療團隊也可透過諮商過程，瞭解病人的醫療照護需求，甚至對病人的人生觀及價值理念有所掌握，如此一來便提供醫師更完善的「人的理解」，讓醫師對病人的醫療需求有更體貼的關照。透過預先的溝通討論，提供充分的醫療選擇訊息，聆聽病人對於自我生命的想法，並且尊重病人的決定，這正是推動《病人自主權利法》，制定「預立醫療照護諮商」及「預立醫療決定」的根本初衷。

我始終相信，不論是醫者對維護生命的努力付出，抑或病人對於醫療選擇的堅持，皆出於對生命的疼惜與愛護。醫病雙方是共同合作對抗病魔的戰友，而非互相懷疑的商業買賣關係，我們需要更多細緻的政策措施與生命教育，翻轉重症病人獨自面臨生命即將結束的徬徨無助，並減輕醫師決定患者生死的心理重擔，以人性最直接、最親善的互動交流，協助患者預先做好醫療決定，讓醫病雙方做好準備。

期盼台灣社會的醫病關係逐漸好轉，這是醫者所盼，也是病家之福。

序章

病人是五十二歲的男性。兩年前他接受了初期胃癌的開刀手術，十一個月後發現癌症復發，且已經轉移到肝臟。

醫師是三十五歲的外科醫生。兩年前他執刀的初期胃癌病人十一個月後癌症復發，且已轉移至肝臟。

癌症復發後，醫師通常是用抗癌藥物幫病人治療。目前，用來治療胃癌的藥物有十幾種。治療時，有時只用單獨一種藥物，有時也會併用兩、三種藥進行治療。只是，沒有一種抗癌藥可以百分百有效治療癌症，只能先試看看，若不見起色，再換別種；不得不說，即使治療有效，萬一副作用太強，也無法繼續使用。

至於有沒有藥效，則需使用電腦斷層掃描、腫瘤標記來檢查。所謂腫瘤標記，是指腫瘤出現後，身體產生特有的蛋白質和荷爾蒙，其隨著癌細胞的增加而濃度上升。

然而，就算醫師交替試用不同藥物與療法，病情還是可能逐漸惡化。如果副作用的症狀超過治療效果，此時，不做治療反而可以延長性命。

這位病人嘗試過各種療法後，癌細胞仍從肝臟轉移到腹膜，最後能用的藥物都用完了。

醫師一臉沉重，對病人說：

「很遺憾，您的病已經無法再做更多的治療了。」

病人不可置信地仰起臉，眼睛眨了又眨，心想：「無法再做更多的治療？這不是醫生應該對病人說的話吧！」

「你這話……到底是什麼意思？」

「我的意思是，您的病已經沒有方法可以醫治了。」

醫師心裡十分納悶；在這段時間做了各種診療，我不都告知你病情不樂觀了嗎？比起治療的效果，副作用的症狀更危險，這部分我也做了詳細的說明，怎麼你還不清楚呢？

一來一往的答覆間，病人不禁流露出捉住最後一絲希望的神情：「總該還有其他辦法吧！譬如換藥或打打點滴什麼的。如果必須住院，我隨時都可以配合！」

「我認為不太有意義。」

「那、那……我的治療接下來要怎麼辨?!」

「我的意思是，您可以選擇不必再承受痛苦的治療了。的確很遺憾。不過您大概只有三個月左右的生命。我建議剩下的日子，就做些您喜歡的事，把時間用在有意義的事物上。」

醫師的出發點，完全不帶惡意。與其讓病人因副作用而縮減餘命，不如讓他無悔地度過餘生，醫師就是為了病人著想，才告知真相的。

此時病人詫異地望著醫師。心想：你這菜鳥醫生，說什麼啊！什麼只有三個月的生命？什麼做你喜歡的事？什麼好好利用時間？我一路咬牙忍受痛苦的治療，嗯心想吐、全身虛脫，靠的就是這份堅忍的求生意志，覺得再怎麼痛苦也總比死掉好。可到如今你竟告訴我：束手無策?!

病人倏地湧起一股怒火。「醫生，你的意思就是叫我去死？」

「我沒有這樣說啊！」醫師表情緊繃。心想：事情怎會演變成這樣？饒了我吧！

病人的臉因恐懼而發青，身體顫抖。他望著一臉困惑的醫師，怒氣衝口而出：

「你說無藥可醫，對我來說，跟叫我去死沒兩樣啊！」

醫師臉色蒼白，回過頭看著病人。心想：我該辯白？還是道歉？我是認為對他好才說的，而且我說的沒有錯啊！

他瞄了一下儲存電子病歷的裝置，螢幕上顯示今天的看診名單。看這情形，今天也別想能正常吃午飯了。他不禁輕嘆一口氣。

醫師細小的舉動，病人全看在眼裡。

「我再也不要找你治療了！」

一股無處發洩的怒氣，令他激動地起身離座。沒料到站起來一陣昏眩，頭竟撞到診間的牆壁，發出巨響，但他絲毫感覺不到疼痛。

「您沒事吧？」醫師關心地問，但也僅只於挺腰坐直的程度，因為他還掛念著長長的看診名單。心想：真希望他不要惹出麻煩才好，我已盡了最大可能了啊，但願他能記得，但願他能想起，我曾為了治療他，連續好幾天以醫院為家，為他使盡了全力。

病人因絕望奔出了診間大門。

而醫師，則望著輕晃不止的窗簾，獨自呢喃：

——這工作真令人厭世……

1

小仲辰郎激動地奔出看診室，無視他人驚愕的表情，飛快經過候診室。快被撞個正著的護理師慌張地讓路。小仲兩步當一步地跳下電扶梯，穿過大廳，奔出醫院玄關大門。腦海雖掠過還沒批價這件事，但他不作多想，恨不得趕快遠離這間醫院。

小仲看診的三鷹醫療中心，是東京都指定專門治療癌症的醫院。此綜合醫院擁有高水準的精密設備，肩負地方醫療中樞的重任。

戶外，早晨陽光滿溢。走出正門，穿越馬路，小仲毫無目的地奔跑。跑到沒力氣了，腳也痠了，腦裡仍盤桓著醫師的話。

已經束手無策了。

接下來，做喜歡做的事，有意義的度過吧。

少唬人了！

遇到這種惡醫，真是倒霉透頂。他完全不顧病人的心情，胡說八道後就想閃人？畜生！

我的生命已到盡頭了？不行。時候還太早，我的人生才過了一半而已。

小仲腦裡不停掠過各種念頭。一開始就不喜歡那個醫生，一副高級知識份子的嘴臉，時常一副事不關己的模樣。

其實，他一開始很相信這名醫師，因為醫師詳細地說明了手術的流程。

——小仲先生的癌症算早期發現，治癒率可達百分之九十五。

因為相信這個醫師，所以才願意動手術；沒想到，癌細胞竟然轉移了。

小仲因參加公司補助的健康檢查而發現自己罹癌，儘管現在社會兩人之中就有一人罹癌，但他內心的衝擊還是很大。起初，因毫無任何症狀，而且發現得早，所以他一點也不擔心，怎料竟然復發了。小仲心想：一定是那個爛醫生技術不好的緣故。

小仲被告知癌症復發後，曾逼問醫師：

——為什麼初期的癌症還會轉移？

醫師盡用一些歪理回應：

——治癒率百分之九十五的意思是，另有百分之五是無法治癒的。

這道理不用他說我也懂。我只想知道，為何我就是那百分之五？

——只能說您運氣不好……

混帳！說出這種話，你還算醫生嗎？

小仲按捺著破口大罵的衝動，問醫師該怎麼處理。醫師表示，可以用抗癌藥治療，還說移轉到肝臟的癌細胞，大小如同大拇指，不用悲觀。聽到醫師這麼說，小仲壓抑著內心的憤怒，決定試一試抗癌藥。

回想當時，醫師的口氣是悠哉、悠哉的。

──總之，先住院吧。因為抗癌藥有副作用。

小仲心想：我還得上班呢，醫生竟完全無視此事。但轉念一想，為了把病治好也無可奈何。雖已有心理準備，過程再怎麼痛苦也要忍耐，但沒想到副作用比想像中更劇烈。

小仲住院打了點滴，第二天，吃過早餐後，突然湧上一股強烈的嘔吐感。結果，吃進去的東西全噴吐了出來，最後連胃液都吐得乾乾淨淨。空無一物的腹部還痙攣了起來，背部僵硬得像龜殼。為避免造成其他病人的困擾，小仲以幾近爬行的姿態，硬撐到廁所抱住馬桶；可是已經吐不出任何東西，僅不斷地乾嘔。這種情況持續了三十分鐘，宛若地獄。護理師雖然幫小仲打了止吐針，卻完全無效。小仲全身宛如彈簧般彎曲，背脊因嘔吐的反射而抽動。

在感到極度痛苦的那一刻，小仲的腦海閃過一個念頭：只要努力，一定會有回報；若能夠忍耐這種折騰，效果一定會出來。

事實的確如此。第一次療程結束後的兩週，效果出現了，電腦斷層掃描顯示，轉移的癌細胞似乎小了一圈。小仲欣喜若狂，心情好到像是飛上了天。但是，由於癌細胞還沒有完全消失，小仲希望持續治療。醫師卻表示，必須等四週後才能再度治療。小仲雖擔心萬一在休息期間，移轉的癌細胞擴大該怎麼辦？不過，他又不能蠻橫無理地要求醫師。

小仲因副作用，胃口全無，暴瘦七公斤，皮膚蠟黃，胸前肋骨突出，活像奧斯威辛集中營[1]裡的囚犯。他吞嚥困難，肉類等食物，就算嚼了數次，還是無法下嚥，即便勉強配茶硬吞，最後仍如噴泉般嘔得一乾二淨。即便如此，小仲仍決心將進食當作義務，連哄帶騙也要自己吃下去。

第二次療程的副作用比第一次更劇烈。不只嘔吐，還伴隨強大的疲倦感，甭說從床上爬起了，連舉手的力氣都沒有，加上食不下嚥，只好央求醫師幫他打營養針。情況至此，醫師建議暫時停止治療，但小仲堅持不肯。小仲當時心想：廢話，一旦停止治療，不就等於死路一條？所以，他打定主意，再怎麼痛苦都要繼續接受治療。

小仲在病房裡咬緊牙根，忍受痛楚。他沒有結婚，只有一個遠居他方的妹妹，能夠像女友般近身照顧的親友一個也沒有。小仲好強地認為，與其忍受多餘的干涉，倒不如自己孤獨忍受這一切。

然而，體力畢竟有極限。因為副作用，他的腎功能也受損了。

——再治療下去，會要了您的命。

1 納粹德國建立的一個集中營，位於波蘭南方。

醫師這樣說，並建議他中止抗癌藥，但小仲拚命地懇求，希望醫生繼續治療。小仲表示，就算死掉也無所謂，治療一定要繼續。他的想法是，都已經這麼痛苦了，不可能沒有效果，怎能半途而廢？

不過，醫師並沒有點頭同意。

——也有其他副作用比較小的藥物。

——話雖這麼說，可是，副作用小，效果相對也比較弱吧？

小仲認真地反問，醫生卻搖頭苦笑。小仲覺得自己被看輕似的，為此生氣不已，不過，醫師的話也不得違逆。

醫師建議小仲，接下來不用住院，到醫院領藥即可，早晚服藥一次，持續四週。這樣有效嗎？小仲暗地裡希望醫生施展更劇烈的治療手段。努力接受治療若無效就算了，要是因為擔心副作用而不採取周全的治療方法，自己無論如何絕對死不瞑目。

果然，四週後，電腦斷層掃描證實，轉移到肝臟的癌細胞並沒有變小。但是，醫師卻說出令人意外的話。

——有效果了。休息兩個禮拜後，再繼續服用相同的藥物。

聽到此話，小仲困惑不已，轉移的癌細胞，根本沒有改變大小，哪裡見效了？

原來，醫生的意思似乎是只要癌細胞沒有擴大，就表示已經控制住了。這不是在開玩笑嗎？這個醫生到底想不想把我治好？「只要不惡化就好了」，這種想法不就等於一開始就放棄治療了嗎？

——醫生，我希望能夠完全根治。請幫我換成可以消滅癌細胞的藥好嗎？為了能徹底治好，再怎麼難受的副作用，我都絕不會吭聲，拜託了，我給您磕頭！

小仲幾乎要跪下雙腿，一直低頭懇求。醫生雙手插在胸前，不斷嘆氣。這時，小仲暗下決心，除非醫生答應換藥，否則絕不抬頭。

——好吧，我從不這麼做的，這次就加開一些藥試試看吧！

醫師好像被對手打敗了一樣，開了一天要服用三次的藥，還嘮叨地解釋藥物的副作用；醫師的口氣像在威脅似的。小仲心想：那更不能輸，非讓這個只打安全牌、不敢下重藥的醫生，瞧瞧我的本事。

未料副作用果真馬上出現：嘔吐、腹瀉、頭暈，加上手指麻痺，還有掉髮；不過一開始接受抗癌藥物時，小仲就剃了光頭，所以掉髮不明顯。最難受的是全身疲憊乏力，他想盡辦法轉移注意力，但莫名的倦怠感爬滿全身。他發出呻吟，獨自在狹窄的公寓裡翻來又滾去，用手捶打柱子、用頭撞牆，疲憊感卻沒有因此消失。這麼痛苦，活著又有什麼意思？這種念頭隱隱升起，但天生好強的小仲忍住了。他甚至幫自己打氣：我這個人最能應付逆境了，怎能說這些沒志氣的話？

小仲拚了老命地忍受抗癌藥帶來的副作用，做了期待已久的電腦斷層掃描後，卻發現肝臟的癌細胞竟然多了三處。當時絕望至極，小仲不願回想。

醫師嚴肅地建議：

——還是住院比較好，體力要稍微恢復才行。

小仲恍惚地問道：

——那住院的話，治療要怎麼辦？

雖然小仲因刺激過大而說話有氣無力，但他還不打算放棄治療。醫生表情顯得複雜，但仍承諾他治療不會中斷。

住院大約兩個月後，小仲的體力稍恢復了些。但是，治療效果卻一進一退，腫瘤標記逐漸上升，腹膜的淋巴結也發現癌細胞轉移。醫師把電腦斷層掃描圖、核磁共振影像拿給小仲看，他完全不懂，只感覺癌細胞的轉移並不嚴重，而且體力還不算太差，所以擅自樂觀地解讀成：也許是身體已習慣了抗癌藥了。

可是，今天來看診時，醫師卻突然告知小仲已無治療方法了，這讓他很意外。他今天是來的目的是，聽醫生解說先前做的電腦斷層掃描圖。轉移到肝臟的癌細胞的確變大了一點，但小仲既不覺疼痛、也沒嘔吐，且體力還可以。況且目前為止只試了四、五種抗癌藥而已，理應還有其他沒用過的藥物，只要搭配使用，應該會有效果。但是，醫師連試也不試，竟說已束手無策，他怎麼說得出這種話！

十月初耀眼的陽光穿過窗戶，照進車廂。小仲恍神地搭上電車，連是否從三鷹站上車都不記得。窗外風景顯得陌生，有公寓、倉庫、三層樓的房子，沒過多久，小仲開始煩躁不安；不想再向外看了，這一切都讓人感到不悅。小仲不由自主地閉上眼睛。

「癌症難民」……

腦海突然閃過一個不知何時在電視上看到的名稱。講的是一些無法再治療、被逐出醫院的癌末病人。自己也是其中之一嗎？好恐怖，不、不能放棄，一定還有活命的機會！

搞不好癌細胞轉移到肝臟後變大，是那個醫生開錯藥的關係……那傢伙看起來沒什麼自信，莫非搭配了不該混在一起吃的藥，副作用才這麼嚴重？那個混蛋！如果是事實，絕對饒不了他！

小仲心想：一般來說，早期發現的癌症只要動手術，應該不至於轉移。既然是做健康檢查時偶然發現的，而且大家都說現在癌症已經可以治癒了，為何只有自己無藥可救？

那醫生真的很可恨！因為那個傢伙，我才會死，運氣真太壞了。我的運氣一直都很糟，大學考試失敗、就業不順，參加志工活動也發生了許多糾紛。不，現在的事跟過去完全無關，不會有問題的，不能失去活下去的希望。那個醫生一副事不關己的樣子，根本不想認真治療，我絕不許他這樣對我！

不安有如一波波黑潮襲來，在小仲心底蔓延。

別再想癌症的事了，這輛電車究竟要駛向哪裡？啊，原來這裡有一間托兒所啊……究竟為什麼早期癌症會轉移呢？啊，又在想了，忘掉吧。今天原想在回家前，順道去超市買東西的，家裡廚房泡綿沒有了，不買不行。癌細胞轉移就不能再動手術了？那放射線治療呢？啊，又在想了……小仲一顆心愈來愈糾結。

回過神後，小仲發現自己已經走出 JR 中央線電車大久保站驗票口。自己竟在不知不覺中，朝著公司的方向前進。穿越山手線後，東輝印刷股份有限公司出現在眼前。小仲已在那家公司做了二十年的印刷工人，目前停職；不知為何，小仲彷彿受到歸巢的本能驅使回到這裡。但是，他提醒自己不能露臉，此刻他不想見任何人。小仲頓了一下，心想還是算了，但不去這裡，又能去哪裡呢？

不，應該還有其他的治療方法，所以不能死心。

但是，接下來要怎做才好？

2

三鷹醫療中心的外科醫生森川良生，在最後一名門診病人走出診間後，疲倦地癱坐在診療椅上。他視線轉向牆上的掛鐘：下午兩點四十五分，心想：不能再懶散了，三點以後，還有兩個大腸鏡要做，病人會提前十分鐘，從病房大樓走下來到檢查室等候。

他大大地吸了一口氣後，用力甩掉疲倦感，站了起來。

「啊，辛苦了！」

他向門診的護理師打了聲招呼後，快步走向院內食堂旁的小商店。對他來說，能在食堂好好吃一頓飯，簡直像做夢。他在小商店買了還沒賣掉的炒麵麵包、盒裝咖啡牛奶，走向四樓的醫局[2]。

今年四月，森川升上主任醫師，上身穿著像年輕醫師穿的短版白衣，動作看似輕快，但身體的疲憊有如馱著鉛塊般沉重。

他走進醫局休息室，一屁股坐在空無一人的沙發上。因為時間來不及，他不耐煩地打開塑膠袋，啃起炒麵麵包。

——那就等於叫我去死！

腦海突然閃現病人說的話。門診病人中，竟然有人說出這種莫名其妙的話。開

2 醫局為日本大學醫院裡的行政組織，職責是管理醫院裡的行政、醫療事務。醫局長通常是由德高望重的醫師擔任。

什麼玩笑？我當然知道病人的痛苦，但我是為他好才這麼建議呀！抗癌藥物對那名病人的治療效果不佳，所以副作用才那麼嚴重。儘管還有其他沒有施用的藥，但是從作用機轉的效果來看，很明顯根本無效。對那個病人來說，什麼都不做是最好的處置。目前他還有體力，還能做想做的事，所以我才叫他去做喜歡的事，有意義地度過最後的時光。

雖是在健康檢查時偶然發現的早期胃癌，事實上，動完手術後，癌細胞已轉移到肝臟了。要說意外也算意外，但並非不可能。早期胃癌的二十個案例中，大概會出現一個這種案例，所以我才說治癒率是百分之九十五，病人追問為何他正好是那百分之五，我也很難回答。

那名病人是在印刷公司的職員，看起來是個意志堅韌的職人[3]，又像個文化知識份子；住院時，我曾看過他在病房閱讀岩波文庫的舊書。

回想那名病人對抗癌藥產生副作用的時候，還真棘手。當時病人使用鉑帝爾[4]和愛斯萬[5]而白血球降到一五〇〇以下，腎功能受損，因此判斷必須中斷治療。但病人卻百般央求繼續治療。我真的不懂病人的心理，他們希望延長生命，卻固執地央求我們施行會縮短他們生命的治療。人生了病之後，理性大概也會不翼而飛，所以才說出那種恩將仇報的話吧！

森川一口喝下咖啡牛奶，囫圇吞下麵包，用力把病人的事拋到腦後。

3

一回神，小仲發現自己來到新宿的歌舞伎町。

自己好像在某一座公園的長椅坐了好一會兒，但卻印象模糊。此時，天色完全暗了下來，絢麗的霓虹燈亮了起來。

小仲站在人來人往的街頭，茫然地望著擦身而過的人們。在這人群中，是否也有一個人是癌症末期呢？怎麼所有的人看起來都比自己健康幸福，完全無須恐懼死亡，這是件多令人羨慕的事啊！

一整天都沒吃東西卻食欲全無，失去了活著的意義，還有什麼值得高興的？人生只有一片慘淡光景……

小仲出生於東京墨田區，在人情味濃厚的老街長大。從當地的公立中學、公立高中畢業後，他報考了當時一流的國立大學；但名落孫山。因為沒有當重考生的

---

3 日文裡，職人指一生專注於用雙手製造東西的專業人員。

4 鉑帝爾為一種含鉑的抗癌藥物。

5 愛斯萬，是一種口服的抗癌藥，能夠破壞癌細胞，服用此藥的病人，在臨床上約有一〇～三〇％會產生嘔吐現象。

經濟能力，所以進了二流的都立工業大學就讀。當時，學生運動剛興起，他很快地加入睦鄰運動[6]和反核運動，與友人徹夜飲酒，暢談社會大事。至於找工作，他一開始就不想應徵大企業，於是把心力放在社福界。先在一家叫「Maruei產業」、專門生產身障者用品的公司就業，不過，公司業績不佳，兩年後就倒閉了。之後小仲相繼在專門宅配布尿布的服務業、出版社、生機食品網購店工作，但待的時間都不長。主因是他的個性太耿直，不擅長人際關係，糾紛不斷。

三十二歲那年，小仲透過職業介紹所斡旋，終於在東輝印刷公司就職。此後二十年，持續與印刷機和紙張為伍。

回顧剛開始工作時，印刷技術以活版印刷為主，當時有單色印刷機和雙色印刷機兩種，小仲曾為分離、鋪平紙張，吃了不少苦頭。儘管如此，由於活版印刷印製出來的成品有膠印所缺乏的厚重感，所以，他深為這種需要專業技術的差事著迷。如今已完全電腦化了，用觸控螢幕就能操作機器、磁條卡就能調整墨水顏色。他雖感無趣，卻無法抗拒時代的浪潮；就在他正想退休時，竟在公司的健康檢查中發現自己得了胃癌。

卡拉ＯＫ大樓的角落，遊民正從垃圾桶裡翻找食物。只見遊民全身沾滿泥巴和污垢，頭髮像被糖黏住似的糾結在一起；儘管如此，他們還是比我幸運。小仲在街燈下凝視著自己的雙手，印刷工人因處理有重量的紙張，手掌特別粗厚；只不過，現在的雙手瘦削而蠟黃，苦悶如煙火般在體內亂竄。

不管人生有多不堪，還是想活下去；遭遇再大的不幸，都不想死。

小仲心裡又想起那個醫生的話了。去做喜歡做的事，有意義地度過最後一段時光。依照現在這種心情，這句話一點幫助也沒有，這無異是要你接受死亡宣告後，開心地去泡溫泉一樣，可是你開心得起來嗎？小仲心想：我現在最想做的就是對你這種惡醫進行報復，殺了你以後，我再去死，那才是我最高的期待！

小仲一邊低語，一邊大步走向街道。通過新宿ＫＯＭＡ劇場，穿過人潮，潛入ＪＲ高架鐵路下的通道。

走出通道就是車站的西邊，此時，小仲的視線無意間被一個橫型看板吸引住。只見上面堂堂寫著幾個大字；小仲彷彿被閃電打到般呆住了。

原來！還有這個辦法！

之前怎麼都沒想到呢？這個辦法最踏實了，一定能展現自己最後的意志力。那個把病人的心踐踏在地的醫師，一定要給他好看！

小仲全身湧起一股溫熱的能量，覺得眼前的道路似乎打開了。他握緊拳頭，高高地舉向夜空。

---

6 睦鄰運動（Settlement House Movement）是日本社會改革的運動，主張有受過教育的志願者應與窮人住在一起，體驗生活，以瞭解社會問題。

4

結束一天的工作後，森川走出醫院時，已過了晚上八點半。從三鷹車站搭到世田谷區櫻上水的自宅，大約需要三十分鐘。面對照映在電車玻璃窗上自己的身影，森川嘆了口氣。

走出車站，森川蹣跚步行在昏暗的街道；他好想早點回家看女兒。女兒可菜五歲，在住家附近的幼兒園就讀。

「回來嘍！」

森川一邊脫鞋子，一邊往屋內喊道：「可菜還沒睡吧？」

妻子瑤子走出來，邊笑邊搖頭，說道：

「很可惜，今天因為運動會練習，她早累得睡著了。」

「喔？」森川當下沒勁了。

「阿良，是你回來得太晚啦！」

瑤子比森川小三歲，叫丈夫時，習慣在他的名字前加個阿字。兩人在八年前結婚，是因醫局的教授介紹相親認識。兩人一見鍾情，談戀愛就像是交朋友一樣平順。婚後，他們沒有馬上生小孩，瑤子婚後有兩年半的時間在商社的祕書課工作。

對著沒精打采的森川，瑤子捉狹地說道：「有好東西要給你看看喔。」

她拿起餐桌上可菜畫的蠟筆畫給森川看。

「這是我嗎？」

畫裡森川刮鬍子留下的黑點，顯得醒目。

「我可沒留這麼邋遢的鬍子唷。」

「畫爸爸的臉時，小孩子都是這麼畫的啦。我來準備晚飯吧！」

森川走進和室睡房，一骨碌躺在熟睡的女兒身邊。在他眼裡，自己的孩子活像個天使；他情不自禁地用指背撫摸女兒的臉頰。

「不可以吵醒她唷！」廚房傳來瑤子的警告。

森川心想：她是怎麼知道的？他把女兒露在外面的手臂放進棉被裡，然後悄悄地站起來。

回到廚房，餐桌上已擺好晚餐，是紅燒鰤魚和小碗湯豆腐。

「要啤酒嗎？」

「嗯，昨天喝過了。」

森川提醒自己儘量避免每天碰酒精，不過，疲倦的時候特別想喝。對著站在冰箱前的瑤子，森川說道：「來一罐啤酒吧。」

瑤子已用過餐了，她替自己倒了杯日本茶後，坐到森川對面。

「這個禮拜六是幼兒園的運動會喔，找到幫你值班人了嗎？」

「不可能啦！週六和週日的代班很難找。」

「好吧！那我只好用錄影機把運動會拍下來，之後再播給你看吧。」

幼兒園的運動會明年還會舉行，森川暗自下定決心，明年一定參加。他邊吃邊聽瑤子聊可菜的事；只要和女兒有關，森川怎麼都聽不膩。

瑤子把空碗盤拿進廚房，背後傳來森川的聲音：

「今天，醫院裡來了個怪病人，情況有點失控。」

森川原本並不想談這件事，卻忍不住說出口：

「有個胃癌末期的病人，我告訴他已經無藥可用，沒辦法再繼續治療了，他竟反駁說是我要他去死。他竟然說得出這種話，妳覺得呢？」

「喔，對呀！」瑤子模糊地回答，洗碗盤的動作沒停。

「癌症治療如果已經到了一個階段，什麼都不做反而能活得久。可是，病人卻頑固地要求我們一定要想辦法；我是為了病人好才這麼說的。因為癌症治不好，就拿醫生出氣，真希望他們不要這樣。」

可能是啤酒的酒精作祟，森川愈說愈氣憤。洗好碗盤的瑤子竟意外回話：

「我想，我稍微能夠瞭解那個病人的心情。」

「怎麼說？」

「畢竟，對病人來說，抱持希望是必要的。」

「妳的意思是，我該對他們做縮短生命的治療嗎？明知根本不會有效果啊！」

「倒不是那個意思。」

瑤子拿起毛巾擦手邊想，該怎麼說比較好？森川因為焦慮而喋喋不休起來：

「身為醫生，我希望能夠誠實地對待病人。治不好的病，就應該明白地說。對病人有害的治療，我不想做。就算我說的比唱的好聽，病人的病情依然會惡化。到了那時，病人如果發現我在騙他們，那就糟糕了。病人在最痛苦時，會抹煞對醫生的信賴。」

瑤子刻意壓低聲音，用一點惡意的語氣問道：

「所以說，今天的那個病人不再信任你了？」

被戳到痛處，森川的聲音不禁高亢了起來：

「我覺得那個病人太固執了。我用盡誠意告知事實，是他自己沒辦法接受、自暴自棄，面對這樣的病人到底該如何應對才好？癌症可不是簡單的病呀！就算我們說盡好話，病情還是會惡化。」

瑤子不清楚森川為何動怒，為了化解不愉快的氣氛，她說道：

「阿良，這是你的信念吧。」

「對啊，但問題還是沒有解決。」

「……」

森川心想：夫妻兩人竟為了那名病人差點吵起來，真無趣。他很自信自己沒說錯，但連瑤子都像在替病人講話似的，令他很生氣。

森川緊抿雙唇，瑤子不加思索地說道：

「阿良，你想太多了，有些事你就是想破頭也沒用啦。我先去洗澡囉。」

事實的確是如此。那名病人罹患的是無藥可救的末期癌症，遲早都會死。忘了他吧。

想到這裡，森川不由得把手裡的鋁裝啤酒捏得扁平。

5

小仲在新宿街頭看到的是，東京醫科理科大學醫院的廣告看板。

東京醫科理科大學是數年前成立的私立大學，醫學院的附設醫院位於北新宿。根據報紙宣傳，這家醫院擁有最新設備。小仲念茲在茲的是，要向這家大學醫院尋求第二意見[7]。

小仲心想：不能因為一家醫院說沒輒了就死心，這家醫院顯然比三鷹醫療中心規格更高，不如乾脆給這裡的醫生看看。

小仲從年輕開始就厭惡權威，對大學醫院[8]敬而遠之。他認為，那種醫院裡的醫生都很高傲，而且為了研究，會不惜把病人當白老鼠。基於這個理由，他才到家裡附近的診所看診。只不過，提及醫療，畢竟有權威的醫院還是比較好，至於醫療水準，當然也是大學醫院來得高。

第二天，小仲在掛號前一小時就抵達東京醫科理科大學醫院。他等到服務台門一開，便向工作人員表示他想尋求治療胃癌的第二意見，然後就被請到二樓第二意見諮詢門診。原來有設置這樣的專門窗口啊，看起來，尋求第二意見的病人似乎不少。

在櫃台領了掛號卡[9]後，小仲遵照指示，前往門診地點。小仲內心很清楚，這麼做未必能解決所有的難題，而且說不定獲得的意見和三鷹醫療中心相同。不，先別這麼想，給醫生看過之後再說吧！

第二意見諮詢門診在二樓的邊間。

「請先填看診資料。」

護理師把夾在紙板上的單子遞了過來，除了地址、姓名、出生年月日，還有一欄需填寫曾就診的醫院，以及在那裡接受過的治療。小仲當然知道不能寫下「醫生表示束手無策」，所以那一欄沒填就遞了出去。護理師再度確認似地問道：

「您今天有帶之前醫院的檢查資料吧？」

---

7 第二意見（Second opinion）指求醫過程中，病人對醫師的診斷或建議有疑慮，不知該不該接受時，尋求其他專家的意見，以消除心理不安。

8 日本的「大學醫院」為大學附設醫院，醫療級別大約類似台灣的「醫學中心」，可供研究、教學、精密醫療等。

9 在日本就醫時，每間醫院會發給初診病人一張掛號卡，之後回診都必須出示。

「檢查資料？」

「例如，X光報告或電腦斷層掃描圖。」

「呵，我手邊沒有，需要嗎？」

「我們需要根據那份資料來診斷。您只要向原來的醫院申請就能借到，請您下次帶來好嗎？」

小仲心想：如果能把那種資料借出來，我也不需要來這裡尋求第二意見了。還不是因為和先前的醫院搞得不愉快，才會來你們這裡呀！

小仲按捺不悅地問道：

「我不方便向以前那家醫院調資料，能否請你們重新再做一次檢查？」

「如果是這樣，您應該要先到一般門診報到。您動過胃癌手術，所以，應該是消化系外科。」

護理師把掛號卡還給小仲，再指示他去服務台重辦手續。服務台已有許多病人排隊等著，小仲特地提早來，結果還是耗上許多時間，又等了一小時後才終於輪到他。

「我要掛消化系外科的門診。」

「請問有介紹信[10]嗎？」

又是個意外的問題。

「沒有。剛才在第二意見諮詢門診時，沒被告知要帶。」

「一般來說，第二意見諮詢門診病患都會攜帶介紹信。」

「沒有介紹信，就不能看診嗎？」

病人都已經到醫院來了，為什麼不能直接看診？小仲的聲音充滿著怒氣，但是，櫃台小姐不為所動地回答：「沒帶介紹信的話，您必須另外支付五千圓選定療養費用[11]。」

小仲暗自呢喃：還尊稱「您」呢，喊得這麼好聽，卻要加收莫名的費用。

「您考慮得如何？」

「只好付錢呀！不這麼做怎能看診？」

小仲的口氣很不悅，但是，櫃台小姐卻心平氣和地繼續承辦手續，還用語音導覽般的語氣告訴他消化系外科門診的位置。

再次搭上電梯後，小仲有一種預感，可能會有大事要發生了；終於要讓權威的大學醫院的醫生看診了。順從天命吧！成功失敗就看今朝，我一定會恢復健康，要給那個三鷹醫療中心的惡醫好看！

但是，如果這家醫院也說沒得救了，該怎麼辦？

---

10 若一般診所無法治療病人疾病時，醫師會寫一封介紹信解釋病情，病人可以拿著介紹信到大醫院就診。若無介紹信就直接前往大醫院就診，大醫院有權可以收取額外費用。

11 日本二〇〇六年新修訂的一種醫療制度。民眾可於保險範圍外追加額外的醫療服務，費用由民眾自行支付。

怎麼可能？大學醫院怎能和地方小醫院相比？小仲邊想著，就來到消化系外科門診掛號處。等候室裡約有三十名病人，今天能順利輪到我嗎？除了下定決心等候以外，別無他法。小仲選了一個沒人坐的椅子坐下，挽起手臂閉起眼睛開始等待。

6

森川在醫局瀏覽外科學會的雜誌時，院內手機震動了起來：

「森川醫生，病人在等您喔！」

看了一下手錶，他猛然想起，有個六十歲的大腸癌病人預定今天出院。森川忘了對方曾表示，中午以前要出院，所以希望十一點前能夠向醫生致意。

「馬上過去！」

回話後，森川疾步走向外科病房大樓。這麼說雖然不謙虛，但森川自認是自己救了這名病人的。當時，病人表示感受到輕微的腹痛，但森川覺得不太對勁而進一步做了大腸鏡，結果發現是初期的大腸癌；當然，就算他沒檢查出來，其他醫生還是可能會發現。但是，不管怎麼說，這個病例讓森川覺得自己的工作畢竟還是有意義的，這也是身為醫生感到最值得的一點。

向護理站打了招呼後，森川快步走向病房。病人的床位在四人房的窗邊，「抱歉，來晚了。」

病人早已換上短外套和 Polo 衫，他的妻子和女兒站在一旁：

「承蒙您關照了，謝謝。」

笑著低頭致謝的病人看起來很年輕，不像六十歲的人，言談舉止很高雅，曾是都市銀行的高階主管，還曾長駐倫敦分行。

為了迎接他出院，妻子和女兒穿得喜氣洋洋的。她們幾乎每天都來探病，在床邊枕頭旁插上華麗的花束，看起來是一個感情很好的中產階級家庭。

「森川醫生，您真是外子的救命恩人。」外型豔麗的妻子高聲地說道。被說是病人的救命恩人還好，令人困擾的是那位夫人接著滔滔不絕地說了起來：

「如果不是森川醫生您的話，外子這條老命說不定都沒囉。託您的福，外子撿回了這條命。您果真是名不虛傳的名醫呀，外子住院以後，您一直細心的照料，讓他很安心呢。外子畢竟是第一次動手術，住院前常胡思亂想，睡也睡不好，又擔心手術能不能順利，又牽掛麻醉能不能做好……醫生您始終親切地說明，託您的福，外子終於放下心中大石。能這麼早出院，還真不知道該怎麼謝謝您才好。」

病人妻子說話的速度太快，森川不知如何回應，又顧慮會不會吵到隔壁床的病人。其實，在森川進病房前，對方就先拉上掛簾了，感覺有股異樣的反抗氣氛，飄蕩在病房內。

隔壁床的病人因肝硬化引起食道靜脈瘤，是名正等著動手術、髮色花白的大叔。他的主治醫師也是森川，也就是說，他這兩位病人是室友。

掛簾另一頭傳來顯得焦慮的咳嗽聲，但那位太太，卻毫無自覺地繼續嘮叨：

「森川醫生，您是位年輕有為的主任醫師，真的很優秀。大學讀的是慶陵醫學院吧？真的好棒，簡直就是零缺點，外子也說森川醫生您很博學多聞呢！」

森川心想：應該是之前看診時，曾和跟這名病人聊過英國史，他太太才會這麼說吧。森川度蜜月時去了蘇格蘭，所以和病人很談得來。

「談不上博學多聞啦！」森川謙虛地回應。

這時感覺鄰床灰髮大叔好像起身。突然，他拉開掛簾，粗暴地套上脫鞋後走出病房。太太跟丈夫互看一眼，搖搖頭後低聲說道：

「我們在好醫院，認識了好醫生，而且手術很成功。可是啊～隔壁床的仁兄，真讓人不敢領教！」

做丈夫的也隨後嘆了口氣。灰髮大叔不僅沒有親人，而且還是領政府生活保護費[12]的弱勢，更談不上有什麼朋友會來探病。大概因為這樣，他跟有著熱鬧家族的大腸癌病人很疏遠。大腸癌病人曾釋出善意，想分糖果給他吃，卻被灰髮大叔婉拒，而且，男子還對著他們家人的笑聲怒斥：「好吵！」

「抱歉！」

「輪不到醫生您道歉啦！這種怪人，到處都有。醫生您也覺得為難吧？所幸我們今天就要出院了，真是太好了。」

病人對著太太輕輕地點頭後，詢問森川出院後何時再回診。

「一個星期以後，下個禮拜三再來吧。」

「遵命！那麼，告辭了。」

「請保重。」

森川目送病人一家人離去，心想：這個病人應該沒問題了。復發的機率雖非零，但是可能性極小。這是他的直覺，累積了一些經驗後，醫生會養成一種因經驗而擁有的直覺。

7

消化系外科門診的看診速度很慢。

小仲雙臂環抱交叉於胸前，重重地嘆了口氣。每當呼叫病人的廣播一響，在場的病人都豎起耳朵。不過，只要一察覺還沒輪到自己，馬上就流露疲倦的表情，難掩失望之意；這樣的情況一再重複。

---

12 為了確保窮人、弱勢族群最低的生活保障，日本政府提供最低的生活保障與福利，定期直接把錢撥到受款人帳戶。

看診的人群中，有一位行動不便的老人，身旁有老妻陪著。眼看沒有空位，小仲毫不猶疑地站了起來，讓座給老人。但是老妻仍沒椅子可坐，小仲又無法要求別人讓座。

為了不讓老人感到壓力，小仲走到稍遠的地方。包括自己在內，在這裡的人都是可憐的病人。由於是大學醫院，所以重病患者也比較多；小仲一邊勉勵自己，也暗暗替其他病人打氣：別被疾病擊倒囉！

牆上的掛鐘快超過十一點了。小仲七點鐘就來醫院報到，但想到自己連醫生的臉都還沒見到，額頭不禁滲出冷汗。

為什麼需要等這麼久？眼前護理師們忙到不可開交，醫生是否也這麼忙呢？心想：當醫生的最好自己也生病一次，嚐嚐久候的滋味。讓病人等這麼久，等到體力都消耗掉了。

廣播發出聲音，小仲豎起耳朵以為要叫到自己了，但喊到的卻是別人的名字。轉念一想，現在怎麼可能輪到自己呢？現場有戴口罩的老人、坐輪椅的老婦，他們都比自己早到。他繼而又想，真的有嚴格照順序來嗎？不會有後到的病人先進診間吧？如果有這種人，絕不饒他！

「小仲先生！小仲辰郎先生！」

護理師沒透過廣播而是直接唱名。小仲心想：怎麼啦？難道我看起來情況很糟，所以才先讓我看診嗎？小仲舉高手示意後，護理師拿給他一張檢查單：

「請先做血液檢查，抽血站在一樓。」

小仲又被叫去了一樓。這樣上上下下已是第三次，腳都快站不穩了。不過小仲卻鬥志高昂，自己才五十多歲，絕不能要求用輪椅代步。

到了抽血站一看，又一群病人在那裡等待。看到有人的檢查單上寫著內科、有的寫泌尿科，小仲恍然大悟，原來所有科別的病人都要到這裡做血液檢查啊！

等了約二十分鐘，護理師帶著一名身穿高級質料西裝的胖男人進來。護理師不知道跟櫃台說了些什麼，這名病人馬上就進去抽血了。挺怪異的，這怎麼一回事？難道是插隊嗎？大家都忍耐地等了這麼久，竟然有人靠人脈和關說而不理會排隊順序，絕不能容忍這種現象！

小仲站起來，走向服務台問道：

「剛才那個人為什麼先進去？很奇怪。」

服務台小姐吃了一驚似地盯著小仲看，但旋即用低姿態回應：

「很抱歉，因為這邊弄錯了，沒有即時受理他的檢查單。這位病人不馬上抽血不行，所以就先讓他進去了，請您諒解。」

是真的嗎？總覺得這位小姐只是虛應了事。莫非剛才那位是政治人物？週刊雜誌曾報導，有些大學醫院專替政界和娛樂名人服務，甚至有這些人專用的ＶＩＰ

樓層，服務項目相當多元，從替偶像動墮胎手術，到醫治政治人物的失智症，應有盡有。由於都是不想讓社會大眾知道的隱疾，所以費用頗高，個人病房一天就要價十萬日圓。小仲心想：真蠢，這群忝不知恥的人！

大學醫院的病人多到嚇人，聽說要動癌症手術，至少也要等上一個月左右；換言之，病人在等候期間，必須冒著癌細胞轉移的風險。但是，為了接受最高水準的治療，大家寧可等。在這種一位難求的情況下，要是有人憑藉自己跟醫生的關係，或者拜託政治人物幫忙插隊，簡直不能原諒！小仲極度痛恨那種為了自己的利益而漠視規則的人。

抽血很快地結束了，小仲的手乾扁得像枯木，血管卻是浮腫的。

回到消化系外科門診，等候的人少了許多。戴口罩的老人和坐輪椅的老婦人已不在了。

「小仲先生，請到六號診間來。」

小仲心想：終於叫到我的名字，要給醫生看了。好累，連緊張的力氣都消失了。走進最靠邊的房間，一名二十多歲，看起來不怎麼親切的醫生坐在裡面。這麼年輕就能看診？該不會因為沒介紹信，才把我排給這個菜鳥醫生看吧？小仲心生懷疑。

「嗯，您是看診的醫生？」

「我只是預診而已，看診由別的醫師負責。」

聽到他這麼說，小仲就放心了。醫師打開電腦，開始問診。小仲一邊敘述癌細胞轉移、接受抗癌藥治療的經過，一邊注意醫生的反應。心想：雖然只是預診，但是他至少知道治療是否有望吧？不過，對方一逕板著臉，只顧著敲打電腦鍵盤。

「那請您到候診室等候吧。」說完，醫生很快地消失在掛簾的另一邊。

候診室幾乎沒人了，沒過多久，小仲竟成為最後一名等候的病人。不久，廣播響起，下午兩點半。雖然他的精力和耐力全被消磨殆盡，連呼吸都覺得麻煩。但是，慶幸自己終究還是達成目標。

等著小仲的醫生，大約超過四十五歲，看起來還不錯，戴著領帶，穿著燙過的乾淨白袍。

「讓您久等了，我是副教授澤村。」澤村帶著些微的疲倦自我介紹。小仲心想：是副教授啊，那就放心了。

「我大概看了預診的資料，您在三鷹醫療中心動過手術？」

「是的。」

「目前癌細胞已轉移到肝臟和腹膜？」

「是的。」小仲緊張了起來，心情像是被求處死刑的被告。澤村維持笑容，輕鬆地說道：「那請讓我診察看看。」

醫生催促護理師，讓小仲仰躺在診療床上。澤村乾燥的手撫觸著小仲的腹部，進行簡單的觸診，他的手指移到小仲的右邊肋骨下方，然後敲了幾下。

「好了，可以穿上衣服了。」

澤村轉身面向電子病歷，用熟練的手勢鍵入所見。

小仲扣好襯衫鈕扣，坐回病人座椅。不久，護理師把列印出來的單據遞給澤村，上面有血液檢查的報告。

「您聽過CEA檢查嗎？」

小仲當然知道。這是胃癌的腫瘤標記，正常值是5.0 ng/ml以下。在三鷹醫療中心最後測出的是273.8，現在報告上的數值是311.0 ng/ml。

「您不在三鷹醫療中心繼續接受治療，到我們這裡來的理由是？」

「我認為，在大學醫院能接受更好的治療。」

「小仲先生，您已動過胃部的手術，而且，您的肝臟並不適合再動刀了。所以，我介紹您到相關醫院去，好嗎？」

這是怎麼一回事？小仲心急地詢問：「您的意思是沒有治療方法了嗎？」

「啊，不是這個意思……」

「那為什麼不能在這裡治療？大學醫院是標竿的醫療機構，我是因此才來的，為什麼建議我到別家醫院去？」

面對小仲急迫的追問，澤村退縮了。他轉向護理師，為難地搔著耳朵說道：

「如您所說，由於大學醫院是最高層級的醫療機構，所以針對的都是需要高難度治療的重症病人。小仲先生的情況，並非一定要在大學醫院才能接受周全的治療，所以才建議您轉到其他醫院。」

「但是，我必須接受最高水準的治療才行呀！就算治療的項目一樣，我還是希望在大學醫院做，這樣才放心。萬一真的不行，我也只好認了。畢竟連大學醫院都治不好……但在那之前，不管怎樣，請讓我在這裡做治療吧，拜託您了！」

小仲把額頭頂在膝蓋，俯首央求。

「小仲先生，請您抬起頭來。」

「不，除非您答應讓我在這裡治療，否則我不會抬頭。」

「這很困擾呢……」

澤村屢次陷入沉默，連護理師都著急了起來，但最後澤村仍舊平穩地開口：

「小仲先生，這是大學醫院的規定。」

「咦？」小仲因這句意想不到的話而抬起頭來。

「大學醫院裡有很多病人等著接受治療，而且很多人罹患了只有大學醫院才能醫治的重病。所以，只要是一般醫院能治的病，我們會建議病人轉院，這可說是業界的潛規則。」

聽完解釋後，小仲心想：難道我也要無視規定，擠退那些必須在大學醫院接受治療的病人？就像剛才抽血站那個插隊的男人一樣？

小仲內心動搖了。應該將大學醫院的床位讓給有治癒希望的人嗎？但，我也是病人啊。唉，既然醫生都祭出規定，也只能遺憾地自願退出吧。

「瞭解！我就轉到醫生建議的醫院吧！但可不可以請您寫一封介紹信？」

「謝謝您的體諒。」副教授和靄地笑了。他笑得自信而滿足，因為自己的立場強而有力，站得住腳。

8

罹患大腸癌的銀行主管出院後翌日，森川被叫到六樓的副院長室。

「打擾了，我要進去囉。」

「啊，那麼忙還找你，不好意思。」副院長起身示意，請森川坐在訪客的位子，問道：

「你那位肝硬化病人，就是正等著做食道靜脈瘤手術的人……」

森川知道副院長講的是和大腸癌病人交惡的灰髮大叔。

「昨天傍晚，他來找我，要求更換主治醫師。」

森川差點驚呼。病人竟然直接向外科主管副院長投訴？森川用眼神詢問，副院長輕輕地點頭說道：

「我知道啦，森川君的診療沒問題。我問過病房的護理長，知道那個病人似乎很難纏，也聽說他和同病房的人處不好。」

「是的，他們兩個都是我的病人。」

「在這種時候，病人就會出現比較心態，真的很令人困擾。醫生都覺得自己對病人一視同仁，但是，病人卻覺得醫生對另一個病人檢查得更仔細。」

森川著急地詢問：

「他要求更換主治醫師的理由是什麼？」

「只不過是芝麻小事罷了。病人說你在檢查的時候，對隔壁病人更仔細之類的。」

「我絕對沒那個意思。」

「我能瞭解。只不過，病人和主治醫師有不愉快的話，手術大多無法順利進行。那個病人有出血現象，所以正在等血小板恢復正常，對吧？」

「是的。」

「那你打算怎麼做？如果你不想當他的主治醫師，我可以找人替代。想繼續的話，當然也是沒問題。」森川知道自己的臉因為激動而漲紅了。對醫生來說，更換主治醫師是重大的屈辱。

「請讓我繼續負責，我來主動取得病人的諒解。」

「這樣啊，那就交給你了！」

森川說完，正要起身時，副院長咳了一聲，似乎暗示他話還沒說完：

「我也經歷過這種事，什麼樣的病人都有。沒生病前，明明是一個好人，可是生病後就亂了陣腳。不好相處的人更不好相處了；愛生氣的人就更常發怒了。有因難纏的病人而動怒的醫生，當然，也有不受影響的。我覺得，能高明地應付那種不好相處的病人，才稱得上高水準的醫療。這個病人的事，從某種角度來看，對森川君也許是試煉呀！總之，要好好地處理喔。」

「瞭解。讓您費心了，很抱歉。」

森川向副院長一鞠躬後退出房間。走出來後，森川感覺一股血氣衝上腦門。他不認為自己看診有差別心，也都花時間跟兩個人聊過。森川能理解灰髮大叔對銀行主管的嫉妒心。但是，不應該把這件事和診療混為一談啊！

前往外科病房大樓途中，他和護理長的視線交會，森川直直走向她，垂頭喪氣地說道：「剛去了一趟副院長室，給你們添麻煩了，對不起！」

森川嘴裡說著道歉的話，但是心情完全不是那麼回事。資深的護理長苦笑著安慰他：

「突然被叫到副院長室，您也難為了。那個病人真是麻煩人物。」

「那人跟副院長說了些什麼？」

「說森川醫生您偏心。簡直就像小學生說的話。」

森川對護理長的轉述顯得反感：

「真是夠了！我什麼時候偏心了？我去問他本人！」

正要拔腿行動時，他被一旁的護理部主任叫住了：

「森川醫生，可以過來一下嗎！」

「什麼事？」

護理部主任和森川同歲數，但在醫院服務的年資比森川長。

「您過來就是了。」

她一把將森川拉進沒有人的處置室[13]。

「森川醫生，您現在去找那個病人是不智之舉。總之，主治醫師不換，對不對？」

「當然！」

「既然這樣，您更應該冷靜。」

「我已經夠冷靜了。」森川忍不住吼了出來；他的行為證明自己一點也不冷靜。

護理部主任等森川的情緒平復後，小聲說道：

「森川醫生，您沒做錯。錯的是那個紅面鬼。」

紅面鬼是護理師們為灰髮大叔取的綽號。因為他的臉總像酒醉似地呈現紅色，好像時時都在生氣，所以被取了這個外號。

「那個病人沒有親人，對吧？所以，應該是寂寞作祟吧。」

「我懂。但那是他自己選擇的人生啊。」

13 日本醫院裡，有別於診間，專門用來測量身高體重、做超音波、抽血或治療的房間。

「說的也是。他的經濟狀況不好，也算是自作自受。很多人過了六十歲還得靠自己打拚呢。紅面鬼告你狀當然不對，不過，話說回來，我覺得他是那種在社會底層嘗遍挫折的人。個性彆扭、缺乏忍耐力，是個懶鬼，碰到壓力就喝酒逃避。」

「主任，妳的言下之意是？」

「森川醫生您是大家公認的菁英，但是，我相信您在背後也做了非常多的努力，對吧？所以，像紅面鬼那種不太努力的人您是不可能喜歡的，對不對？」

森川知道應該盡量抑制對病人的喜憎之心，但的確被說中了。

護理部主任繼續說道：「要知道，世界上有很多事情是由不得自己的，像是與生俱來的性格、才能之類的。森川醫生您很努力，那是因為您擁有能夠努力的天賦。」

「能夠努力的天賦？」森川為這個深奧的說法，感到不解。

「是的，我也很羨慕您呢。很多人雖也想努力，可是，很快的就敗給了自己。能夠努力也是一種天賦！森川醫生，您從沒想過這種事，對不？一出生就擁有這種天賦的人是察覺不到的。」

森川的確很努力。而且，現在所擁有的這一切都因為努力而獲得。為了準備大學入學考試和國家考試，他都努力克制怠惰，拚命地用功學習；到醫院任職後，為了成為優秀的醫生，他持續努力至今。森川心想：一直以為這些成果都是自己努力得來的，但護理部主任竟詮釋這是因為我擁有努力的天賦？

面對森川困惑不解的表情，護理部主任輕輕地環抱手臂，說道：

「森川醫生，您覺得自己和那個青面鬼處得來，對嗎？」

「青面鬼？」

「昨天出院那個銀行主管。」

原來，護理部主任指的是紅面鬼隔壁床那位大腸癌病人啊，為什麼這麼紳士的人會被叫青面鬼呢？

「森川醫生，您一定不知道，那人不如您想像中得好喔！在醫生您面前裝得一副好人樣，私底下，他可是把護理師當僕人使喚。他和紅面鬼起衝突時，曾用一種嫌棄的眼神瞪著他，要不然就是不把他看在眼裡，輕蔑地嘲笑他呢！銀行家其實陰險得不得了，所以我們叫他青面鬼。」

森川完全被矇在鼓裡，原以為他是個溫和謙虛的君子，未料這是面對醫生才擺出的嘴臉，森川為自己沒眼力而感到洩氣。

「我們護理師不像醫生那麼受尊敬，所以反而能透視內情。因此才能向您報告觀察所得！」

森川不知該怎麼接話。

「紅面鬼住院的時間延長了，對吧？接下來要動手術，所以精神上也會變得軟弱。希望您體諒他，因為我期待您是一位能應付任何病人的全方位醫生！」

「……」森川閉起雙眼，以沉默替代回應。心想：這又不是肥皂劇，被護理部主任這麼一說，自己的情緒就能平復嗎？每天晚上在醫院待到深夜；看診時，從來沒能好好地吃頓中餐；週六、週日值班，連女兒的運動會也無法出席，這些犧牲，為何非要被那種個性彆扭的病人所左右？

森川不由得皺起眉頭，護理部主任冷靜地望著他。

他緊咬雙唇，勉強把怒氣吞進肚裡。

「好吧，讓我冷靜一下。」

說完，森川吸了一大口氣，走向醫局的休息室。

9

小仲站在公寓大樓前，仰望著陡峭的鐵製階梯。這是一棟三層樓建物，包圍著水泥砂漿塗製的中庭。現在，他連走上二樓自己的公寓，都覺得氣喘呼呼、疲憊不堪。但是，再怎麼樣還是得抓緊樓梯把手，一層一層地爬上去。如此羸弱的身軀，怎麼感到如此沉重？小仲覺得，自己好像一鬆懈，就會被地心引力給吸到地面一樣。

他好不容易回到自家門前，打開門，踏過和廚房連接的木製地板，頹然倒臥在最裡面的和室。簡陋的床上擺著一床潮濕的棉被，散發出癌症的酸敗之氣。

爬進棉被後，小仲從側躺轉為仰躺，然後又俯躺。但不管朝哪個方向，倦怠感和壓迫感都依然存在。全身的痛楚無所遁逃，若把頭撞向牆壁而失去意識，那該有多好？繼而又想，廉價公寓的牆壁要是被撞破個洞那可不行。

小仲因為轉身躺臥的力氣過大，結果翻下了床。背部湧上的那種倦怠感，令人無法承受，逼使他在榻榻米上翻滾著。一直到死以前，都要承受這種痛苦嗎？誰來救救我吧！

房間的牆壁堆著文庫本[14]，兩面牆堆了約十排書。把書本一層層地向上堆疊是小仲年輕時養成的習慣，這樣一來，就不用買書架了。而且，想看的書很快就可以找到。最旁邊堆了約二十本和癌症替代療法相關的書；小仲曾拚命地一本接一本囫圇吞棗，結果全是胡說八道的內容！沒一本真正有用，他本想找到支撐自己的一絲希望，怎料出版的都盡是抓住人心弱點、毫不負責任的書，這些出版社真的該下地獄！

小仲什麼事都不想做，連換衣服、吃東西都提不起勁。他躺著仰望寒酸的木製天花板，卻讓他的心情更加低落。

從東京醫科理科大學醫院拿到的介紹信封上，註明的是籍籍無名的私人醫院。

14 文庫本是日本一種圖書出版形式，書的大小多以A6紙張為準，價格低於平裝版、精裝版。

這簡直就是戰敗聲明！難道沒有一間醫院願意認真治好我的病嗎？即使治癒的可能性微小，有沒有醫生願意為我賭一賭呢？

為了分散注意力，小仲爬向廚房，拿出威士忌。手術後，就再也沒沾過酒，這一刻，倒也不是想喝，而是一心一意想依賴酒精，緩和肉體的痛苦。

他把酒倒進玻璃杯，一口飲盡，喉嚨有種灼燒感；癌細胞會不會因這種強烈刺激而被灼燒殆盡？

小仲的目光被書堆上的DVD吸引，這是一部低價購得的電影叫《越戰獵鹿人》（The Deer Hunter），內容深受他的喜愛。電影裡，勞勃狄尼洛扮演一個遭越共俘虜、名叫麥可的美國軍人。美軍戰俘在俄羅斯賭盤的賭局中，被當作賭博道具，那一幕無論看多少遍，仍然很感動。

想到此，小仲把DVD放進光碟機，重播重要段落。他用快轉略掉前面的劇情，停格在麥可一行三人被禁閉在水牢的畫面。他們頭頂上的房間，傳來射穿腦門的槍聲後，鮮血從天花板滴落。此時，麥可的兩位好友：史提芬已瀕臨崩潰狀態，尼克也陷入失神恍惚；只有麥可依然冷靜，思索該如何脫逃。他告訴尼克，如果什麼都不做，大家都會遭槍殺。因此，他陷入沉思。隨後，他提案把三顆子彈放入彈匣容量五發的手槍裡，用俄羅斯賭盤遊戲跟越共拚了。

不久，尼克和麥可兩人從水牢被抓上來當槍靶，越共逼他們輪流用槍抵住自己的太陽穴，看他們何時中彈；尼克先扣下第一發板機，子彈沒射出。接著，麥可把兩顆子彈裝入彈匣。此時，五顆彈匣中，共有三顆實彈。麥可大聲狂笑後扣下板機，幸好是空彈匣。接下來又輪到尼克，但因子彈射出的機率是四分之三，所以他心生膽怯，遲遲無法扣下板機。麥可怒斥尼克後，尼克屏住呼吸，勉強扣下板機；這次同樣逃過一劫。手槍又再度遞到麥可手上，這一次必然是彈無虛發了。說時遲那時快，麥可把槍口從太陽穴移開，子彈朝越共頭子射去，一槍斃命，麥可接著又對其他越共黨羽開槍，尼克則順勢反撲。最後，麥可與尼克救出仍被關在水牢的史提芬，三個人沿河逃出現場。

這一幕無論看幾遍都令人捏冷汗。

小仲將自己幻想成勞勃狄尼洛，然而自己有麥可強韌的精神嗎？那種面臨極限狀態依然保留生存意志的堅韌之心？

不久，威士忌的酒精奏效了。醉意麻痺了小仲的頭腦，因腸胃受到刺激，讓他產生便意。他走進廁所坐上馬桶，卻解不出來。小仲的餘光瞥到廁所一角放著一個Ａ４大小的辦公信封袋，裡面放了大約二十幾張紙。這是從成人網站上列印下來的圖片，紙張正面用迴紋針夾起來；那是小仲以前拿來自慰用的，不過，現在一點性欲也沒有。

小仲轉念一想，性欲不就是生命力的證據？那麼，自己現在還有生命力嗎？盯著自己明顯消瘦的雙腿，他告訴自己：試試看吧！就算勉強，也要使力試試，效仿《越戰獵鹿人》裡的麥可，向自己展示生存的意志吧！

小仲從信封袋抽出圖片，依序瀏覽。圖片不是正在性交的女人，就是暴露性器的少女或苦悶的人妻，看都看膩了。為了追求新鮮感，他把紙張散落在地板上，閉上眼睛幻想。他用手指刺激著自己的性器，一點反應也沒有。小仲心想：不、不能放棄，真的不行了嗎？他再度翻閱圖片，想像女人的嬌聲喘息、因浸淫在生理快感而蹙眉的女人……小仲的性器稍微膨脹了，他拚命地上下套弄，竭盡全力就為了讓微小的火種燃燒起來，他拚了命地煽火。小仲一面努力幻想各種情境，一邊屏息替自己打氣：活下去！活下去！千萬別放棄。他的精神逐漸亢奮起來，心想：沒問題的，你不會輸的，要活著衝到終點！最後，性器終於起了輕微的痙攣，微弱地射了三次精。

嗚……

小仲整個人虛脫地呻吟著，我到底在幹嘛？就算拚命克服現階段的障礙，但，有何意義？

他坐在馬桶上，身體往後靠坐，映入眼簾的是自己瘦弱、呈灰土色的雙腳。散落一地的照片中，那些看起來很健康的女人似乎在恥笑他。小仲撐起沉重的身體，撿起地板上的紙張，放進信封袋，然後使盡全力地扭絞。留下這些東西，死了都覺得丟臉；他爬著離開廁所，然後把信封袋扔進垃圾箱。

10

森川為了讓腦袋冷靜下來，走進醫局的休息室。

三位資深的主任醫師剛好坐在沙發上聊天。平常老愛抱怨的主任醫師一如往常，又開始埋怨了：

「在吉祥寺開業的醫生介紹了一位乳癌病人，真是敗給她了。」

急性子的主任醫師問道：「怎麼啦？」

「癌細胞明明已經轉移到骨盆，胸腔積水也很明顯，這位癌末病人卻要我幫她介紹可以做先進醫療的醫院！」

「什麼叫先進醫療？」思路清晰、理性派的主任醫師感興趣地問道。

「還不就是標靶藥之類的，說什麼在電視上看到的。我跟那個病人說以她的狀況，根本就沒有效，但她說不試試怎麼知道？還堅持要試！」

「電視報導真的很讓人困擾，盡讓病人產生不切實際的期待。」

急性子主任醫師說完，理性派主任醫師感到不解地問：

「話說回來，胸腔都積水了，還以為自己有救？病人完全不瞭解自己已經沒希望了呀！」

「所以，我才跟她說呀，使用抗癌藥只會縮短生命！」

「是呀，什麼都不做反能活久一點。」

三個人抬高聲量，笑了起來。森川詢問愛抱怨主任醫師：

「那個病人為什麼非做先進醫療不可？」

「大概是想盡力而為，不想留下悔恨吧?!」

急性子主任醫師說道：「不對，這只是在追求幻想罷了。」

「難纏的病人實在太多了，真希望他們不要這樣。」愛抱怨主任醫師以一種「真是受夠了」的語氣沒勁地發牢騷。

接著輪到森川埋怨：「我也碰到了一些讓人束手無策的病人。有人說我看診偏心，也有人說我在詛咒他去死，態度很激烈。」

理性派主任醫師彷彿打發時間般，接著問：「怎麼回事？哪個指責你叫他去死的病人？」

森川把先前發生的事情簡單交代了一下。

「就是有這種個性扭曲的病人啊！」

「他就是在唱反調啦！」

「這是對方的問題，你別在意啦……」

三名資深主任醫師，口徑一致地安慰森川。

「我不懂為什麼病人堅持一定要治療到最後？與其忍受痛苦的副作用，不如了無遺憾地去做喜歡的事，這樣不是很好嗎？」

聞言，理性派主任醫師冷靜地分析給森川聽：

「病人即使身處絕望，也會盡量為自己製造希望；這就是問題的關鍵。」

急性子主任醫師激動地接著說：

「有時候，的確有病人會說『我還不能死！』但是，就算這麼說仍舊免不了一死啊！疾病哪會配合人的時間？」

「也有人向我說過一樣的話。」森川不由得脫口說出，腦海閃過一個他刻意遺忘的病人。那是一位三十八歲皮革胃[15]的病人，她有兩名子女，分別就讀中學的女兒和念小學的兒子。她說：「女兒正值青春期，兒子才九歲，所以我還不能死。所以森川醫生，不管怎樣，都要把我醫好！」

病人如此懇求，森川只好盡最大的努力動手術，但動完手術後，癌細胞迅速地轉移到肝臟。手術後四個月，病人就去世了。當時望著在病房裡哭得很傷心的孩子們，森川只覺得鬆了口氣。

還有幾個類似的病例。一名罹患胰臟癌的女人，兒子患有智能障礙，上面還有個老母親，到死前她都還惦記著兒子的未來。一位罹患直腸癌的私人企業老闆，

15 皮革胃又稱革囊胃，屬於胃癌的一種，因患者胃壁增厚變硬而得名。

他緊抓所有治療的機會，生怕死後會留下一屁股債務，未料後來竟因肺炎驟世。一名離婚後經營酒吧的媽媽桑，好不容易捱到女兒結婚，正要享清福時，卻發現自己罹患食道癌，住院不久就往生了。還有，一位曾在學校橄欖球社團叱吒風雲的二十一歲青年，眼看就要進入企業橄欖球隊時，卻獲知罹患肛門癌，在病床上忍受了一個月以上的劇烈疼痛後，撒手人寰……

身為醫師，森川深諳疾病無常；癌症完全無視個人的造化如何，總是突然來襲，擺弄病人的人生。醫師盡力救治，卻仍無法戰勝惡疾，診療期間，醫者的心因疲勞而麻痺情感，若不如此，必定油盡燈枯。

森川陷入沉思時，資深主任醫師們說話了：

「不過，若治療只會縮短病人的性命，我們要怎麼做才對呢？」

「像我的肺癌病人呀，他就清楚表明，就算縮短生命也沒關係，因為比起副作用的影響，什麼都不做對他來說更痛苦。」

「這真的很為難。我們總不能為了治療而縮短病人的生命吧？可是，若要跟病人坦白說沒辦法治療的話，就會變成森川那樣，病人會生氣地說我們在咒他死！」

「所以，到底該怎麼做才對？」森川提出疑問，尋求解答。三位資深主任醫師互看一眼，面露難色。理性派主任醫師緩緩地說道：

「好問題！簡單地說，沒有正確答案。無法治癒的病人就是無計可施。但是，還是有能治好的病人；我們把這些病人醫好不就得了？」

「哈哈哈，說得好！」愛抱怨主任醫師笑笑，順手拿起沙發上的漫畫翻了起來；急性子主任醫師也攤開高爾夫球雜誌開始瀏覽；理性派主任醫師伸手拿起報紙來看。這三人似乎把病人的事拋到了九霄雲外。

森川心想：沒答案？或許真是如此吧?!治不好的病人就是無解。森川努力讓自己接受這個想法，不再去想。

11

週日上午，小仲百無聊賴地翻閱報紙，目光被一則新聞吸引。

「抗癌藥物治療專家」

根據這則報導，有的醫師專門鑽研抗癌藥，且具備「抗癌藥物療法專科醫師」的資格。抗癌藥的副作用很強，因此新藥推出後，必須謹慎使用，但內科和外科醫生都很忙碌，沒時間充實他們對抗癌藥的知識。有鑑於此，政府於二〇〇五年推出了這種資格；小仲完全不知道有這項措施。

接受記者訪問的專業醫師這樣說：

「認為副作用縮短病人生命，其實是因為使用方法不當，只要採取扎實的對策，抗癌藥絕對能延長生命！」

小仲眼角掃到另一則報導，帶給他的衝擊更大。

「日本的抗癌藥物治療幾乎都由外科醫生接手處理，但外科醫生的專長是手術，對使用抗癌藥物的知識不足，目前他們不過只是按教科書、照本宣科地進行治療而已。」

這則報導簡直就像在講自己的遭遇嘛！三鷹醫療中心那位醫生對手術的說明雖很熟練，但是發現癌細胞復發後，整個人就像洩了氣的皮球。而且，對抗癌藥的說明也欠缺誠意。

根據報導，抗癌藥物療法的專業醫生約僅七百名，人數實在太少。小仲回想，三鷹醫療中心和東京醫科理科大學醫院的確都沒有設置專門的癌症科。鑽研抗癌藥的「腫瘤內科」仍然稀少，因此報導載明，僅有北海道和大阪的醫院有設立這樣的專門科別。

「只要能接受治療，就算遠在北海道、大阪我都去！」小仲凝視著這篇報導做如此想；文章最後列出「設有腫瘤內科的醫院」名單，在五十家醫院中，發現東京都內有家萩窪白鳳會醫院。小仲的公寓位於井之頭，距離萩窪不遠。

他再仔細翻閱報紙，發現讀書欄那一頁介紹了一本《徹底治療癌症》的書，作者是萩窪白鳳會醫院腫瘤內科醫師德永茂夫，這間醫院不也出現在剛剛的名單上？這是巧合嗎？偶爾翻看的報紙竟刊登了抗癌藥物的專業醫生的報導，接著又看到醫院名單，以及任職在其中的醫師著作，這些資訊都出現在同一份報紙上，這不是命運是什麼？

小仲入神地讀起這本書的書評。

「『即使癌細胞已轉移也不是問題。我們努力協助病人度過第二人生』，德永醫生的話，為許多癌症病人帶來希望的曙光。」

這則報導，簡直就像為自己寫的；小仲逕自認為是神伸出了援手。

隔天是週一，因此小仲一大早就打電話到萩窪白鳳會醫院，在電話中說明，自己想給德永醫師看診，之後很快地預約當天下午的門診。他突然想到，大學醫院需要介紹信才能看診一事，因此先向負責掛號的小姐說明他沒有介紹信，沒想到對方卻溫柔地回應：「沒關係。」

完成預約後，小仲的心情忐忑難耐，坐立不安地等著看診時間到來。後來，時間雖然早了些，但他下午一點半就迫不急待地出門。因為心情亢奮，也有了食欲，不過他心想，報到後可能需要做檢查，還是不進食比較好；這樣一來，覺得肚子更餓，竟會想吃拉麵？這是最近不曾有的念頭；還是等檢查結束後再吃吧，光是這麼想，嘴裡就開始湧出唾液來。

小仲比約定時間大約早了一小時抵達。萩窪白鳳會醫院的裝潢現代感十足，以柔色調為主，大廳採挑高設計，有種走進飯店般的舒適感。到了初診掛號台，小仲拿出健保卡讓對方製作掛號卡，填妥門診資料後，掛號台小姐親切地回收。

在大廳等候時，小仲不可思議地感受到一股安定。白鳳會醫院在全國擁有分院，是特定醫療法人[16]，也跟海外的醫院有合作關係，理應也擁有最先進的治療吧？

大廳正面牆上懸掛了一塊大匾額，寫著《醫院憲章》。內容宣示：「病人的治療優先」、「經常站在病人的立場思考」，說的雖是漂亮話，但對病人確實有激勵的效果。

離預約時間愈近，小仲愈顯不安。如果連這家醫院都說沒法治療了，那怎麼辦？德永醫生的書都寫好話，但實際看診時又會說什麼？萬一他說沒救，那就是死路一條了。

不，德永是抗癌藥物的專業醫師，一定有別於之前遇到的醫師，他應該會努力幫我想辦法的。不過，副作用呢？該拿它怎麼辦？嗯，專業醫師會有解決方法的，但……不過……還是……

經過一陣胡思亂想，小仲的心情變得低落，剛才的食欲似乎也消失得無影無蹤。

到了午後三點預約的時間，小仲被叫進腫瘤內科的門診，他沉著臉走進診間，迎面的是名四十多歲的醫生，面帶笑容露出一口白牙。

「是小仲先生吧，我叫德永。」

德永從白袍的胸前口袋掏出一張名片，爽快遞出。小仲心想：醫生給名片，這還是頭一遭；於是慌張地拿出名片夾，也遞上自己的名片。

「喔，您在印刷公司工作呀！剛剛拜讀過您的門診資料了，不過，還是請您再詳細說明治療的經過。」

小仲把在三鷹醫療中心的治療經過說了一遍，德永在紙上飛快記錄，雖有電子病歷，但他似乎不打算在病人面前操作。

問完診，醫師請小仲躺在診療台上，要開始進行觸診。德永乾燥的手指溫和地按壓小仲的腹部。

「接下來是超音波檢查。」德永示意護理師，把類似影印機的機器定位在診療台旁；他在檢查器末端上塗上一層凝膠後，放到小仲的腹部。

「肝臟三個地方有癌細胞，積了些腹水。」德永看著螢幕並自言自語地說道。

「啊！腹膜的淋巴腺還有個大的。」

太遲了嗎？小仲的側腹開始出汗。不過，他安慰自己，還沒做血液檢查，只靠超音波，還是無法做出最後的判斷吧？

「好了，請穿上衣服。」

醫師會下什麼樣的判決呢？小仲失神了，嘴巴乾渴、呼吸顫抖。

對著穿好衣服重新坐定的小仲，德永挺直背脊後，說道：

---

16 在日本，特定醫療法人指適用於特別稅法的醫療單位，其設置目的是為了普及醫療，促進社會公益與福利，享有減稅優惠。

「情況有點困難，嗯，您有什麼想法？」

終究是沒救了？正感絕望之際，德永對著小仲謹慎地說：

「看起來必須做很多檢查，還是住院比較好吧？每天到醫院掛號，太辛苦了。」

小仲因激動，身體不禁趨前詢問：

「所以，您願意為我治療？」

「當然，您不是希望接受治療才來的嗎？」

一陣狂喜，小仲激動地說不出話來。心想：他一開口，眼淚一定會嘩地掉下來。終於遇到肯治療他的醫生了，而且，還是個抗癌藥物的專業醫師呢！那種喜悅難以形容，大概是一種謝天的心情，小仲差點要跪地叩謝了。

小仲旋即閉上眼睛，深呼吸後，心情沉靜下來，說道：

「謝謝！三鷹醫療中心跟我說沒救了，大學醫院也表示不替我治療。我正陷入絕望之中，若貴院也說同樣的話，還真不知該怎麼辦才好。」

「您辛苦了。腫瘤內科醫師絕不會這樣說，這種話只有外科醫師說得出口；雖然我這麼說會惹他們生氣，但我認為，外科醫師對抗癌藥物治療的知識太欠缺了。」

原來如此，那則新聞報導寫的沒錯。小仲放下心頭重擔的同時，對三鷹醫療中心的怒氣再度湧上，為了要讓那個醫生好看，一定要恢復健康不可！

此時，一句不吉利的話浮上心頭，小仲難掩不安的情緒說道：

「前一家醫院說我只能活三個月！」

德永表情緩和，輕輕搖頭說道：「不用聽信醫生對餘命的判斷，那不過是統計數字而已，未必符合小仲先生的狀況，您不需要放在心上。」

「原來是這樣子啊。」小仲感受到一股湧自心底的喜悅；死刑犯經過重審，獲知洗刷冤情後的心情一定也是這樣。

德永表示愈早治療愈好，所以馬上就讓小仲隔天開始住院。

離開醫院後，小仲心情飄飄然，彷彿漫步在雲端。在返回荻窪車站途中，附近傳來豚骨濃湯的香味。小仲想起剛才湧現的食欲，豪不猶豫地掀起拉麵店的紅色暖簾，走了進去。

坐上櫃台，小仲瀏覽菜單並精神飽滿地點菜：

「來碗叉燒麵！」小仲雖知此舉可能有點太勉強，但心想：管它的！

店員送上餐點，副餐丼飯還冒著熱氣，小仲拉開竹筷，撈起麵條往嘴裡塞。就在這一刻，一股強烈的嘔吐感竄了上來。

他摀住嘴，衝進廁所。明明是空腹，怎麼還會想吐？胃袋一陣噁心，猛地乾嘔；小仲把整張臉趴在馬桶上，身體扭曲，好像有一位看不見的流氓狂踢他的上腹部。小仲咬緊牙關，忍耐痛楚，開始默默地祈禱。

明天就要開始接受新的治療了，沒問題，不能失去勇氣！

12

週日下午，森川吃過午餐就去醫院。雖沒有重病病人，但只要有空，他就會去醫院繞繞。醫師週日露臉可以強化與病人之間的信賴感，而且，治療也會進行得較順暢。

森川巡完房，跟護理師簡單打聲招呼後，便愉快地離開醫院。今天預定和家人一起去新宿購物，他打算從ＪＲ新宿站南邊出口走到碰面點，沒想到才走出驗票口，剛好和走過來的瑤子、可菜相遇。

「好巧！」

森川面帶微笑，對她們揮手。隨後，三個人直接走向京王百貨公司；他們的目的地是七樓童裝賣場，此行主要是為了替可菜添購冬天的外套。雖然才十月，賣場就已經擺滿冬季的新品。

「可菜，妳看，這件怎麼樣？」森川手指著斗篷外套問道。

「那不是喀什米爾的羊毛嗎？超過預算了啦！」瑤子端詳了價格，立刻放回原位。森川挑起童裝比買自己的東西還起勁，四處搜尋，不一會兒，拿起羊角扣呢絨外套問：「這件怎麼樣，很可愛呢！」

「嗯，還不錯。」瑤子似乎也很中意森川的選品。鮮紅色的羊毛搭配深綠線條，格紋圖樣的內裡也散發高級感。

「這是聖誕節的顏色，不錯吧！又暖和。」

「不過，這件比較好吧。」瑤子拿起同款外套，只不過配色換成綠搭紅。

「太樸素了啦，可菜絕對適合這件紅色的。」

「才怪，綠色才顯得時尚。」

「紅色比較有女孩味啦！」

夫婦兩人互不相讓，只好詢問可菜的意見。他們各自拿著自己挑選的外套，蹲在女兒面前：

「可菜，妳喜歡哪一件？紅色的比較可愛，綠色那件比較像是給男生穿的。」森川忍不住重複說道，瑤子默默微笑，沒說話。

可菜噘起嘴巴，猶豫了一下，用手指著綠色的外套說：「我要這件。」

「看吧，可菜的品味不錯喔！」瑤子得意地說。森川只好不情願地把紅外套掛回架上。

接著，他們又買了可菜的帽子、瑤子的領巾和森川的皮手套，才離開百貨公司。

「天氣很好，咱們去陽光廣場走走吧。」

森川很喜歡和家人一起在街上漫步。可菜走在夫婦兩人中間，三人緩慢地步行，溫暖的陽光從天空傾瀉而下，灑落在新宿的陽光廣場；這是何等幸福的時光！斜前方聳立的高樓就是仿似紐約摩天大樓的 NTT DoCoMo 代代木大廈。

「我要吃蛋糕！」可菜朝露天咖啡廳跑過去。

森川先佔了一個面對草坪的座位，再點了女兒和自己的蛋糕套餐，瑤子則點了一杯香草茶。

「好舒服。」森川仰望晴朗無雲的藍天，伸展著身子。

可菜很快吃完蛋糕，然後開始追著廣場上的鴿子跑。

「前幾天，我在醫局的休息室跟資深的主任醫師們聊天，大家好像都曾為了難纏的病人吃足苦頭。」

「難纏的病人？」

「比如說，病人雖然是癌症末期，但看了電視報導後，說什麼有先進的治療方法，要求我們也比照辦理。」

「電視的影響力還挺大的呢！」

「有的病人就是不死心，很執著於治療。」

瑤子把香草茶拿到嘴邊，瞇起眼，啜飲了起來。

「病人執著於治療是很正常的，每個人都希望自己的病能治好呀！」

「但是，過度依賴治療反而浪費時間。病人剩下的時間很有限，所以我才希望他們轉換心情，有意義地把握剩餘的時間；這不是比較好嗎？」

「話說回來，過度依賴治療，真的是白費力氣嗎？」瑤子對一般人認為理所當然的事感到懷疑。她頓了頓又接著對森川說：

「應該不至於白費吧！縱使無效，病人在接受治療的那段期間，一定是懷抱希望。『希望』是人活下去的支柱，沒有了希望，哪能有意義地過日子？即使勸病人去做喜歡的事，但是，他們內心一旦感到絕望，就不可能快樂起來。」

「這是因為執著於治療，才會這樣想。絕望是因為抱著期待，一旦接受了沒有治療方法的現實，人的心反而能定下來。簡單地說，就是能坦然接受死亡。能做到這一點，才能一如己願地度過餘生。」

「很少人能做到這一點吧！」

「所以，妳的意思是，要我們為了緊握空幻希望的病人，去做那種會有副作用的治療嗎？明知道這麼做會縮短他們的生命，但還是去做；是這個意思嗎？」

瑤子低聲問道：「難道沒有那種不會產生副作用的治療嗎？」

「如果使用維他命之類的，就不會有副作用；但要跟病人說那是有效的藥劑？這簡直是欺騙啊！」

「可是……比起什麼都不做，這樣比較能讓人安心吧？」

「這麼做和裝神弄鬼有什麼兩樣？我可不想用謊話去應付病人。」

「阿良的心情，我懂。不過……怎麼說才好呢？」

「妳說什麼啊？」

「嗯，總覺得我們兩人的想法有點落差。」

瑤子舉起茶壺，把茶倒入杯中，慢慢地啜飲。

森川苦思解決問題的答案。他並不討厭思考；從學生時代開始，只要碰到考試、難題，他就湧升挑戰的心情，並想解決它。

「病人無法接受現實，可能是他們還沒做好心理準備吧？每個人都可能突然罹癌或中風。所以才說，平時要練習理解人生的無常，且活在當下。這樣一來，即使遭遇突變，也能夠冷靜地接受，不是嗎？」

瑤子原想輕描淡寫地講出自己的想法，聲音卻不自覺地高亢了起來：

「所以，阿良，難道你已經做好隨時都可以得癌症的準備了嗎？而且，還不只是你自己而已喔！我也可能罹癌、可菜也可能得兒童癌症，甚至發生車禍、感染O157型大腸桿菌、因地震而被壓在建築物底下或溺死在游泳池裡……這些你都有心理準備了嗎？況且，有心理準備，就能接受現實了嗎？」

「怎麼突然說這些話啦……」

「不是突然喔，阿良，你平時不也是想很多嗎？人呀，不像你想的那麼有條理啦！」

瑤子為何突然這麼用力反駁？森川感到不解。不過，一定是自己做了什麼事才讓妻子這麼焦慮。但是，用理性思考事情不對嗎？理性思考以外，還有其他能獲得答案的方法嗎？

森川重整思緒後確認，除了忠於自己，別無他法。

「我想，如果瑤子或可菜因事故而死，即使我有周全的心理準備，一定無法接受，我肯定悲傷到發瘋。不過，如果因病而死，會稍微不一樣。以我具備的醫學知識來看，不管是對自己或瑤子或可菜，絕不會抱持空幻的期待。要是我的話，一旦確認無藥可施，一定立刻放棄治療。因為繼續治療是百害而無一利的，我會堅定地接受沒有治療餘地的現實，然後不留一絲後悔的、珍惜剩餘的時間，努力創造美好回憶，絕不忘記和妳們相處的一分一秒，認真地活下去。直到大限來臨前，好好地過活。因為這是把悔恨、悲傷降到最低的方法，所以，我才希望病人也這麼做。」森川像要反覆推敲這個理念似的，緩慢道出思緒。此時，瑤子的情緒似乎也平靜下來，她低著頭，視線朝下，然後低聲地說：

「病人是很痛苦的。沒人希望這種事落在自己身上。」

森川心想：這是當然的，沒有人可以阻止疾病、意外的發生。唉，到頭來，自己還是起不了多大的作用。

藍天、陽光和熙攘的人群，眼前情景宛如一幅無法解讀、讓人產生錯覺的畫作。望著天真嬉遊的可菜，他自問：如果女兒突然從眼前消失的話呢？

光這麼想，就讓森川感到一股墜向地底的恐懼。

13

結果，小仲在萩窪的拉麵店，一口麵也沒吃就離開了。返回公寓後，嘔吐感緩和許多，晚餐也能喝下一罐養樂多了。

絕對不能焦慮，小仲如此告誡自己：想治好病還早著呢！自以為舒服點了，就點叉燒麵，也太得意忘形了吧！

想到明天就要正式接受治療，他又對自己說：不能太樂觀。再怎麼專業的醫師，治療還是會產生副作用吧？說不定比三鷹醫療中心的治療更讓人痛苦。但已下定決心，再大的痛苦都要忍耐，持續治療才能有未來呀！

翌日，小仲心懷期待與緊張趕赴醫院，辦妥掛號手續後，立刻被帶到四樓腫瘤內科的病房；德永醫師站在護理站前等候。

「小仲先生，身體狀況還好嗎？」

「沒問題，請多關照。」

小仲沒跟醫師提昨晚的嘔吐。他擅自幫自己解讀，那是拉麵店的味道造成的，萬一被判斷身體狀況不好而中止治療，那可糟了。

走進四人病房，他被分配到靠門的右邊病床，護理師貼心解釋入院須知後，緊接著是血液檢查。下午也有胸部和腹部的X光檢查和全身電腦斷層掃描的行程；檢查接連而來顯得很有效率，讓小仲興奮不已。

「有專業醫生的醫院，終究不一樣，動作好快。」

小仲把感想告訴護理師，對方笑著說：「我們永遠站在病人的立場思考。」這句話不就跟懸掛在大廳的《醫院憲章》一樣嗎？他心想：不愧是私立醫院，服務教育也執行得很徹底。

用完午餐後，小仲拿到兩種藥物。小仲詢問是什麼藥，對方回應說是抗生素。

「使用抗癌藥後，體內白血球會變少，容易感染。所以為了預防，先給您吃抗生素。」

原來如此，原來是要防患於未然啊！這種徹底的危機管理，讓小仲很感動。

下午檢查結束後，回到病房。小仲重新向同病房的病友們打招呼，得知他們的主治醫生都不是德永，而是另一個年輕的腫瘤內科醫師。他們得到的癌症各有不同，分別是直腸癌、膀胱癌跟皮膚癌。這家醫院因為附設腫瘤內科，各種癌症病人都有，乍看之下，同房病友也有人比小仲年輕，但大家看起來精神都怎麼不好，每人鎖骨下都插著點滴管。小仲在三鷹醫療中心接受治療時，得知那叫「全靜脈營養導管」。他以為只有重症病人才要做，但往來這棟病房大樓的病人幾乎人人都插著這種管子。

小仲自我介紹，並簡要地說明自己的病歷：

「我得的是早期胃癌，動了手術後癌細胞轉移到肝臟和腹膜。醫生說已經沒救了，我也曾絕望過。但是後來在報紙上得知有擅長抗癌藥治療的專業醫生，就像德永醫生一樣。昨天本來是抱著絕望的心情看診的，沒想到這家醫院竟然願意為我治療，實在好高興！」

病友中若是有人對這個話題感興趣，小仲一定會源源不絕地分享；只不過，病房裡沒人表現出感興趣的樣子。

「各位住院一段時間了嗎？」

小仲問了才知道，直腸癌病友住了四個月；膀胱癌和皮膚癌病友則超過半年了。他心想：莫非自己也要住這麼久？心情於是沉重起來，另一方面卻暗暗告訴自己，抗癌藥絕非短線作戰，而是伴隨著副作用的長期抗戰。

翌日早晨，德永到病房說明今後的治療策略。

「從昨天的電腦斷層掃描圖可以確認，您的肝臟和腹膜淋巴結有轉移的現象。不過，有好的治療方法，咱們來試試吧！我建議一個禮拜施打兩次抗癌藥，會直接把一種叫紫杉醇的抗癌藥打進腹腔。」

喔，有這種方法？小仲心想：我在三鷹醫療中心一次也沒做過，果然是專業醫生的作法。

「接下來，我們也會給您吃一種叫愛斯萬的口服抗癌藥，必須每天服用。」

「瞭解！麻煩您了」

「為了確認是否有藥效，電腦斷層掃描和核磁共振都要定期做。另外，我想在學會發表治療的效果，請問能否使用您的個人資料呢？還有，我們會在您的鎖骨下方插入點滴管，做全靜脈營養導管；這是預防措施。」

「好的……不過，請問預防措施是什麼意思？」

小仲客氣地詢問，德永也面不改色地回答：

「抗癌藥的副作用會讓食欲變差，因此有必要補充營養。做了全靜脈營養導管後，隨時都可將高熱量的點滴注入體內。手和腳的靜脈較細，如果從那裡打，容易引起靜脈炎。全靜脈營養導管從鎖骨直通大靜脈，就算打進高熱量點滴也沒問題。」

德永說明後，正要走出病房，又像突然想起什麼似地止步。他貼近小仲的臉，低聲說道：

「跟您提這件事很失禮，不過，專門的治療花費不小喔！前天，從您的名片得知您在印刷公司工作，那現在呢？」

「已經辦停職了。」

「喔！那麼，請問您是否有加入私人醫療保險之類的？」

「沒有。」

德永面露難色，陷入一陣沉默。小仲不安地問道：

「您提到花費不少，請問大概要多少錢？」

「如果您自己負擔三成，光是醫藥費一個月大概要三十五萬日圓。」

「要那麼多啊?!」小仲不由得喊出聲來，德永表情嚴肅地追加了一句：

「另外，檢查費加住院費要十五萬日圓。當然，如果您申請高額療養制度費[17]，超收的金額之後會退還給您。」

小仲思及為數不多的儲蓄，背部升起一陣寒意。目前他的活期存款有八十萬日圓、定期存款三百萬日圓；簡單計算後，他只付得起一年的費用。

德永咳了一聲，重新坐入病床旁的鐵製折疊椅，用比剛才還低的音量商量似地說：

「如果負擔過重，申請生活保護也不失為一個辦法……」

「生活保護嗎？」

小仲複述時，德永唯恐被房間裡其他病人聽到似的，把手指放在嘴唇上，示意小仲小聲點，然後說：

「您停職了，薪水也少很多吧？而且，長期停職不也會造成您的心理負擔？」

的確，小仲內心附和道，復職的前景未明，又不能造成公司的負擔；心裡很悶。但如果因為申請高額療養制度費而能有退費，那麼自己再支付餘款，還是能應付過去。

「我從沒想過要申請生活保護，再說，我也不符合資格吧？雖現金不多，但我還有些存款。」

「您可以先把存款領出來再慢慢用。畢竟手邊有現金也比較方便。」

「可是，醫生您為什麼會這麼建議？」

「白鳳會醫院的治療強調，要把病人的整體生活納入考量。我們認為，只用醫學觀點從事治療，就算病人痊癒，日後生活卻受影響，這樣會對不起病人。」

小仲內心驚呼，這家醫院竟為病人著想到這種地步！

德永起身並溫和地說道：「如果覺得我多話了，還請見諒。抗癌藥治療會用到健保不給付的藥物，使用這種藥的費用不低，因此建議您讓我們接手幫您代為管理存款，如果需要辦手續，病人諮商室裡有醫療社會福利師，您隨時可以詢問。」

德永恭謹地行了一個禮，走出病房。

小仲重新盤點自己的存款，心想：如果使用健保不給付的藥，自己就必須全額負擔，既然如此，那乾脆想遠一點，儘早申請生活保護似乎比較妥當。不一會兒，他像是陷入天人交戰般自問：明明有存款，卻跑去領政府補助，這是不公義的行為吧？雖不想如此，但自己的生命無價呀！說到底，是整個社會不對啊！讓沒有經濟餘裕的人為生命煩惱！

小仲漫無目標地想著，緊咬牙根，乾脆拉起棉被把頭矇起來。

17 日本的醫療費制度。依日本健康保險法規定，在日本保險醫療機關支付的醫療費，超出個人負擔額度時，超出部分由政府補助的一種制度。

14

週四晚上，庫柏力克製藥公司主辦的研討會在新宿的哈爾史托大樓舉行。研討會的演講主題是「腫瘤內科醫師的抗癌藥物治療」。森川和兩名資淺的醫師一起約好來聽演講。

會場聚集了約六十名醫師。這種研討會的會場通常都是這樣：有裝飾豪華的講壇，以及讓聽眾坐起來很舒適的座椅。

「庫柏力克製藥公司好像挺賺錢，好期待會後的酒會啊～」

「對呀，之前的酒會有魚子醬吃到飽呢！」

同行的兩名年輕醫生好像迫不急待地想參加酒會。不過，森川對研討會的主題較感興趣，主要是能聆聽抗癌藥物療法專業醫師的精闢見解。

森川也使用抗癌藥物，但是僅具備一般知識，不過他至今仍無法確信這樣的治療是否有效。他想，聽了專業醫師的演講後，也許能掌握到要領，帶著這種期待，報名了這次的研討會。

今天有兩場演講，一場是首都醫療大學腫瘤內科副教授的發表，主題是：「針對復發胃癌，愛斯萬口服抗腫瘤藥物的療效」。該藥的副作用很強，因此副教授主張不需每日服藥的「隔日投藥法」，這樣一來，既能維持效果，也能減輕副作用，而且，還可大幅延長生命；副教授對此自信滿滿。

森川猶如當頭棒喝：原來如此，隔日投藥也是方法之一啊！但是，他對「大幅延長生命」的措詞感到不安。副教授發表時，以「生存期間的中間值」（一百名病人中，以第五十名死亡者的死亡時間為主）為基準，發現沒有接受治療的病人只能存活三至四個月；接受愛斯萬口服抗腫瘤藥物者，壽命則可延至八至十四個月。然而，僅僅只有五至十個月之差，就能說是「大幅延長生命」嗎？

對病人而言，所謂「大幅延長生命」，應至少五年至十年吧？不過，乍看之下，那名副教授和聽眾對「大幅」的語意表現，似乎不覺有何不妥。

接下來的第二場演講，是癌症治療中心的醫師針對肺癌治療進行發表。內容是：「在癌細胞轉移至肝臟的肺癌病人中，有百分之二十八因服用新藥而縮小腫瘤」。這位醫師和剛才那位副教授一樣，都是抗癌藥物療法的專業醫師。他們基於長期的臨床經驗，對「新藥的劃時代效果」予以讚賞。

僅百分之二十八的效果，就可以稱「劃時代」嗎？轉移到肝臟的肺癌治療確實困難，若和絕望相較之下，或許稱得上是一個「劃時代」的創舉，但是對一般病人而言，就算投藥治療，四人中也僅一人有效。這個事實，難道沒人想過？病人都以為一定有用，所以願意忍受掉髮、嘔吐而持續接受治療。

實際上，抗癌藥不如一般人所想的那麼有效。即使是乳癌分子標靶藥的賀癌平，效果也有限。在整體乳癌中，賀癌平僅對佔了三分之一的遺傳性乳癌有效，其中又只有一半的病人看得出效果，換句話說，六個人中僅一人有效。面對這種結果，抗癌藥物可以說是特效藥嗎？

令森川感到可疑的是，幾乎所有的醫生都閉口不提抗癌藥根本無法治癒癌症這件事，彷彿這件事是一般常識似的，不值一提。醫師的目標是讓癌細胞的範圍縮小、腫瘤標記降低，簡單地說，就是達到延長生命的效果，所以，一開始腦中想的就沒有治癒癌症這回事。

但是，大部分的病人應該都以為抗癌藥是為了治癒癌症才用的吧？有人會明知無法治癒而服藥嗎？如果繼續漠視這種誤解，不就是一種欺騙？

相對地，醫生們也會提出反駁吧。他們會辯稱自己只說「有效」，而沒說「能治癒」，是病人擅自誤解罷了。

醫生為何不公開事實？是因為不想讓病人絕望嗎？事實上，除了繼續佯裝同情病人以外，另一方面，其實是內心不想承認醫療是有極限的吧！承認癌症是不治之症，等於是敗北宣言，更是一種自我否定。

兩場演講結束後，庫伯力克製藥公司ＭＲ（負責醫療資訊的業務員）接過麥克風，開始介紹新的抗癌藥。其實，製藥公司主辦研討會的目的，主要是為了宣傳自己公司的產品。

約十五分鐘的介紹結束後，會場移到隔壁房間，酒會開始。吊燈下，排滿豪奢的料理。今晚的主菜是燒烤三田牛及奶油燉龍蝦。與會的人高舉香檳大喊乾杯後，素日裡體面的醫生們竟爭先搶後地擠在高級料理的桌區。不一會兒，兩位資淺醫師的餐盤上堆滿食物；他們單手拿著葡萄酒，逕自吃喝起來。事實上，連森川也無法繼續維持優雅姿態，因為演講結束都超過八點半了，肚子餓到極點。森川從近身的菜餚夾起，把燻鮭魚、烤鴨肉、生春捲等放入盤中，用免洗竹筷大口吃了起來。

肚子稍微填飽後，森川認識的製藥公司業務員趨近說：

「森川醫生，謝謝您今天大駕光臨！」

「謝謝你們的招待，我收穫良多。」

森川說了客套話，業務員反顯得手足無措。森川突然想起什麼似的問道：

「方便介紹那個抗癌藥物療法專業醫師給我認識嗎？我有事想向他請教。」

「瞭解！我來找找看。」

業務員環顧四周後，把森川引導向站在牆邊的醫師。

那名表情略顯陰沉的醫生，是新宿中央醫院的腫瘤內科主任醫師。

「初次見面，我是三鷹醫療中心的外科醫師森川。」

自我介紹後，森川直率地表示身為外科醫師，自己對抗癌藥治療的判斷並不嚴謹，希望對方傳授要領。

「沒什麼特別之處，我們雖是專業醫生，但是也有很多不懂的地方。」

不知為何，森川覺得對方無精打采；難道是因為自己輕率地要求對方告知要領，讓他心情不好了？森川沉默了，這時對方脫口而出的話，卻讓人意外：

「我不久就要辭職不幹了。」

「自己開業嗎？」

「不，我想休息一段時間。」

「……為什麼？」

森川猶豫該不該細問原委，同時盯著對方看。醫師輕輕嘆了口氣，不等森川開口，就逕自說起來：

「只要是醫生，都想治好所有病。但是，腫瘤內科醫生卻做不到，不用說你也知道，抗癌藥是治不好癌症的。我覺得自己該做的是幫助病人度過餘生。可是，大部分的病人都要求我治好他們。」

這和森川的疑問是一致的。這個醫生也為了自己和病人之間的鴻溝，正在煩惱嗎？

「我曾為了一個罹患膽囊癌的女性吃盡苦頭。那個病人用了十二種抗癌藥，還是出現黃疸，最後已無特效藥可用。若再繼續治療下去，只會因為副作用而縮短生命。但是，她一直無法接受這個事實，一直說孩子還小，自己還不能死，強硬地要我繼續替她治療。她崩潰哭泣，堅信只要繼續治療就不會死。我真的左右為難，最後連我的精神也開始出狀況……」

外科醫師只能幫助開刀就能康復的病人，而腫瘤內科醫師卻被復發以及無法治癒的病人逼到牆角，連醫生的精神都瀕臨崩潰。

森川感到同情，也在思考如何改善這種狀況，說道：

「嗯，也許您會覺得我多事，但是，您是否也同意向社會公開抗癌藥無法治癒癌症的資訊較好？因為講得不夠清楚，許多病人都被空幻的希望操弄著。」

「也許吧。不過，社會和媒體都喜歡好聽話，壓根兒不願意正視現實。現在的社會都要求人人要溫和地對待弱勢族群。如此一來，弱者愈來愈弱，加上受苦的人很多，所以嚴厲的話就更難說出口了。」腫瘤內科主任醫師回應。

「說的也是。」森川帶著沉重的心情附和著。停滯的沉默瀰漫在兩人之間，腫瘤內科主任醫師重重地嘆了口氣：

「剛才我說辭職後要休息，什麼都不做，事實上，我明年二月將以ＪＩＣＡ（日本國際協助事業團）的專家身分，前往坦尚尼亞做醫療協助。」

森川聽過ＪＩＣＡ這個組織。

「非洲還有許多能救治的生命，如果對這些人能使上力，我也能稍微平靜些。」

「這是很好的決定，加油！」森川鼓勵他，同時思索他話中含義。在非洲，能救活的生命陸續死去；在日本，竟勉強地在救根本無藥可醫的性命。

15

住院翌日下午，小仲在處置室，鎖骨下方被切開一個小傷口，插入全靜脈營養導管。如此他也跟其他病人一樣，不管走到哪，都必須推著點滴架。治療雖如期展開，但是並不順利，副作用還是發生了。

住院後第三天，小仲的腹腔打入抗癌藥物紫杉醇。醫師先在他的肚臍眼旁做局部麻醉，然後把藥液注入塑膠細管。這是個簡單的手術，施打後，小仲卻體驗了劇烈的嘔吐和腹瀉。

德永雖然開了止吐劑和止瀉劑，但都在藥效發揮前都吐出來了。小仲雖拚命地壓抑，無論如何都控制不住突如其來反射性的嘔吐，體內彷彿被注射毒液似的。但他轉念一想，這是治療的一環，除了忍耐別無他法。德永雖在點滴內也加了止吐劑，但是一點效果也沒有。

第一天就發生這種事，往後該怎麼辦？小仲開始擔心，幸好第二天以後，嘔吐和腹瀉稍有改善。身體雖仍感疲倦，所幸只要靜躺在床就還能忍受。食物雖只能嚥下一半，但想到透過全靜脈營養導管，體內還能吸收到高熱量營養液，小仲的心裡還算踏實。

等身體狀況恢復後，小仲又開始做電腦斷層掃描和核磁共振等檢查，血液檢查也是每隔一天做一次。雖擔心抽血過多可能造成貧血，但小仲心想：既是專業醫生的指示，應該不會有問題。檢查後的當日傍晚，德永前來說明檢查結果：

「血液檢查的結果沒發現異常，肝、腎功能也沒問題，白血球足夠，電解質也正常。」

既無異常，就不需每隔一天檢查一次了吧？但，小仲沒說出口。他說道：

「謝謝！為了我，您做了這麼萬全的檢查，我也放心了。」

小仲話語帶著不安，被靈敏的德永察覺到了，他於是說：

「您可能覺得檢查太頻繁，但是，進行抗癌藥治療，必須隨時注意病人的變化，我們其實希望每天都能做，不過鑑於健康保險組合連合會[18]在審查診療報酬明細單時不會核准。所以，我們也無法每天都做。」

德永講的是醫院申請治療報酬一事，他嘆氣說道，專門支付醫療保險的健康保險組合連合會在審查時很嚴謹，不會核准頻繁的檢查。

小仲皺眉聽著，然後問道：

「既然是必須的治療，為什麼不核准？」

「這就像是其他公務單位一樣，怎麼說好呢？他們講求一致性作業。儘管腫瘤內

---

18 健康保險組合連合會，簡稱「健保連」，是日本根據健康保險法設立的法人機構，底下包括日本全國一千多個健保單位，主要的工作是串聯各健保單位，進行健保制度改革、確保醫療費用的合理分配等

科拚命地陳述檢查的必要性，但是，其他醫生卻不像我們這麼努力，以致於觀念有差距。」

「可是，身為抗癌藥物治療醫生，您不是專業嗎？不理會專業醫生，卻優先考慮沒盡力的醫生，這種作法很不合情理。」小仲聽懂了德永講的矛盾，因此聲音顯得慌亂。不過，德永卻一副哀大莫於心死的樣子，搖頭說道：「沒辦法。」

「但您不用擔心，即使您的治療項目不被核准，必要的檢查和治療，我們仍然會做。」德永換上禮貌性的微笑走出病房。

此刻，小仲因有德永這種主治醫師而真心感到高興。

隔了一週，小仲即將開始第二回紫杉醇的注射。深受第一次劇烈的嘔吐和腹瀉所苦，小仲忐忑不安。德永說服他事先服用強效止吐劑和止瀉劑：

「先下手為強！副作用強表示藥效也強，癌細胞也覺得痛苦吧，加油！」

小仲問道：「上週在腹腔內投藥，有效果了嗎？」

德永回答：「因為是第一次投放，效果很難說。癌細胞的轉移至少沒有擴大，因此抑制癌細胞的效果無庸置疑。這次為了預防副作用，還多加了類固醇。」

話雖如此，結果卻完全事與願違。注射後的副作用較前一次更為強烈，小仲連續三天劇烈地嘔吐和腹瀉，全身的倦怠感簡直到了忍耐極限，他光是走到廁所或使用嘔吐盆，都需要護理師扶持；小仲內心雖覺得對護理師很抱歉，但還是頻頻按下呼叫鈴。在這些症狀未改善前，他根本無法進食，因此注射後第二天，就開始施打高熱量點滴。

德永說道：「只要把高熱量點滴打入體內，就算絕食也不用擔心營養不足。因為腹瀉而流失的水分，也能獲得補充，不至於有脫水的危險。提早做全靜脈營養導管是對的，身體狀況變糟以後還可能比較難做呢！」

「……謝謝。」小仲因呼吸困難，即使向德永致謝都覺得費力。雖然完全沒有食欲，但德永還是要他持續服用抗癌藥愛斯萬。小仲心存感謝，因為他認為身體受苦等於癌細胞也正在痛苦，若能克服這道難關，前途肯定一片光明。

第二次施打紫杉醇後五天，小仲總算恢復了一點精神。他詢問前來說明血液報告的德永：

「德永醫生，一直想請教您，我的腫瘤標記現在是多少呢？」

「我查一下。不過，嗯，數值可能不盡人意……」

「究竟是多少？」

小仲緊張地豎起耳，德永帶著歉意，低聲說道：

「我手上只有上週的數值，您的腫瘤標記是七二四。」

怎麼會這樣！小仲不由得從枕頭上抬起頭來，在東京醫科理科大學醫院的時候，應該是三一一．〇，怎麼才過了二十天就變兩倍以上？出現這種數值，還能說有抑制效果嗎？小仲眼前突然一片昏暗，他不得不再度躺下。

德永辯解似地，開找理由解釋：

「小仲先生，您先別洩氣。腫瘤標記未必能真實的反映癌症的狀態。治療才剛開始，所以沒必要這麼快死心。咱們面臨的是一場艱難的戰役，所以一起努力吧……」

小仲因受打擊，加上全身的倦怠感，眼皮都無法撐開了。他等到德永步出病房，開始不著邊際地想：德永雖然細心地應對，說明卻不夠完整。那麼糟糕的數值還要等我問才說，這樣要我如何信賴他呢？

第三次施打紫杉醇當日，小仲的身體狀況很糟。但是，德永依然準備施打，他走進小仲的病房。

小仲以客氣的口吻，拚命向德永訴苦：

「醫生，胸口很悶，腹瀉一直都沒停。治療可不可以稍後再做？至少等到我能進食再做吧，拜託您。」

德永站在病床旁，俯視著小仲，緊抿嘴唇說道：

「小仲先生，我早說過，副作用強是藥效強的證據。治療最重要的是持續呀！您不能在這個時候示弱。」

「可是……我希望等體力稍微恢復後再做。」

「您的體力沒問題啦！已經幫您注入充分的高熱量點滴，血液檢查結果也正常。如果在這時停藥，第二次的效果會跟著減半，我知道您很辛苦，但現在是關鍵期，加油，好嗎？」

最後，德永仍強勢地準備注射事宜。護理師拉上病床旁的掛簾，把消毒液和塑膠手套放在診療車台上。小仲無助地任其在肚臍旁做局部麻醉，然後在腹腔內注射紫杉醇。注射後，整個腸子彷彿泡浸在熱水裡一樣，他不禁呼吸急促起來。這樣下去，可能會出狀況喔……他的心裡湧起一股不安。

「這次，我在點滴裡放了兩倍的止吐劑，也增加了類固醇的劑量。而且，您的身體應該也習慣了藥物，副作用過了一段時間一定會緩和，您繼續努力喔！」

德永恭敬地屈身敬禮，和護理師一起步出病房。

醫生講得那麼輕鬆，真好。小仲怨恨地想，還不是因為他們無需忍受那種劇烈的疼痛。但是，話說回來，這一切努力都是為了戰勝癌細胞，自己不是發過誓，無論多麼疼痛，都要忍耐嗎？

小仲自言自語著。然後心驚膽戰地準備迎接不知何時會襲捲而來的副作用，他躲在棉被裡準備應戰。

16

森川回擊的球又打在網上了。

「四十比零。發球者決勝局！」擔任網球裁判的天馬製藥業務員嚴肅地喊道。

森川的雙打隊友是中央手術部的年輕護理師，她站在網前的，焦急回頭望著森川，說道：「森川醫生，您別再要花式抽球了，一般回球就好了。」

「知道了，抱歉！」

下一個發球以急轉角度掉在網前，護理師伸長手臂撿球回擊後，球回到對手的場地。接著，她又撲向被打回的球，焦急地截擊，結果球掉到網上了。

「啊，很抱歉！」

森川趨近蹲下的護理師，開朗地安慰她：「沒關係！」由於最後一球不是自己擊出的，森川鬆了口氣。

這是每年利用週六、週日舉行的「陪陪會　秋季網球之旅」，今年在多摩湖畔一座名為「奧多摩別墅」的休閒勝地舉行。

陪陪會是一個聯誼會，只有不具備管理職的三鷹醫療中心的醫師、護理師可以參加，森川擔任主任醫師，沒資格參加，因此是以觀察員的身分被邀請來的。

製藥公司的業務員一行人也參加其中。他們負責策劃活動、準備獎品，這次網球賽共有十四個隊伍參加，分成四個小組進行循環賽制的競賽，再以淘汰的方式舉行準決賽、總決賽。森川的隊友護理師堅定地說道：

「森川醫生，我們如果要在小組競賽中獲得第一名的話，絕不能再輸了喔！」

「我沒信心呢。」

「別說洩氣話，醫生，您是外科醫師呢！」

森川心想：打網球和動手術毫無關係呀。但是，他不好意思反駁。這次活動幹事庫柏力克製藥公司已備妥豐富的獎品，所以護理師們都鬥志高昂。冠軍獎品是i-PAd3，亞軍則是萬寶龍鋼筆，第三名可獲得高級葡萄酒。

森川自從當了醫生後，放假時就會去網球學校上課，因此多少習得一些技術，但體力已大不如往前。接下來的賽局裡，他擬定作戰策略，先用抽球反制對手，再注意不要失誤就好。不過，護理師隊友卻採取攻擊式打法，因此失手連連，簡直就是一個衝動的自我毀滅式戰略。其實，森川這一隊已無法參加淘汰賽了，而晉級的責任幾乎在護理師身上；想到這裡，森川心情反而輕鬆，他心想：只要拿到參加獎雙人牌的指甲剪組就好了，然後繼續保持微笑。

網球比賽結束後，一行人一起前往露天大澡堂。當時的天空染成一片殷紅，清風襲來，非常舒服。流了汗以後，泡在熱熱的溫泉裡，疲勞的筋骨逐漸鬆弛，體內的細胞重新甦醒。

泡完溫泉後，接下來大家要在俯瞰多摩湖的露台上烤肉。醫師和護理師們剛泡完溫泉，身心清爽地聚在一起，烤肉爐旁炭火燒得正旺，業務員們已先洗好澡，早一步出來做準備。

「森川醫生，請帶領我們喊乾杯吧！」庫柏力克製藥的業務員向森川要求道。然後從啤酒桶裡倒出生啤酒，一一遞給在場的每個人。

森川說道：

「今天大家辛苦了。身為活動幹事庫柏力克製藥的各位，以及其他公司的業務朋友，謝謝你們的協助，活動才可以順利進行。我去年開始就失去了參加陪陪會的資格，但是，沒想到今年又出現了，明年也許還會參加，後年也可能再來。如果我來了，還請各位多關照，乾杯！」

全員齊唱乾杯。業務員們開始烤肉和烤魚。

「啊，看到富士山了。」

順著護理師的手勢，富士山在山巒相連的另一頭，露出薄紅色山峰；多摩湖的湖面，則是橘紅與靛紫相互輝映，猶如一面神祕的鏡子。

「好美！」

「好像外國的休閒勝地。」護理師們聚在一起，慵懶地欣賞美景。

「肉烤好囉！牛舌也灑了鹽巴和檸檬。」業務員端盤送上食物。

「這也很好吃喔！」其他業務員替森川取來土耳其風味的串烤。

森川一口飲盡手裡的啤酒，轉身仰望著天空。

「啤酒搭配美味的料理，景色優美，啊……活著真好！」

「說的也是。」業務員在旁附和著。

就在此時，森川卻莫名地傷感起來；嗯，是什麼感受呢？不知道……

「森川醫生，再來一杯吧。」

對方又端來一杯啤酒，瞬間，那個不對勁的感覺又被隱沒了。

吃吃喝喝了約兩小時，大家肚子都填得飽飽的。氣溫開始下降，大家紛紛回到房間。其中有一半的人去唱卡拉ＯＫ，其他人則參加ＵＮＯ紙牌遊戲。森川則是加入後者，他的左右邊是兩位漂亮的護理師，年輕醫師們發出不滿的噓聲：

「妳們對觀察員這麼好，這樣對嗎？」

「森川醫生，明年不許您再來參加了！」

「那我就跟森川醫生兩個人獨自去旅行，這樣不就好了！」喝醉了的護理師發出玩笑的嬌嗔。

遊戲間裡，擅長表演的業務員上演模仿秀，森川笑到肚子都痛了。算準時辰，業務員拿出名店的蛋糕捲，護理師們發出一陣歡呼。森川也拿到一盤，雖覺得根本吃不下，但是一口咬下，蛋糕發出濃厚的奶油香味，外皮好柔軟。不知不覺地，他把整塊蛋糕都吃完了。

「哇，撐不下了，抱歉，我要先回房睡覺了。」森川對著略顯疲倦的護理師們輕聲地打了招呼後，搖晃地站起來，揮手請他們讓讓，步出走廊，回到自己的房間。森川吃飽喝足，心想：這種微醺真舒服，偶爾過過這種日子也不錯。不過，今天真的吃太多了，想到這裡，一股噁心感湧上喉頭。他慌張奔進廁所，痛苦地嘔吐了。那些遭受抗癌藥副作用所苦的病人，也是這種感覺吧？

胃裡的東西全吐出後，感覺輕鬆多了，他鑽進被窩，很快即睡著。他沉沉墜入無夢之鄉。

17

「嗚……歐……啊……」

小仲有如被注射了猛毒的野獸，呻吟聲響徹整個病房。他用棉被裹住全身，緊抱著頭，身體卻因不適猛烈扭轉，彷彿遭鞭打般蜷縮在被窩裡。儘管如此，他仍無法抑制想吐的感覺。

第三次注射紫杉醇後，副作用比前兩次都嚴重。嚴重程度像是要把整個腹部翻轉過來似的。不僅如此，一天腹瀉十次，身體沉重得好像水銀填滿全身的血管，從背後直通側腹，有種電擊般的痛楚。小仲根本無法入眠，連翻身都覺得困難，一逕在床上呻吟掙扎。儘管如此，他仍汗流浹背地激勵自己：這是為了克服癌細胞！為了活下去！

只不過，為了存活，有必要忍耐這種痛苦嗎？

小仲咬著牙、忍著翻湧而來的嘔吐感，躲在棉被裡自問。

德永雖在點滴裡添加了止痛劑和鎮靜劑，但是身體痛到已連續兩晚無法睡覺了。第四天起，症狀終於稍微緩和，小仲總算能從棉被探出頭來。他靠著護理師的協助坐起，讓護理師幫他刮鬍子。照理來說，高熱量的點滴應讓小仲的營養充足才對，但不知為何，他的皮膚竟像乾掉的餃子皮般，照映在鏡子裡的臉，則有如被處以吊刑懸掛在亞馬遜叢林河畔的頭顱。

自己究竟為何而活？

空虛的疑問閃過腦海。他回想起住院前，還不至於衰弱至此。那時他還能走動，雖辛苦，一個人生活還不成問題。現在卻必須撐著點滴架，匍匐爬進廁所，食欲全無。德永雖講過即使無法進食，愛斯萬仍要繼續服用；這不會有問題吧？小仲覺得自己的身體逐漸在衰弱中。

不過相對地，也有好消息。施打第三次紫杉醇後的電腦斷層掃描圖顯示，轉移到肝臟的癌細胞變小了，是藥效終於出現了嗎？小仲覺得似乎看到曙光了，不過，面對副作用的痛苦他仍無法感到歡喜。雖然治療優先，但能嚥下食物應該還是最重要的吧？這種想法卻很難向德永開口，因為他是抗癌藥物療法專業醫師，對治療的方法應該有十足的把握。

第六天下午，護理師推來一張折疊式輪椅，趨近小仲的床邊，說道：

「小仲先生，您的身體感覺怎麼樣？」

「嗯……還好。」

無力的回答後，護理師意外地用開朗語調說道：

「今天天氣很好，我們上陽台去吧！呼吸呼吸屋外的空氣，對身體比較好。」

「……是嗎？」

小仲吃力地從床上爬起後，護理師敏捷地撐開輪椅，協助他坐上。護理師的名牌上寫著「吉武」，她是負責小仲的護理師。

吉武的鞋子與地面磨擦，發出刺耳的聲音，她看來似乎有點緊張，推著小仲經過病房大樓的走廊。小仲略感狐疑，但還是把身體靠在輪椅上。

電梯直達屋頂陽台後，吉武拉開玻璃門，走到眩目的陽光下。時序已進入晚秋，但陽光仍然溫暖。

「呼吸到屋外的空氣，真不知是多久以前的事啦？」

小仲不由得脫口而出，自從開始抗癌藥的治療，他一直待在病房無法動彈。屋頂上有幾名病人和訪客，吉武把小仲的輪椅推到沒人的東北邊一角。

「銀杏變黃了呢！」望著街道旁染上秋意的景色，小仲輕描淡寫說道。

吉武沒有應聲。過了一會兒，遠處傳來刺耳的汽車喇叭聲，這時她開口了：

「小仲先生，治療很痛苦吧？」

「當然，不過，那也是為了把病治好。」

「明天要做第四次治療，沒問題嗎？」

那可不知道了。說實話，小仲沒信心自己還有勇氣再次體驗那種痛苦的滋味。

「會不會有問題我也不知道。但還是得做吧，轉移到肝臟的癌細胞變小了呢……」

「小仲先生，我這麼說可能您會覺得奇怪。但是，我建議明天的治療不要做比較好。」

「妳說什麼?!」

小仲彈坐起來轉身向後，吉武憤憤地緊握著輪椅的推手。

「我真的看不下去了，再也無法視若無睹。德永醫生的作法實在太超過了。」

「太超過？」小仲重複著吉武的話，一面環顧四周。附近一個人影也沒有，原來，吉武一開始就決定要避人耳目，所以才把小仲推到屋頂角落。

「德永醫生重視自己的研究更甚於替病人治療。為取得資料發表論文，就算病人的身體狀況變差，已經決定好的療程，他也絕不會變更。」

第三次治療時，德永確實強制替小仲注射紫杉醇。醫師會做出吉武所說的那種事嗎？小仲半信半疑。吉武蹲在輪椅旁，快速地說道：

「紫杉醇是很重的藥，對有效的人固然有效，不過，因為副作用太強，因此而縮短生命的病人也很多。但是，大家看在眼裡卻都三緘其口。護理師都知道，小仲先生的白血球逐漸減少，可是德永醫生很會奉承護理長和護理部主任，一般的護理師也就更說不出口了。」

小仲表情嚴肅地反問：

「你們這家醫院的《醫院憲章》不是以『病人的治療為優先』嗎？而且，還說要時時站在病人的立場考量呀！」

「那是謊言！這家醫院根本是賺錢第一。白鳳會的醫院全都一樣。您從檢查、治療的方法中看不出來嗎？比如說，重複做不必要的電腦斷層掃描和核磁共振檢查，血液檢查之前也每天做。是後來被健康保險組合連合會盯上，才改為隔天做的。」

「血液檢查的事我也聽德永醫生說過，他批評隔日做是官僚體制的統一作法，還說接受抗癌藥物治療的病人狀況多變化，所以應該要每天檢查才對。」

「情況不好的病人也許需要這麼做。可是，若要瞭解白血球的狀況，只要抽一毫升的血就足夠了。但這裡每次都抽十二毫升的血，而且每次都做全套的血液檢查，真的沒有必要！」

這麼一說，小仲也覺得有道理。

「況且提到統一作法，這家醫院做的全靜脈營養導管才過分吧！有的病人的確需要，但住院病人每個人都這樣做就太離譜了。還不是因為全靜脈營養導管的保險點數高才這麼做。抗生素和類固醇也一樣，醫院用的都是保險點數高的藥。醫院聲稱這是預防性投藥，連沒必要的病人都給，還不是想能賺就多賺。」

德永的作法的確如此。無論檢查和治療出手都很重，起初覺得他很細心，現在卻覺得多餘。而且，當副作用出現後，他採取的不是停藥，而是追加其他抑制副作用的藥物。

「小仲先生，德永醫生是不是建議您申請生活保護？」吉武旁敲側擊地問道。

「那也是德永醫生最擅長的手段。接受生活保護的病人不需負擔醫藥費，因此即便治療費再高，病人也不會知道。由於不用掛記病人的支出，醫師可以為所欲為地進行治療。接受生活保護的病人，醫療費猶如天文數字，德永醫生為此還很得意呢！況且這類醫療費保證進帳，醫院歡迎得很。」

真沒想到有這種內幕？小仲還以為對方是擔心自己的健康，因此心懷感謝，還真是夠了！

「德永醫生為了強化自己在醫院內的發言權，一心一意只想著如何提高收益。他攀著白鳳會的理事長不放，才能夠自由地使用病人資料，還拿研究費參加海外的學會。」

此時，不知何時出現了雲朵，遮住了太陽，氣溫陡地下降。

「妳為什麼要告訴我這些？」

「我這個月就要辭職了。我在這家醫院待了三年半，一開始以為萩窪白鳳會醫院像《醫院憲章》所寫的一樣，是一間好醫院才進來的。後來發現，根本不是這麼回事。德永醫生為了取得病人資料不擇手段，有好幾名病人因此往生了。我看在眼裡，雖然沒吭聲，但心裡非常難受。一旦決定離開，就無法坐視不管。」

小仲緊張得如芒刺背，他隨口問道：

「妳的意思是，治療也會縮短我的生命？」

「是的。小仲先生，您的腫瘤標記一直往上攀升，而且白血球快要低於二千了。您如果繼續做第四次治療，是很危險的。」

吉武的護理師服顯得異常潔白，她的頸部掛著聽診器，手背上有用原子筆寫的血壓數值。小仲心想：吉武說的話，確實有醫療人員的份量。

「那麼，治療要繼續還是停止好？但若停止，等於要我束手等死。我無法克服放手不治療的恐懼。」

「其實拉長抗癌藥物的間隔，或藥物減量就好了。但是，德永醫生不會改變作法的。因為如果這麼做，他的論文資料就不能用了。」

「開什麼玩笑？病人的生命和論文，哪個重要？我來試著建議他改變用藥方式。」小仲的聲音顯得慌亂。

吉武面不改色地搖頭說道：

「沒用的。注射紫杉醇是四次一個療程，到了這種地步，他不會罷手的。小仲先生，無論您再怎麼要求，他一定會利用專業知識搪塞，這是德永醫生一貫的伎倆。」

小仲的太陽穴冒出冷汗。吉武說的話是真的嗎？會不會是要辭職的護理師，為了報復而拚命毀謗德永？

如果吉武是對的，那麼，德永就是把病人當作白老鼠的惡醫。小仲無法控制自己的情緒，微微顫抖地說道：

「變冷了，我們回病房吧。」

吉武推起輪椅，轉了個方向。小仲眼前的風景全變樣了，直到進入病房前，都無法遏止顫抖。

18

網球之旅返家後數日，沒參加網球之旅的一名內科護理師表示有事要私下請教森川。這個護理師長得很漂亮，年紀約三十歲上下，在陪陪會裡算年長的。

「我請客，在高圓寺喝一杯吧！」

她選了一間位在商店街的沖繩料理店。她似乎和挽了髮髻的女老闆很熟識，只是點了個頭、打了招呼就被帶到後面的包廂。兩人先乾了杯啤酒，接著聊到網球之旅，愈講愈開心。

「多摩湖的夕陽很美，妳如果也來就好囉！」

「是嗎？好可惜……」

「妳說有事要找我，什麼事？」

護理師喝完啤酒後，點了沖繩的蒸餾酒「泡盛」。不過，直到森川把注意力轉向她，她才把自己斟的酒一飲而盡。放下酒杯後，她直視酒杯，心事重重。其實，盤踞她心頭的，是她和一位醫生交往的事。那醫生和森川同屬消化系外科，是小森川六歲的晚輩，年紀應該和護理師一樣。森川聽過八卦，只是不知道真實的情況。森川原以為兩人的關係應不至太深，但從護理師的表情看來，事態頗為嚴重。

「……我倆也曾論及婚嫁。」

護理師終於鬆口，森川暗叫不妙，喝了一口啤酒。

「原本阿亞說，明年調回大學醫院後，我們就要辦結婚手續的。」

護理師以暱稱稱呼那名醫生，大概是想表現兩人的親密關係吧。

「所以，我才答應墮胎。原本我是想生下來的……」

原來如此。森川驚覺事態嚴重之際，仍暗自感佩女性隱藏心事的能力。另一方面，心裡也不免譴責起那名晚輩。

今年夏天，那名晚輩透過大學醫局長的介紹，和商社董事的千金相親。現在，兩人已開始交往，雖未對外公開，但已決定要結婚了。醫局裡的人都知道這件事，換言之，結論已經呼之欲出了。

「阿亞相了親，決定要結婚了，是真的嗎？」

「啊，詳細的情況我不瞭解。」

「對象是有錢人家的千金？」

「嗯……我也沒見過。」

森川心想：繼續誆騙下去，這樣好嗎？

「前一陣子，阿亞的態度突然變了。很明顯在躲我。他九月收了我送的生日禮物後，我們還一起上旅館。不過，從那次之後，他就完全無視我的存在，我想跟他好好談談，他卻避不見面。電子郵件信箱也改了，根本無法聯絡到他。」

森川皺眉，心想：這傢伙！

「這樣下去，我很不甘心。」

護理師雙手掩面，在病房看起來精神颯爽的她，現在顫抖著雙肩啜泣。該怎麼辦？把晚輩叫過來訓斥一頓？但這麼做，只會讓她的處境更慘罷了。

在森川不知如何是好之際，護理師重重吸了一口氣後，抬起好強的臉，說道：

「森川醫生，我不喜歡被欺騙，也無法忍受依靠虛幻的希望過活。您不會讓癌症病人陷入這種困境吧？」

森川心想：莫非她也認為，讓無望的癌症病人繼續接受治療是殘酷的嗎？看起來，她似乎早已察覺狀況不對，只剩還沒下定決心而已。

森川乾咳了一聲，眉間擠出深深的皺紋：「雖然還沒正式對外公開，我想他即將結婚是事實了。他的確不可饒恕，不過這是他的本性吧……」

「我果然被騙了！」斗大淚珠從她眼眶滑落。她擦也不擦，一個勁往杯子倒酒，一口喝乾。

「身為醫生，阿亞是個什麼樣的醫生？」

面對這個突如其來的問題，森川真不知如何回答。護理師再問了一遍：「依森川醫生您看來，身為外科醫生，您覺得他怎麼樣？」

「嗯，應該說不好不壞，中庸吧！手術的技術還可以，不過對待病人是有點冷漠。」

「說的沒錯。我也告訴過他幾次，應該要試著去瞭解病人的心情。但是那傢伙對自己的手術自信滿滿。女性因乳癌而失去乳房的痛苦、癌症復發病人的內心衝擊之類的，他完全不懂！」護理師把酒精濃度二十五的琉球蒸餾燒酒「泡盛」，換成四十四度的。然後，開始數落那個醫生。

森川心想：看來她已下定決心要離開他了，那就順勢聽她發洩吧。森川也加入數落的行列，還故意煽風點火說：那種男人不要也罷！

未料這時，護理師卻替對方辯護起來：「不過，他也有可愛的地方啦！」接著，又口齒不清說個不停：「那傢伙在動手術前因為緊張，根本無法上床。只要手術成功，又像一匹飢渴的狼強行需索，真的是個很容易看透的傢伙！儘管嘴裡說大話，裝得很好強，實際上卻軟弱得很。所以，我才覺得他是個弱男子，必須由我來支撐，萬萬沒想到……」

護理師的大眼又蓄滿淚水，森川默默遞上手帕。護理師上半身雖然搖搖晃晃，仍一逕把酒灌進嘴裡。

之後護理師上完廁所回來，一骨碌坐到森川旁邊。森川感到無能為力，只能摩娑她的肩膀、安撫她。此時，女老闆親自倒了杯水過來，兩人又開始數落這位負心漢。森川附和著護理師，重複輕蔑和咒罵的言語，直到深夜兩點打烊，才叫計程車送她回家。

「森川醫生……謝謝！能聽到真話，太好了……」道別時，護理師用力擠出這幾句話後，如萎謝的玫瑰低著頭，豆大的眼淚汩汩流下；看起來她似乎已接受事實了。

森川心想：與其騙她，果然說真話還是比較好。

森川卸下心頭重擔，轉身坐上排班的計程車，到家已是凌晨三點了。怕吵醒瑤子和可菜，他躡手躡腳地走進臥房，鑽進被窩。

19

回到病房，小仲很想立刻向德永確認吉武的話是否屬實，但由於情緒過於激動，連聲音都在抖，所以決定隔一晚讓頭腦冷靜以後再說。然而，又想到就算吉武講的是事實，德永也不會輕易地承認吧？小仲暗暗提醒自己別正面糾正他，先想好說辭較妥當。

第二天早上，護理師施打抗癌藥前，小仲表示想先請德永來一趟。上午理應是最忙的時段，但德永仍然颯爽地出現了。

「早安！今天是第四次治療，打完後，等於結束一個療程。接下來，可以稍微休息。副作用很嚴重吧？您很努力地忍了過來呢！」德永先聲奪人，開朗地說道。

「德永醫生，事實上，想請您幫個忙。」

「什麼事？」

「很抱歉，說這種使性子的話，但我希望今天的治療可以先緩一下。」

德永的表情從柔和變僵硬，問道：「為什麼？」

「我想等到能夠進食了以後，再做治療。」

「這件事您倒不用擔心，我們已經從全靜脈導管注入高熱量營養液到您的體內。」

「不，還是……」

「沒問題的。第四次治療後，您就能休息一陣子了，屆時，胃口會轉好的。您用不著為進食這件事擔心，把病治好是優先考量。」

看來他無意延後紫杉醇的治療。小仲只好放棄強硬的姿態，先轉移話題：「白血球的檢查，結果沒問題嗎？」

德永顯得心虛，不自然地笑道：「當然，之前不是說明了嗎？」

「我知道沒問題，但還是想知道具體的數值。」

「這要看病歷才能知道詳細的數值。話說回來，您知道數值要做什麼？」

「數值和我的身體狀況有關，當然想知道。」

德永的回答完全在意料之中。但是，他沒有拒絕的理由。如小仲所料，德永露出不悅之色後，隨即轉身走向護理站。德永的表情變化小仲完全看在眼裡，這對始終在觀察醫生臉色的病人而言，是輕而易舉的。

過了一會兒，德永手裡拿著列印出來的血液檢查報告，抿著嘴遞給小仲：

「請看！不過，我認為您不用在意數字。我們擁有專門的知識，能做出最好的判斷。病人很容易被數字搞混。」

檢查日期寫著兩天前，白血球的數值是二一〇〇，但標準數值是三五〇〇～九五〇〇，數值旁還有兩個向下的箭頭，小仲說道：「太低了吧！」

「標準值只不過是參考用而已，在做抗癌藥物治療時，出現這樣的數值算正常，就算掉到二一〇〇以下也不是問題。」

真的嗎？關於這些，外行人不懂，卻又無法證實。

「所以，今天是第四次注射，不會有問題嗎？」

「當然。」

德永的表情恢復以前的親切，很有自信地拍胸脯保證。

「可是，德永醫生……」

小仲才開始要發言，德永就防衛地深鎖眉頭。

「今天希望您可以減少紫杉醇的劑量，以減輕副作用。」

「那可不行，抗癌藥物不是少用一半，副作用就會減半。決定好的劑量如果不注射，就無法產生充分的藥效。您好不容易撐到了今天，現在要是減量，等於以前的努力都白費了。」

「今天的用藥劑量如果減少，會影響治療效果嗎？」

「是的，注射的劑量不同，效果就出不來，抗癌藥就是這麼回事。」

德永的口氣很強勢，這種口氣讓外行人感到不舒服。小仲覺得他根本不是在說明，而是在強辯。

面對小仲的沉默，德永趁勝追擊：「我知道副作用讓您受苦了，所以才想加入抑制嘔吐的新藥。之前用的是抑制末梢神經的止吐劑，但這次加的是抑制中樞神經的止吐劑，一種叫 5-HT3 受體拮抗劑[19]，您大可放心。」

這就是吉武說的，用專業知識搪塞病人嗎？

「不過，我今天覺得不舒服，還是請您延期吧！」

「如果因為身體不舒服而延後治療，原來能治好的病也會沒救。您不要太固執己見了。您是為了治好病，所以才入院治療吧？既然這樣，您應該聽從醫生的指示。身為專業醫生，我擬定的縝密計劃，不能因為您覺得不舒服就延期，這是不行的。」德永毫不掩飾內心的焦慮。

一般而言，醫生都已經這樣說了，病人多半會慌張地讓步。但是，小仲已下定決心，德永如果接受治療延期的建議，才代表他值得信任。相反的，如果德永執意要治療，小仲一定拒絕。小仲誠心希望德永選擇前者，結果他卻選了後者。

小仲把棉被拉至胸前，雙手緊握棉被的邊緣，堅決地表達了心意。就算力氣用盡，也不把腹部露出來。他靜靜地說：「很抱歉，我今天不想做治療，請等我體力稍微恢復後再說吧，拜託了！」

「有話好說。」

「不，我堅持！」

德永的嘴角微微抽搐，似乎因憤怒而說不出話，表情扭曲。被病人直接拒絕治療，這還是他第一次碰到。遭否定的屈辱，以及無法取得病人資料的遺憾在德永的內心交戰著，他氣得發抖步出病房。

小仲拒絕注射紫杉醇的事，很快地在病房大樓傳開。負責小仲病房的護理師用訝異的眼神盯著這個違逆德永的不智病人。吉武走向廁所時，與小仲擦肩而過，但吉武只默默向他點了點頭。

翌日，德永走進小仲的病房，態度明顯地由好變差。他看起來很不高興，能不

---

19 5-HT3 受體拮抗劑（serotonin），簡稱 5-HT，屬第三類血清素。目前臨床上常用來治療化療引起的噁心、嘔吐等

說話就不說話，而且完全不提抗癌藥究竟要延期或中止。之後，有一次血液檢查沒做，德永也沒進病房說明。

相對地，延後紫杉醇的注射後，小仲的嘔吐感不見，也逐漸恢復食欲。他還自行停止服用愛斯萬。體力逐漸恢復，也能嚥下一些食物了。小仲詢問吉武後獲知，他的白血球已回升至四〇〇〇，那種極難忍受的倦怠感也逐漸減輕。如果這種情況持續，那他應該能忍住下一次注射抗癌藥帶來的副作用。

延後施打抗癌藥的第二週，德永走進病房，小仲努力擠出微笑，開朗地說：

「德永醫生，前幾天我說了些任性的話，非常抱歉。從那以後，我的身體狀況慢慢地好轉，也能夠進食了。我想，體力已恢復得不錯了。」

「是嗎？」

「所以，再開始治療應該沒問題。」

「治療？」德永一副裝傻似地回應。

真是拿他沒輒，小仲心想：這個醫生簡直幼稚得像小孩，他控制自己的情緒，說道：

「我講的是注射抗癌藥呀。按目前這種狀況，忍受副作用應該不成問題。」

「小仲先生，再打抗癌藥已沒效果啦！您轉移到肝臟的癌細胞變大了。」

「嗄？」

德永突然冒出這句話，讓小仲的臉色頓時刷白。電腦斷層掃描和核磁共振檢查都持續在做，而且醫院沒做任何說明，所以小仲以為身體狀態沒有改變。小仲腦中被排山倒海的問題淹沒：如果癌細胞變大，為何沒說明？為何不趕快再治療？

「無效？不是還有其他藥嗎？」

「很困難！因為您中途停打紫杉醇的關係。」

「這話從何說起？醫生，您是不是因為我不遵從指示，所以不想替我治療？醫院憲章不是表明了嗎？貴院的優先考量是治好病人？」

「是啊，我們將您的治療列為優先，但是被您拒絕了。」

「那是因為副作用太強，身體狀況很糟的關係啊！醫生，您是抗癌藥物的專家，應該知道一般醫生不懂的方法吧！」

小仲意在抬舉對方，但德永嗤之以鼻：

「您太高估我了，讓我覺得很困擾呢。即使是專業醫生，做不到的就是做不到。」

很明顯地，德永對遭拒絕注射紫杉醇一事仍懷恨在心，他已無意再為小仲治療。這還算醫生嗎？小仲生氣了，受負面想法驅使，他終於迸出一句話：

「醫生，因為我的治療沒辦法成為論文資料，所以您才隨便敷衍我，對吧？」

「胡說！」

不過，德永的眼神浮現出憎惡。小仲馬上察覺到自己說了不該說的話，雖然有點後悔，但眼神並沒有閃躲，接著問道：

「所以，您準備怎麼做？」

「我們沒什麼好談的！」德永用力地吐出這句話後，面色臉青轉身離開。

過了沒多久，一名像住院醫師的年輕醫生走進病房，拔掉小仲身上的全靜脈營養導管。詢問理由，對方卻簡單地回答：「是德永醫生的指示。」

午餐後，病房的護理長到病房告訴小仲：「德永醫生已批准您出院了！」

「太……太突然了吧！」

小仲想開口抗議，但看到護理長擺出一副準備對付奧客的表情，隨即閉嘴。

「知道了，謝謝關照。」

最後，小仲本想跟吉武打聲招呼再離開醫院，但整個病房已找不到她的蹤影。

20

「阿良，怎麼樣，今天可以嗎？」許久沒和丈夫親熱的瑤子從一旁的睡墊起身，把手放在森川胸前暗示。

「抱歉，今晚不行。」

「為什麼？」

「明天要做ＰＤ手術。」

ＰＤ是胰臟癌的大手術。手術包括切除胰臟右邊、十二指腸、胃的下半部、膽囊和總膽管，以及一部分小腸，可謂腹部手術中難度最高的。

——森川君，你是不是該開始執刀做ＰＤ啦？

副院長兩週前這麼對森川說。這次要動手術的病人很年輕，罹患早期胰臟癌，而且是副院長在門診偶然發現的。

森川雖擔任過ＰＤ手術的助手，但不曾親自執刀，所以很高興能擔任這名病人的主治醫師。手術前，他一邊看教學影片，一邊動手練習，模擬手術的進程。針對組織癒合、血管異常等不測，都做了萬全的心理準備。光是為預防突發狀況，就夠讓他緊張的了，因此，在手術前一晚，沒有順應瑤子求歡的要求。

——那傢伙，動手術前，因為太緊張了，根本無法上床……

森川想起之前那位找他訴苦的護理師的話，心想：自己緊張的心情，不也跟那位晚輩一樣嗎？想到這裡，不禁嘆了口氣。

翌日早晨，他比平日還早到醫院。結束巡房後，比外科醫師早一步到中央手術部。手術室裡，麻醉科醫師已在準備。

「今天，要請您多關照了。」

「很有朝氣喔，加油！」年長的麻醉科醫師玩笑似地說道。

森川因興奮而顫抖，心裡已做好迎戰的準備，他在手術室裡，勤快地將雙手洗淨消毒。護理師替森川穿上手術衣後，擔任手術第一助手的副院長、擔任第二助手的醫師，也都先後走進手術室。等到病人完全麻醉後，助手在病人的身體蓋上醫院綠色的包布，僅露出腹部。

森川站到病人左側，向在場的人一鞠躬後，宣告似地說道：

「開始吧，手術刀！」

森川從護理師手中接下手術刀，他先在病人腹部堅定地劃下一刀。在強光之下，鮮血噴湧而出。森川喊道：

「鉗子拿來！」

他拿起鉗子，夾住出血部位，迅速地結紮起來。接著，他再劃開腹膜，用不鏽鋼材質的開腹器撐開腹腔，確認癌細胞是否已轉移。手術有如預習般順利，副院長也默默地協助森川操刀。

「上腸繫膜動脈剝離[20]完成，請給我免縫膠帶！」

森川在剝離的動脈上，用免縫膠帶黏合後，再用鉗子固定。如此，算是通過手術的第一道關卡。下一關是劃開腹膜後，將裡面的十二指腸抬起，同時把大動脈周圍的淋巴結清除掉。這個動作非常危險，稍有閃失就會引起大量出血。

「燈光請聚焦，看不到腹腔深處！」

森川對著護理師焦急地發聲指示，副院長用鉤子擴大手術視野並說道：

「慢慢來，急也沒有用。」

「瞭解！」森川做了一個深呼吸後，終於放鬆了下來。癌細胞沒有侵犯到周圍，手術也進行得很順利。不過，森川依然謹慎地遵照教科書所寫的程序，埋首於手術。他剝離胃四周的組織，放進切割閉合器離斷，再用電氣手術刀進行切割。這時，電氣手術刀冒出微微的白煙，頓時瀰漫燒焦的味道。

「很順利喔！」副院長這句鼓勵的話，緩和了森川的緊張感。他用免縫膠帶固定左右邊的肝動脈和肝門靜脈，再從肝臟部位將膽囊剝離出來。正好此時，外科主任前來觀察手術經過。

「怎麼樣，可以取出了嗎？」

距離手術開始，已經過了四個多小時。一般而言，被癌細胞侵犯的器官和淋巴結通常都應該已全部切除了。

「還沒，肝臟部位還在處理中。」森川的視線不離手術的部位。他回答後，外科主任安慰說：「呵，第一次，難免。」

「有向家屬交代過手術需要花費較長的時間嗎？」

「有。副院長已告知家屬，可能需要八小時。」

「嗯，時間交代得正好。」

森川帶著複雜的心情，回想起向病家說明的場景。他當然不會說自己是第一次

20 superior mesenteric artery，簡稱 SMA。

動這種手術。如果太老實，家屬一定會要求換成有經驗的醫生執行。森川儘管裝得很老道，但當被問及手術時間的剎那，仍感到困窘。一般說來，手術五、六小時就能結束，但他沒自信可以在時間內完成。

此時，在場的副院長開口了：

——胰臟手術相當費時。因為要切除的範圍很廣。所以，視情況而定，大概要花費八小時。

病人和家屬聽完後，雖顯得有些驚嚇，所幸沒有懷疑。森川雖感到歉疚，但為了避免焦急可能帶來的失敗，所以沒說實話。而且，要是到時手術時間比最初說明時來得長，家屬一定會緊張。然而沒說出實話，這點令森川感到些微不安。

——啊，既然我都說出口了，森川君你也無須慌張了。

跟家屬們說明手術時間以後，副院長笑著說：善意的謊言有時是必要的。

森川首次的ＰＤ手術大約花了七小時，總算順利地完成。由於時間稍長，導致病人的體力喪失，而且出血量過多。副院長雖以稱讚的口吻表示，以第一次的成績來看，算是好的，但這句話卻不宜讓病人聽到。

當晚，因術後照護的工作十分繁忙，所以森川乾脆睡在執勤室。手術雖順利完成，但人已筋疲力盡了。

——他如果手術做得很成功，就像匹飢渴的狼，會強行尋歡。

森川再度想起護理師的話，卻只感覺到全身乏力。

21

小仲住院期間，住家公寓老化的速度驚人，一點朝氣也沒有。從白鳳會醫院出院的小仲，兩手提著行李，閉上雙眼在公寓外的樓梯前佇立了好一陣子。當他正覺得無力爬上樓時，十一月寒風悄悄地從背後襲來。這樓梯自己究竟還要上上下下幾次呢？這個想法突然掠過小仲的腦海。然而，他沒有餘裕沉浸在感傷裡。他感覺右側腹的疼痛，同時想著德永的話。德永說：轉移到肝臟的癌細胞變大了，這句話如毒針般刺痛了他的心。

小仲不禁感嘆，病人的立場太弱勢了，就算被幼稚如小孩的醫生玩弄，導致病情惡化，自己也束手無策。

小仲雙手緊握行李，先用右腳踏上階梯。準備把身體往上撐起的瞬間，右側腹彷彿被棍子戳到似地，閃過一陣疼痛。他只好暫停動作，休息一會，再戰戰兢兢地抬起左腳，接著用手肘壓住右腹，抬起右腳，打太極般慢慢往上走，好不容易終於到了家門口。

他打開廉價的木板門，塞擠在信箱裡的廣告、郵件散落一地。報紙已停止訂閱了，卻無法阻止郵件投遞。他把行李放在門邊，走向最裡面的和室，一心只想趕緊躺下。

小仲掀開鋪在簡陋床上的棉被，一股霉味四散。躺下後，側腹的痛楚襲來，他皺眉，雙手緊緊按住側腹，心想：痛楚愈來愈頻繁，看來轉移的事實已十分明顯。癌細胞彷彿示威似地說：「我就躲在你的身體裡，你死定了」，讓小仲片刻都無法平靜。

痛楚如果消失，該有多好！只要能治好癌症，處境再不幸都無所謂。這個念頭不知出現過多少次。他默默祈禱，希望能恢復健康，這個願望若能實現，即使雙手雙腳被剁掉也在所不惜。

此時，小仲的腦海浮現一種並非出自妄想和衝動，而是切身感悟的念頭：我真的會死嗎？明明現在還活得好好的，不可能一小時後就死吧？明天應該還活著，後天也是，但一個月以後呢？那就不知道了。

三鷹醫療中心那個惡劣的醫師說，我的生命只剩下三個月了。從那以後，已過了一個多月，也就是說，現在只剩下兩個月了。

如果痛楚繼續增強，該怎麼辦才好？獨自一個人在這個房間打滾嗎？事實如果如此，那也只能默默接受，現在他連對恐懼都感到厭倦。

不知不覺，被窩漸暖，側腹疼痛也稍微趨緩，小仲開始出現睡意。

睡著後，不再醒來，或許也不錯。

22

動了ＰＤ手術的病人沒有發生術後併發症，療養過程也很順利。森川連續三天夜宿醫院，盡了最大的努力做好治療。開刀完第四天後，病人的狀況趨於穩定，他也終於鬆了一口氣。此時，他的腦海無來由地閃過一個念頭：

如果自己也罹患癌症，該怎麼辦？

以年齡而言，森川無法保證自己不會罹患癌症。目前為止，他始終以醫生的身分、以治癒病人的立場思考醫療問題，但要是自己罹癌，會在三鷹醫療中心動手術嗎？

森川坐在桌前，挽起胳臂思索著。

他心想：若要動手術，應該會選擇在母校慶陵大學醫院動吧。而且，當然希望主刀的是一個可以信賴的醫師。但是，找誰呢？腦海裡，浮現了幾張起臉孔。一方面，他又很快察覺到每個醫生都有優缺點，有的醫生雖然慎重，但開刀速度太慢；有的醫生速度雖快，卻很粗率，且病人發生術後併發症的機率高。由於知道內情，反而更難做出選擇。他雖然清楚知道，理論上根本沒有完美的外科醫生，但躺在手術台上的若是自己，一定無法不在意。與其忐忑不安，倒不如什麼都不知道，這樣找醫生治療反而輕鬆。

不過，為了能找到好醫生替自己做治療，大部分的病人都很努力蒐集資訊。森川常接到熟人和朋友的詢問。如果病人的病情嚴重，還情有可原，為難的是，他接到的詢問不外乎是某某的伯母罹患子宮肌瘤，該去哪家醫院之類的問題。儘管他回答說只是長肌瘤而已，去哪一家醫院都沒差，但詢問者卻難以接受，還繼續追問：醫院的水準不是多少有些差異？但是，即使選了最好的醫院，也未必百分之百安全啊！

森川心想：自己如果選擇在慶陵大學醫院動手術，那絕不能讓三鷹醫療中心的病人知道。理由是——不會有人願意去連自家醫師都不挺的醫院吧?!

選擇在自己任職以外的醫院開刀，對病人來說是背叛嗎？如果照這個邏輯，那不就等於餐廳主廚無法款待客人到別家餐廳用餐？或者ＪＴ（日本菸草產業株式會社）職員全都得抽菸才行？醫師理當能選擇到更好的醫院接受診療吧？

想到這裡，森川被一種恐怖的想法包圍。要是得了能治癒的病還好，但要是疾病沒藥醫，該怎麼辦？就算再好的醫院也沒轍呀！森川又跳回醫生的角色自問：對病人說一句「沒辦法」就能了結嗎？換成自己是病人，能死心嗎？

森川的胸口突然感到一陣壓迫，這是似曾相識的幻覺嗎？不知道。做了十年外科醫師，有太多事盤踞在心。

23

「生命的砂漏—被宣告生命僅剩三個月」

這個部落格是小仲偶然在網路上檢索時找到的。打開一看，網頁上方背景圖是流星花樣，下面則是一名年輕女性的抗病日記，筆名佐惠。

根據簡歷，佐惠住在大阪，今年三十四歲。兩年前，她被檢查出胃癌，整個胃都被摘除，八個月後，癌細胞轉移至腹膜淋巴結，醫生宣告她只能再活三個月。但是，到現在為止已經超過十四個月了。小仲心想：對啊，根本無須理會醫生的宣告嘛！

小仲點開網頁，內容是她今年六月的就醫日記。

6月15日

我在大學醫院做核磁共振時發現腹水增加，難道是癌症惡化了嗎？但是，我絕不能被打敗。醫生垂頭喪氣地說，抗癌藥沒有發揮效果。不過，真正懊惱的人應該是我才對呀！從醫生的態度看得出來，他似乎對我的治療已失去興趣，一副順其自然的樣子。不過，我希望醫生可以再加把勁，要不然連病人也會失去元氣呀！

小仲瀏覽著部落格，同時對態度消極的醫生感到憤慨。如果自己的精神好一點的話，應該會更憤怒吧。現在，全身虛脫無力，連情緒也亢奮不起來。

6月27日

好想回去工作，真懷念不斷拿到合約的那段日子。壽險公司小姐只要善用

「GNP」＝義理・人情・禮物的業務手法，鎖定的獵物就一定能到手（笑）。生病以後，雖能在家工作，但身體狀況很糟，根本提不起精神做事。為了不想增添公司麻煩，決定工作做到這個月為止。我已經沒辦法上班了，有夠悲慘。

小仲心想：佐惠好像賣過保險，感覺很精明幹練。小仲心生同情，不過，自己也身陷痛苦之中。

7月10日

今天去了一趟嵐山[21]，大概以後再也沒機會來這裡賞楓了吧?!嵐山有我難忘的回憶。我曾和男友開車來，兩人一起品嚐了湯豆腐，然後到野宮神社參拜。這可說是我少有的珍貴回憶（笑）。今天自己一個人來，行程完全跟當年一模一樣。雖然是酷暑七月，所幸天氣涼爽。真是太好了，感謝老天爺。之後，又吃了當年吃過的冰淇淋，好美味啊～

文章提及，她再也看不到紅葉了，難道是預測自己活不到秋天嗎？小仲很想鼓勵她，別淨想些這些事了，要加油啊！

7月23日

我今天一如往常地外出散步。國中校舍旁的池塘裡，芒草長得茂盛，呈現一種不凡的美麗，難道是死亡之眼在作祟嗎？我竟然能活在如此美不勝收的世界？池塘旁，有一對恩愛的夫妻。雖然我沒結婚，生活難免有點寂寞，但要是結了婚，現在的丈夫和孩子一定很傷心吧？沒結婚也許反而好。不過，很對不起每天來探病的母親，她一定期待女兒嫁人吧，我真是一個任性的女兒。真抱歉！無法讓母親看到我穿上新娘禮服，真的很對不起！

小仲一面瀏覽文章，一面掉淚，充分感受到佐惠努力把握餘生的強韌，此刻，她在做什麼呢？同是癌末病人，小仲興起想跟她聯繫的念頭。

8月13日

盛夏之日，熱得要命。腹水好像又增加了，我已經無法下床了。藥物完全無效，唉，乾脆停掉所有的治療吧……其實，有一些書反而建議別理會癌症，主張過度治療並不好，與其緊緊抓住痛苦的治療，不如接受命運較輕鬆。

看到佐惠逐漸軟弱，小仲很想賦予她力量，內心不斷吶喊：想終止治療，說什麼傻話？儘管痛苦，只要堅持忍耐下去，一定有機會。

小仲也曾在報上讀過，針對癌症，過度治療並不好。但不治療不就等於是舉白旗投降？這無非是想從煎熬的現實中遁逃吧！

---

21 京都風景區。

病人和醫生並肩盡力到最後，才有活下去的希望啊。

8月28日

昨天嘔吐還是很嚴重，一夜無眠。明明肚子空無一物，為什麼會吐得這麼厲害？真不知該拿這個身體怎麼辦？我覺得好累好累。大學醫院的主治醫生說要介紹安寧病房給我。這代表我的生命終於到盡頭了嗎？

小仲的腹部感到一陣熱。原來，這家醫院也有這種神經大條的醫師。放棄病人的醫生，絕不饒恕！希望這種醫生得到報應。

9月17日

好痛苦，已經是極限了。我跟護理師拿了安眠藥，部落格也無法繼續寫了，實在很無奈。趁現在先跟大家道別吧，謝謝各位觀看我的部落格。

小仲心想：看來佐惠住院了，身體狀況應該很糟。他不經意地點開下一頁，眼前卻跳出令人意外的貼文：

9月29日

女兒佐惠子於前日午後九時十七分去世。身為母親，我什麼忙也幫不上，只能陪伴她度過痛苦的每一天，終日以淚洗面。女兒已盡了最大的努力，她終於輕鬆了。衷心感謝各位的鼓勵，謝謝！

小仲茫然地望著螢幕上的貼文，原來，佐惠已不在世上了！空虛的焦慮感劇烈地襲上心頭。帶著無處宣洩的悲傷，小仲盯著電腦螢幕。無意間，他的視線被並排的廣告文字給吸引住：

「**癌症免疫細胞療法**」

這是什麼？小仲未抱任何期待點進廣告，螢幕上跳出一間診所的官方網站，上面寫著令人難以置信的事：

「繼癌症三大療法（外科手術、抗癌藥物、放射線）後的第四種治療方法。」

小仲激動地屏住呼吸，這難道是佐惠冥冥之中的安排嗎？

癌症免疫細胞療法——這是沒有副作用的夢幻療法呀！

24

「今天是爺爺的生日，也是慰勞他辛勤工作大半輩子的日子呢！」

「辛勤工作是什麼意思？」電梯裡，身穿天鵝絨洋裝的可菜問瑤子。

「爺爺工作了很久，上星期終於退休了，所以我們要幫他慶祝啊！」

森川似乎有點害羞，凝視電梯的樓層顯示燈。今天是慶祝森川的父親忠生的退休晚餐會，忠生是埼玉縣和光市綜合醫院的麻醉部部長，上週過完六十五歲生日後，宣布正式退休。

晚餐地點選在池袋太陽城六十樓的高樓景觀餐廳區，一家高級的中華料理店。森川一家三口在門口告知預約的名字後，穿制服的服務員帶領他們進入包廂，雖然比約定時間還早了十分鐘，但雙親卻早已在裡頭等候。

「已經到啦？真是急性子，一點也沒改變！」

「是啊，我說搭晚一班的電車也沒關係，你爸偏說會來不及，急急忙忙地就跳上車了。」母親真智子穿著她喜愛品牌KRIZIA的上衣，不以為然地說道。

穿夾克的忠生不以為意，用滿面笑容迎接可菜：

「今天也很可愛呢！」

「今天我們在包廂用餐，可菜要怎麼跑、跳都沒關係喔！」

瑤子讓可菜坐到忠生旁邊後，拉起自己的椅子靠近可菜。

當班的服務生前來致意後，穿白上衣的工作人員送上飲料和前菜。

「老爸，恭喜您！祝您生日快樂、退休快樂。長久以來，您辛苦了。」

「辛苦了。」真智子與瑤子附和著，忠生也開心地高舉酒杯。

「老爸在現在這家醫院工作了幾年？」

「我辭了大學醫院後才進這家醫院的，都二十三年了。」

「還真長呢！接下來您有什麼打算？」

「休息一段時間後，再看看有沒有人要找兼職的麻醉師吧！」

「真輕鬆，希望我也能早點進入退休人生。」

面對森川的埋怨，忠生回以爽朗的笑容。

上完前菜，接下來上桌的是招牌小籠包。小籠包內餡湯汁燙口，瑤子在小盤子裡，替可菜撥開小籠包。

「真好吃！這是什麼口味呀？」

「瑤子，那是蟹黃口味的。」

「喔，是嗎？我第一次吃到呢！」瑤子技巧地奉承了一下婆婆。

忠生吃完蒸籠裡最後一顆小籠包，詢問森川：「工作順利嗎？」

「老樣子，忙死了。」

瑤子代替語氣顯得冒失的丈夫，補充說道：「良生在醫院很辛苦，讓人頭疼的病人不少呢！」

「嗯，外科醫生本來就會這樣。」

「良生從小就溫柔善良，當醫生一定吃了很多苦頭吧？」

真智子想起了往事，微笑地說：「有一次蟲子飛進家裡，他還拚命開窗讓牠們逃走，還說蟲子被殺太可憐了，他呀，連蟑螂都捨不得殺呢！」

「現在也一樣。之前家裡出現了蟑螂，他還死命把它們趕到陽台，換成是我，早就用拖鞋打死了！」

「啊，很瑤子作風喔……」真智子睜圓眼睛笑了，森川不好意思地皺眉。

「今天老爸才是主角，別再談我了。老爸，叫瓶紹興酒喝吧！」

「啊，好呀，來喝一杯。」

服務生送來小玻璃杯，然後在裡面放入砂糖，再把琥珀色的紹興酒倒進去。今天的菜有北京烤鴨、魚翅，以及和牛炒青椒，最後的甜點是香味濃郁的杏仁豆腐，可菜吃得很開心。

森川結完帳後走出餐廳，在大廳等候的父親表情滿足地說道：「今天很愉快。有這麼好的家人，我真的很幸福。」

「老爸，你站得穩嗎？」

真智子用手臂挽著忠生，他微醺紅著臉、腳步踉蹌。微醉的森川說道：「搭計程車回去比較好，計程車費大概六千日圓吧……」

「別浪費了，搭電車沒問題的。」

於是，大家從太陽城步行到池袋車站後，森川一家三口再跟雙親道別。之後，森川叫了一台計程車，部分是因為可菜想睡了，部分是最近晚上常外食，回程多半搭計乘車。他心想：真是由奢入儉難啊……

搭上計程車，可菜立刻進入夢鄉。森川慰勞瑤子：「今天謝謝妳了，我們算是盡了孝道。」

「我也吃了頓好吃的，真好。」

醉意像溫水般圈住森川的頸脖，他把身子埋進座椅，忍不住嘆了一大口氣。

「怎麼啦？」

「嗯，沒什麼……」

森川正為胸中掠過的一件事感到困惑。

「今天真的很開心，可是，這樣好嗎？」

「怎麼說？」

「我有一種恐怖的歉疚感。」

「又來了。阿良，你想太多啦！」瑤子無所謂地聳聳肩。

究竟自己在牽掛什麼，森川也不懂。無形中，總覺腦海有股朦朧的不安盤旋著。

25

「**癌症免疫細胞治療最新技術，活化NK細胞療法**[22]」

診所的官網上寫著這幾個大字，內容則詳細地介紹了令人驚訝的實例。從胃鏡拍到的照片來看，原本如火山口般的癌細胞，在治療半年後，已消失得無影無蹤。透過電腦斷層掃描的影像也可以看到，原本像遭砲彈擊裂般、轉移至肝臟的

22 自然殺手細胞 natural killer cell，保護人體免於癌症侵襲的第一道防線。

癌細胞，也在八個月後銷聲匿跡。其他像肺癌、胰臟癌、大腸癌等被認為無法治癒的末期癌症，都被此療法治癒了。

小仲流著滿身冷汗，瀏覽網頁裡的資訊。

所謂免疫細胞療法，就是取出自己血液裡的免疫細胞加以培養，讓其數目增加後，再植回體內。免疫細胞分好幾種，其中的ＮＫ細胞被稱為「自然殺手」，似乎是一種攻擊力很強的細胞。該免疫細胞源於體內，所以具備攻擊癌細胞的能力，但不至於攻擊正常細胞。因此，免疫細胞療法不同於抗癌藥和放射線治療，不具任何副作用。

網頁上也看得到影片，內容是ＮＫ細胞攻擊癌細胞的過程。在顯微鏡下，銀色的ＮＫ細胞慢慢地靠近黑色的癌細胞，然後加以破壞。小仲暗自低喃，這不是最理想的治療方法嗎？

這間診所的總部位於大阪，屬於醫療法人，在關西和名古屋都有分院。小仲心想：只要是有效的治療，即使位於名古屋、大阪，我都樂於前往。

不過，他很快眉頭深鎖自問：要是這個療法這麼好，為什麼不普及呢？

小仲盯著網頁看，同時心生疑問，因為網頁的設計實在太華麗了，而且宣傳用語顯得輕浮：「您毋需再煩惱，歡迎隨時諮商！」免費諮商專線是「〇一二〇」開頭的免付費號碼，而且治療費可用信用卡支付，就連分期付款也沒問題；怎麼看都覺得太商業化了。

小仲點進去「費用」那一欄，商業化的感覺更加強烈。初診費用一萬日圓，NK細胞治療一次二十五萬日圓，必須重複六次才算一個療程。所以，算起來，一個階段的療程至少需要一百五十萬日圓，加上檢查費和診療費，總計超過一百八十萬日圓。

雖然此療法為自費，不適用醫療保險，不過，費用未免也差太多。備受癌症煎熬的病人誰有能力準備那筆高額的治療費？仔細一看，網頁下面寫著「醫療費扣除」幾個大字，小仲原以為可以拿到補助，後來才發現這不過是在所得申報時，得以扣除的金額罷了。小仲收入少，所以一點好處也拿不到。

他試著檢索其他做免疫細胞療法的診所，沒想到，螢幕上的頁面竟跳出數百萬筆以上資料。他不禁驚嘆：原來有這麼多資訊啊！後來，他以東京地區再進一步搜尋，並鎖定二十五家診所。他依序打開網頁，淘汰了只想賺錢的診所後，終於找到一家看起來還不錯、位於澀谷的「竹之內診所」。

院長竹之內治雄四十二歲，首都醫療大學畢業後，負笈美國約翰霍普金斯大學的腫瘤內科，在那裡待了三年，專門研究癌症疫苗和免疫細胞療法。

小仲點開「治療費用」那一欄發現，費用也很高，一個階段的療程要做四次，一次二十萬日圓，總價九十五萬日圓。治療次數雖少，但比起那些以賺錢為目的的診所，算相當便宜的了。

儘管如此，小仲依然半信半疑。他心想：若決定在這裡治療，那治療費勢必要花費近一百萬日圓。這個數目等於是目前存款的三分之一，如果做兩個療程，就得花掉一半的錢。今後生活費需花費多少仍是未知數，但總不能沒有規劃地亂撒錢吧？

在網路上找資料找了好一會兒後，小仲覺得累了。他躺在床上，右側腹依然感覺炙熱和疼痛，每當姿勢改變時，癌細胞似乎就會跳出來誇耀自己的存在。要是沒有罹癌該有多好啊！不過，小仲疲倦到連做白日夢的力氣也沒有。但是，在他腦裡某個角落，仍然藏著一個樂觀的想法：也許奇蹟會出現也說不定。

可能是不再施打抗癌藥的緣故，小仲的嘔吐感稍微改善了，腹水似乎沒再增加。身體雖稍感輕鬆，但任何治療都不做，仍讓人覺得不安。

小仲在床上，雙眼盯著天花板發呆。薄木板搭蓋的天花板上有幾道黑色霉跡，狀似幾何圖案，看起來像是ＮＫ細胞圍繞著癌細胞纏鬥。他心想：一百萬日圓，就像把錢扔到水溝裡……不過，姑且試試看吧，反正錢也帶不進棺材，如果無效，做一個階段的療程就好了。

小仲從床上坐起，坐回電腦前，然後點開竹之內診所的官網，打電話預約免費諮詢。電話裡應對的女性顯得很親切，小仲要求愈快愈好，對方就立刻安排了隔天就診。

隔天，小仲強忍身體的倦怠感，簡便地準備好隨身物品，即動身前往澀谷。

竹之內診所位於道玄坂右轉的巷子裡。小仲到櫃台報上名字後，一名女性工作人員把他帶到諮詢室。

「請進，小仲先生，我是院長竹之內。」

醫師的照片曾出現在診所網頁上，他微笑伸手跟病人握手。小仲說明求診過程後，詢問對方自己是否能做免疫細胞療法。竹之內露出令人安心的笑容，說道：「當然可以。」聽到醫生這麼一說，小仲心中反而一沉。因為他在白鳳會醫院學到的教訓是：絕不能信賴親切的醫生。

「在治療前，我想請教這個療法是否不適用醫療保險？這是因為厚生勞動省[23]不承認效果的關係嗎？」

聽了小仲的提問，竹之內微微皺眉：「很遺憾，我只能回答是的。」

原以為他會強調治療的效果，沒想到對方臉上出現被打敗的神情。

「癌症治療是否有效，判斷標準通常以腫瘤變小，或腫瘤標記下降為主。從這個角度來看，免疫細胞療法的效果並不顯著。」

「癌症是沒辦法治好的嗎？不過，其他診所的網頁上，刊登了許多治療後癌細胞消失的照片耶！」

「我沒資格批評其他診所的治療。不過，說實話，值得信賴的治療確實不多。癌

23 相當台灣的衛生福利部。

細胞之所以縮小，多半是因為治療時，同時也用了抗癌藥和放射線治療。」

是嗎？小仲內心有些半信半疑。但醫生如此明確否定他的推論，讓他感到挫折。

「請別洩氣，我認為，我們需要從更寬廣的視野來思考癌症的治療。」

「怎麼說？」

「舉例來說，癌細胞雖然縮小了，但因副作用太強，使得病人無法出院，只好乖乖待在醫院裡，根本無法好好吃東西。另一方面，一樣是與癌細胞共生，回到家，卻能好好的吃喝與生活，您認為哪一種好？」

「回家比較好。」

「是的，重要的是QOL（Quality of Life），也就是所謂的生活品質。病人多半把注意力浪費在癌細胞是否消失，但這未必是最聰明之舉，免疫細胞療法則重視生活品質，以延長生命為目標。」

「換句話說，雖然癌症無法治癒，但人至少不會死。」

「是的，但話說回來，人並非永遠不死的喔！」竹之內視線朝下，面帶微笑。莫非還是難逃一死？小仲壓抑著失望的心情，進一步詢問：

「我在網路上查到，這種治療不管哪家診所，為什麼要價都很高？」

「這是因為從血液的無菌處理到特殊培養的設備，都需要龐大的經費。為了培養細胞所使用的無血清培養基和細胞的生長因子也很貴。」

「但為什麼您的診所比其他家便宜？」

「敝診所和首都醫療大學臨床研究機構合作，所以可以獲得一些補助。」

「您會把病人治療的資料拿來做研究嗎？還有，是否治療一旦開始，就無法中途停止？」小仲想起萩窪白鳳會醫院的治療經驗，表情嚴峻地詢問。

「治療隨時可以喊停。資料也只是為了記錄而已，我們的作法沒那麼制式。」

醫生雖這麼解釋，但小仲仍難以抹滅內心的不信任感。就在他陷入沉思之際，竹之內問道：「請教您之前遇過什麼事嗎？」小仲把萩窪白鳳會醫院醫生的惡行一五一十地講了出來。竹之內嚴肅地傾聽，等小仲講完，他便俯首低聲說道：

「身為同業，我為那種醫生感到羞愧。論文擺優先、強制進行治療這種事我做不出來。由於免疫細胞療法對病人會造成極大的經濟負擔，所以我會確實說明，只有在病人充分理解後，才建議治療。病人要是有過度的期待，我也會感到困擾。所以，小仲先生，請您也仔細思考後再做決定吧！我的話說到這裡，如果您還希望我們為您做治療的話，我會樂意接受您的要求。」

竹之內真誠的說話態度讓小仲感到兩難。小仲心想：他隻字未提免疫細胞療法能治癒癌症這件事，這應該算誠實吧？還是試著接受治療看看？不過，需要花費一百萬圓耶……

「在您的診所裡，治療有效的病人比例大概是多少？」

「胃癌病人是兩成五到三成。」

也就是說，每三、四個人中只有一人有效。小仲心想：怎麼辦？竹之內直言，治療成效不想被過度期待，但他這樣說反而讓人更願意相信他。反正也沒其他的治療方法，乾脆死馬當活馬醫，試試看吧。

「瞭解，就算這樣也沒關係。那麼，就麻煩您關照了。」

「好，那麼請您回家前先到櫃台預約下次做檢查和抽血，以利培養細胞。」

竹之內帶著溫和的笑容，目送小仲出去。

小仲辦妥下次看診的手續後步出診所。他的心情很複雜，難道不能給自己稍微多一點希望嗎？這位醫生雖有良心，畢竟還是要花一筆大錢呢……

26

森川想找理性派主任醫師請教事情，但護理師表示他還在門診。森川不禁納悶，門診時間明明早已過了才對啊。他下樓來到門診區，卻在無意中聽到診間傳來交談聲。原來，理性派主任醫師好像還在跟病人的家屬談話。於是，森川走到隔壁的診間等候。男性焦慮的聲音從隔簾的另一頭傳來：

「我太太受到很大的刺激，每天都在哭。她一天天憔悴，都快變成廢人了。」

「我能理解您的處境，但是您衝著我也……」

「不過，您講話也要有分寸吧！不管是任何人，突然被告知罹患癌症，沒有人會受得了。為什麼不稍微細心一點呢？」

「怎麼說突然呢？您夫人的心窩疼痛，體重也減輕了，你們也應該猜到是癌症了，是你們缺乏這方面的認知吧？」

「我們外行人當然不懂這種事，在告知罹患癌症前，至少要等病人做了心理準備再告知比較好吧！」

「前來看診的病人很多，我們沒時間做太細膩的處理，病人又不只有您夫人而已。」

「話雖這麼說，但希望您能稍微替內人著想。所謂的知情同意[24]，不就是在講這件事嗎？」

「不對，所謂知情同意，講的是必須照實知會。不能因病人會受大打擊就酌情處理。若病人因被告知癌症而備受衝擊，是病人的基礎危機意識不足所造成。」

「所以，醫生，如果您被告知癌症已到末期，請問您還能保持平靜嗎？」

「當然，如果這是事實，除了接受，沒有其他選擇。」

「您還有人性嗎？」

病人的丈夫暴怒了，但理性派主任醫師毫不掩飾地嘆了口氣：

「您的意思是說，要對無法治好的癌症病人說出善意的謊言？您是要我告訴他

24 知情同意（Informed consent），一種醫療行為。針對患者或受試者進行手術或臨床研究時，於事前充分向患者或受試者說明並徵得同意的醫療行為。

們，一定能治好，動了手術就沒事了？這是欺騙呀！」

「儘管如此，您也不需要用那種冷漠的語氣說話吧？說什麼胰臟癌無法動手術，您不覺得太殘忍了嗎？」病人丈夫的聲音顫抖，他努力忍住不讓懊惱的眼淚流下。但是，理性派主任醫師卻不為所動，繼續說道：

「即使話說得再溫柔，現實仍不會改變。讓病人懷抱著不切實的期待，這和欺騙沒兩樣。病人要面對現實、下定決心，才能應付艱苦的治療。醫生要是優柔寡斷，讓病人懷抱空虛的希望，這才叫殘忍！」

「夠了！」

森川聽到病人的丈夫踢開椅子、站起來的聲音。

「我們不想再讓您看診了，我們要換醫院，找一家更能瞭解病人心情的醫院。」

「請便！有您這樣家屬的病人，我也不想收。等著我動手術的病人多得很，我把時間和精力拿來治療那些病人就好。」理性派主任醫師口氣沉穩地回應。

森川緊張地豎耳傾聽，此時，病人的丈夫擠出一句充滿憎恨的話：

「您是我看過最惡劣的醫生！」

森川聽見病人的丈夫慌張地衝出診間後，理性派主任醫師不悅地低語：「愚蠢！」

森川站在隔壁診間，一動也不動。

他心想：很明顯理性派主任醫師是從醫者的角度發言。但是，換作是病人呢？

毫無心理準備的病人，一定要承受被告知後的絕望嗎？

理性派主任醫師的辯駁雖過於冷漠，但森川知道，他是外科中相當努力的醫生，對於病人的治療一直都很投入，他常驕傲地公開表示，給他手術過的病人一定會痊癒。對病人而言，沒有比這種醫師更值得信賴的了。

相對地，理性派主任醫師無意與治不好的病人有所牽扯。他願意收治癒有望的病人，為他們動手術或做緊急手術，也肯為重症病人留宿醫院幾天，盡全力治療。不過也因此，他常因照顧病人而疲勞過度，無法好好地吃頓飯，不時癱軟在醫局的沙發上。都已經做到這種地步了，還要他理解病人不安的心情、花時間持續跟病人對話，是有點難為他。

如果這是理想的醫師形象，那現實中的醫師都不及格。森川獨自站在空蕩蕩的診間，迷失在無解的混沌之中。

27

桌上的手機難得發出震動，螢幕上顯示的是一組陌生的電話號碼。

「您好。」

「小仲先生嗎？我是待過萩窪白鳳會醫院的護理師吉武！」

小仲接到意外的來電，不由得抬起頭來。對方客氣地說道：

「您的身體狀況怎麼樣？您出院時，沒機會好好地跟您道別，非常抱歉。」

「沒事。」

「我一直牽掛著這件事。不知道是不是因為我的影響，還是我說得太過分，才讓您被逐出醫院的？不知道該如何向您致歉。」吉武顯得懊惱，語尾明顯地顫抖。

小仲微微苦笑道：「謝謝關心。我拒絕打紫杉醇並不是因為妳說的話。那只是一個開始而已，歸根究柢，這是我自己思考後做的決定。我要求德永延緩治療、減輕藥量，他根本聽不進去。就像吉武小姐妳說的，他盡是在賣弄些專業知識。被我拒絕了以後，他立刻翻臉不認人，連檢查報告都不明說。最後才跟我說轉移到肝臟的癌細胞變大了；這冷漠的宣告簡直就是報復。」

「是喔……」

「後來我也生氣了，忍不住脫口指責他，是否因為我無法對他的論文有所貢獻，才遭到如此待遇。結果，德永惱羞成怒，要我立刻出院。那傢伙就像吉武小姐妳所說的，自己的研究優先於治療，是個自私鬼，根本是醫界的老鼠屎！」

一想到這件事，小仲就難以遏止怒氣，吉武擔心地問道：「小仲先生，那您現在在其他醫院看診嗎？」

「現在看診的地方不是醫院，是一間診所。對了，想請問吉武小姐，妳聽說過免疫細胞治療法嗎？」

小仲順口說出後，吉武用低沉的聲音說道：

「在體外培養淋巴細胞和ＮＫ細胞，然後再把它們放回體內，是吧？您在接受這種治療嗎？」

「還沒，正想要做。」

「您問過治療費了嗎？」

「我知道很貴，而且大部分診所都以賺錢為目的。我找到的這間診所算比較有良心的，對方也事前知會，別對效果期待太高。不過，聽說不會有副作用，所以我打算死馬當活馬醫，試試看。」

小仲心裡拉起一道防禦線，戰戰兢兢地說道，心想：萬一被擁有專業知識的吉武否決，就再也沒指望了。於是，他刻意轉開話題問道：

「吉武小姐，妳已經辭掉醫院的工作了嗎？」

「是的，我決定做到十五號為止。因為還有很多有薪假沒休完，所以提早在十五號以前，就不再去上班了。」

「下一個工作找到了嗎？」

「找到了。目前在調布[25]的一家診所工作。雖不是醫院，但覺得工作很有意義。來診所的都是高齡病人，只要對他們稍微親切點，他們就很開心。」

25 調布市，在東京都多摩區的東部。

「吉武小姐很善良呢！」

小仲說這話原想討對方歡心，對方卻害羞地笑道：

「嗯。不會造成您太大的困擾的話，我想去探視您，可以嗎？自從離開萩窪白鳳會後，我就一直想著這件事。」

聽到這個意外的請求，小仲覺得整間房子瞬間亮了起來。竟有人掛記著他，而且還是一名年輕的女性。

「隨時歡迎，來吧。反正我都閒著。」

「太好了，這週六下午方便嗎？」

「沒問題，知道怎麼來嗎？」小仲搶在吉武回話前，就先說明地址和路線，難掩心中的雀躍。

週六早上天氣很好，晴朗得不像十一月下旬。小仲把窗戶打開，清掃了房間，把病人的氣味一股腦兒驅散出去，讓新鮮空氣填滿屋內。右側腹的疼痛雖沒有消失，但身體不覺得不舒服。

下午兩點，就在約定的時刻，門鈴響起。個性一板一眼的小仲，對於對方守時感到欣慰。

「請進！」

門一打開，出乎小仲意料之外的是，吉武並非單獨前來。她背後站著一名看起來約六十歲出頭、體態豐滿的女士。小仲的表情頓時不自在起來。

「小仲先生，您的身體狀況怎麼樣？今天我把朋友稻本好子小姐也一起帶來了，她說想跟小仲先生見個面。」

小仲心想：她想跟我見面，我可不想呢！但人都到了門口，總不能下逐客令吧。

「請進來吧，很抱歉，我房間很髒亂。」

走到最後面的和室，兩位客人拘謹地跪坐在榻榻米上。因為坐墊不夠，兩人讓來讓去的。小仲打從心裡覺得這種禮節真麻煩。

「請用這個吧，我不用坐墊也沒關係。」

小仲讓出自己的坐墊後，把蓋在膝蓋上的小毯子折疊起來，然後坐了上去。

吉武察覺到氣氛有點不對，於是用客氣的口吻回應：

「很抱歉。今天擅自決定兩個人一起來拜訪您，稻本小姐是我的前輩，目前是一個叫『海克力士會』的組織負責人，這是一個專門支援癌症病人的組織。」

「初次見面。」

稻本遞上的名片，職稱寫著「NPO[26]法人海克力士會代表」。

「喔，支援癌症病人的海克力士呀？他是希臘神話裡，跟巨蟹座有關的人物

26 NPO為非營利組織，英文是Nonprofit Organization。

吧。」

「是的，您真博學。」稻本佩服地點了點頭。

癌和蟹的英文都是「cancer」，在希臘神話裡，海克力士一腳踩死前來攻擊他的螃蟹，女神赫拉看在眼裡，對螃蟹心生同情，後來把螃蟹也安置在星座裡。對喜歡看書的小仲而言，這是理所當然的知識。

「小仲先生住院時，我就知道您非常博學多聞。」吉武充滿敬意。

小仲心知她是為了博取歡心才這樣說，不過，被稱讚的感覺還不差。

「小仲先生，這是我自己烤的蘋果派。」

吉武從紙袋裡取出用鋁箔紙包裹的點心，甜甜的香味立刻鑽入小仲的鼻孔。

「看起來很好吃。」

「太好了，那我借用您的廚房一下。」

吉武起身到廚房煮開水。廚房已經事先清理過了，所以小仲很放心地讓客人使用。但房間內只剩下他與稻本兩人，讓他覺得緊張。因為對方沉默不語，小仲不得已開口問道：

「您也是護理師嗎？」

「曾經是，但現在已辭掉了。目前專心在NPO工作。」

「海克力士會都在做些什麼？」

「主要是為癌症病人提供精神上的支援。不過，過程並不順利。」

「當然啦，癌症病人很難應付的。」小仲自嘲似地笑道。

「準備好了。」吉武把切好的蘋果派放在紙盤上拿過來，接著，換稻本進廚房端來紅茶。紙盤和紅茶包都是吉武帶來的，小仲覺得吉武很伶俐，知道他家應該不會有這些東西。

「小仲先生的家裡有各式刀叉呢，佩服、佩服！」吉武天真地說出感想。

「我之前曾跟一個女人同居過，不過，才住了三個月，她就離開了。」此話一出，小仲立刻發現自己因太得意而失言，懊惱之際，他急忙拿起紙盤，故意將鼻子湊近蘋果派嗅聞。

「可能是生病的關係吧，現在連嗅覺都變遲鈍了，不過，蘋果派很香。」

「不知道合不合您的胃口，我不怎麼擅長料理。」

小仲用刀叉切了一小塊，吃下後覺得味道比想像中的淡，心想：這樣的食物可以下肚沒問題。

「那個叫德永的傢伙，我絕不饒他。根本不把病人當人看！」

小仲此話一出，吉武噘起嘴吃下一口蘋果派，附和道：

「說的也是。我也覺得德永醫生不成熟，太孩子氣了。」

稻本露出不解的表情，於是小仲只好說出事情的經過。

「竟然有這麼糟糕的醫生？真難相信！」

「惡劣的醫生不只德永，在三鷹醫療中心，我也經歷過不愉快的事。一個年輕醫生當著我的面說：你沒救了，好好把握你所剩不多的日子吧！」

「不懂病人心理的醫生，還真多。」

面對稻本的附和，小仲視線往上飄移，多疑地望著她。心想：妳又知道什麼？小仲不喜歡稻本那種散發出優雅氣質的態度；是裝模作樣嗎？一副對任何事都能應付自如的樣子。面對小仲陰險的視線，稻本仍維持安穩的笑容。

吉武像在解釋似地說道：

「稻本小姐的丈夫是內科醫師，五年前因腎臟癌過世了。在那段時間，她深刻體會到，病人需要精神支持，所以成立了海克力士會。」

一聽到她是醫師娘，小仲對她更無好感了。但為了給吉武面子，他還是附和了一下：「喔？」

「吉武小姐，您也加入這個會了嗎？」

「是的，我也希望能為癌症病人盡一點心力。」說完，吉武順手從紙袋裡取出幾本刊物，說道：

「這是海克力士辦的刊物，小仲先生有空時不妨翻翻。我們還舉辦癌友聚會，您若願意，歡迎參加。」

小仲不耐煩地翻看著刊物，心想：這是雙色平版印刷，明顯是為了節省成本才這樣做的。他裝出趣味盎然的樣子翻閱著，這時，稻本凝望牆旁堆積如山的書，說道：「小仲先生，您真是位愛書人。」

愛看書是最讓小仲開心的褒獎。

「您過獎了。」

「不，實在太棒了。」

稻本快速地瀏覽書背上的書名，然後向小仲投以讚賞的眼光。這個女人在做什麼打算？小仲為了掩飾自己警戒的心，避開了稻本的視線。

28

特急「武藏」號載著七成滿的乘客，駛出埼玉縣的飯能車站。

森川與外科主任並排坐著，兩人一起完成出差手術後，正結伴返家。

外科主任平均兩個月出差一次，出差到慶陵大學醫局的相關醫院做手術。他通常單獨前往，但這一次委託森川擔任助手。對被指名同行，森川並不覺得反感。被公認技術高明的外科主任點名當助手，他有信心能幫得上忙。外科主任的性格敦厚，坐在他身邊覺得很輕鬆。

「今天幸虧有森川君幫忙，手術十分順利。」

「您客氣了，今天我學到很多。」

這一天進行的是食道癌的根除手術，是一種須將腹部與胸部切開的大手術，病人是一位五十六歲的女性，癌細胞有些惡化，但並不嚴重。

「我們好像把今天的病人救起來了。」

「是啊。」

外科主任微笑睇著森川，露出一副「喔，原來你也看懂了」的表情。

外科醫師隨著經驗累積，慢慢就能掌握病人的預後狀況，經驗豐富的醫生會知道病人得救的可能性高不高。而外科主任的直覺敏銳，儘管不太說出口，但聽說他的評估命中率高達八成以上。森川趁此機會，把一直記掛在心的事，說了出來：

「主任，您如何知道病人預後狀況呢？」

「嗯，畢竟我從事外科醫生這麼多年了嘛……」

「曾發生過不如預期的事嗎？」

「當然有啊！有那種起初以為沒問題，結果中途發生不測的病例。如果一開始覺得沒救了，那真的就會救不活，所以我盡量不這麼想。」外科主任苦笑一聲，眼尾出現幾道皺紋。

「當您知道病人有救時，會如實相告嗎？」

「我不會。因為病人都很看重醫師說的話，若無必要，最好別提。」

此時，外科主任彷彿突然想起什麼，又接著說：「很多醫生會告知病人還剩下多少時間，我卻不鼓勵這麼做。雖有必要讓病人有心理準備，但是意料之外的狀況很多。因此，多數醫生的評估會比較保守，如果病人活得比預期來得短，就會產生不必要的紛爭；簡單一句：『明哲保身』。不過話說回來，大部分的醫生很難瞭解病人和家屬被告知病況後內心的悲慟。所以，我不主張告知病人。」

森川聽到這裡，不得心生感佩：真不愧是經驗豐富的外科主任。

電車經過所澤，駛進東京都內時天色已黑，車窗玻璃上，倒映著森川的臉；他別過頭低聲說道：

「有救的病人還好，沒救的病人真的可憐。」

「這就是醫生的天職。即使病入膏肓的病人，也不能對他死心，要盡力地救治；盡力後，再跟病人好好道別。」

「好好道別，什麼意思？」

「就是『彼此要心意相通』。」

「那對您來說，怎樣是最好的道別？」

外科醫師微微抬起眉梢，彷彿回想什麼似地，說道：

「在病人生命最後一刻，對他說『您真勇敢！您已盡了最大的努力』。然後，病人回以『多謝您的關照，感謝。』，類似這樣的道別方式吧。生病是極大的不幸，但心存感謝彼此能相遇，就能好好的道別。生命到了最後關頭，彼此能這樣坦承以待，不是很好嗎？」

「確實。」森川點點頭，突然想起那名胃癌病人。自己向他直言無力回天，結果反被對方認為自己在詛咒他。不知這個人現在狀況如何？

若以外科主任的角度來看，這種道別方式是最糟糕的。森川心想：還是試著聯絡他吧，反正病歷上有聯絡方式；撥個電話過去，為自己當時的態度向他道歉吧！

不，他繼而又想，在完全不瞭解對方的情況下，突然致電道歉，只不過是自我滿足而已。

該怎麼做比較好？

電車逐漸駛近終點站池袋，窗外溢滿都會區絢麗的照明，但，森川的內心卻一片昏暗。

29

吉武和稻本來探視的前幾天，小仲在竹之內診所做了核磁共振檢查，並為了培養細胞而抽血。

「跟之前相比，您今天看起來精神比較好喔！」

看診時，竹之內因小仲的病情比意料中來得好而感到愉悅。事實上，小仲的精神之所以亢奮，主要是期待吉武將來探病之故。小仲暗中期待療法可以提高免疫力，有效打擊癌細胞。

看完診後，小仲向竹之內拜託兩件事。一是他表明自己不想再做檢查了。二是就已做過的檢查，他不想知道結果。理由是小仲再也不想為檢查結果提心吊膽。直到現在為止，他已接受過無數檢查，但每當報告結果一出，心情就跟著動搖。比如說，聽到肝臟轉移癌細胞變小的瞬間，心情歡喜異常，但傳來腫瘤標記上升時，則又陷入無限絕望。

「我不想再被檢查結果玩弄了。」

小仲說完，竹之內擺出一副困惑的表情，說道：

「可是，不檢查就無從知道治療的效果如何。還有，如果不向首都醫療大學提出治療的相關資料，就無法領到補助款。」

「沒關係，治療費高一點也無所謂。不過，是否交不出資料，就不能接受治療呢？」

小仲試探似地凝視竹之內，好像要他攤牌一樣：治療和資料，哪個重要？

竹之內的眼光並沒有閃躲，他沉穩地點頭說道：「瞭解。那就不做檢查了。免疫細胞療法是自費診療，我們願意盡量配合病人的需求。」

「謝謝！」小仲放心地吐了一口氣。隨後，他緊握放在雙膝上的拳頭，再度凝視竹之內，提出要求：

「醫生，我還有一個請求。ＮＫ細胞的培養，是否可以每隔三天做一次？」

「怎麼說？」

通常，免疫細胞療法的療程是先抽血後，用兩週的時間培養免疫細胞，等到細胞增殖至上千倍後，再植回病人體內。每個週期的療程，都是以兩週為單位，重覆抽血、培養細胞再植入體內。但是，小仲想要縮短間隔，於是提出每隔三天抽血培養細胞的建議。換句話說，只有第一次療程是將增殖兩週的細胞植入體內，之後，每隔三天就要把增殖的ＮＫ細胞放回體內。

瞭解小仲的企圖後，竹之內「嗯」的一聲。

「行不通嗎？」

「並非行不通，但這種作法欠缺臨床根據。」

「這種療法利用自己的細胞，所以沒有副作用，對吧？如果因為藥物的副作用太強而拉開治療間隔，我能理解；但是，免疫細胞療法用自體細胞就沒這層顧慮吧？」

「道理說得通，但是……」

儘管小仲話都說到這樣了，竹之內仍有所顧慮。此時，小仲再也按捺不住，行了一個九十度的鞠躬禮：

「醫生，拜託！我已經沒時間了，每次要等兩個星期太久了；我不知道哪一天會是我的最後一天……」

「瞭解！不過間隔三天實在太短，至少隔個五天吧？」

「謝謝您！很抱歉，做了這種自私的請求。我拚命地想出這種方法，不過是希望治療更有效果，還請您諒解。」說完，小仲低頭聲淚俱下。

今天是十二月四日，距離第一次抽血過了兩週，終於要進行第一次ＮＫ細胞注射了。

「身體覺得怎麼樣？」竹之內面帶令人安心的笑容問道。

緊張、期待這兩種心情不斷拉扯，好像要把小仲的心給扯開一樣。「麻煩您了。」小仲微微頷首，同時觀察竹之內的表情，想知道兩週前核磁共振的檢查的結果如何？轉移到肝臟的癌細胞有沒有擴大？腫瘤標記多少？雖然要醫生不用知會他檢查結果，但內心仍不免記掛。

小仲回想從萩窪白鳳會醫院出院後，已超過三週以上都沒做任何治療。但不知為何，身體竟然能維持在平穩的狀態；難道癌細胞中止攻擊了嗎？還是因為抗癌藥的副作用消失，稍能進食，所以恢復了體力？

他一度想開口詢問，但克制住了。畢竟已事先提出不告知檢查結果的要求，自己就得承擔，不能反反覆覆。他從竹之內平靜的表情上，完全無法得知病情有沒有變化。

小仲躺在點滴室的病床，護理師把放有點滴器材的推車推過來。ＮＫ細胞裝在半透明的輸血袋裡，穩妥地躺在鋁製盆中；看上去是一種微微發光的橘色液體。

「開始注射ＮＫ細胞。」

護理師繫妥點滴管線後，竹之內將針頭筆直地刺進小仲的手腕。培養液一滴滴輸送至血管；小仲開始幻想，看起來像水蚤的ＮＫ細胞，它們等一下就會在體內游竄，然後攻擊癌細胞。接受注射的當下，他的腦海浮起NK細胞活蹦亂跳的景象。

這個過程大約一小時就結束了。

「怎麼樣，有沒有覺得不舒服？」竹之內一面拔針，一面詢問。

「沒問題！」

何止沒問題，還感覺精神抖擻呢。小仲感受到身體出現微微的暖意，NK細胞這麼快就開始活躍起來了？誘惑的聲音在他腦海浮現：要不要叫醫生檢查一下腫瘤標記？

「等您準備好，就可以回家了。」

「請問……」小仲叫住正往外走的竹之內。

「什麼事？」

「嗯……沒事。」小仲急忙把話吞回去。此時，他心中閃過一絲自我懷疑，免疫細胞療法就算再怎麼新穎，效果應該沒這麼快出現吧？搞不好，腫瘤標記比之前還高也說不定；這個念頭亂紛紛地閃進腦海。

小仲努力克制衝動後，步出點滴室。竹之內站在櫃台前，好像略帶歉意地向他致意。小仲覺得奇怪趨前一探，竹之內清了清喉嚨：

「之前有跟您提過，如果不提供治療的數據，首都醫療大學就無法提供補助。因此您的治療費比網頁上公告的價格稍微高一些，但因為沒有做任何檢查，所以能夠抵減一小部分。」

「多少錢？」

「今天的費用是二十三萬三千日圓。」

小仲雖有聽到高價的心理準備，但這個數字並未超出預期；他心想：看來這間診所不算黑心。

「如果接下來您想做檢查，我們還是可以為您申請補助的。」

「沒關係，不用了。」小仲想轉換一下氣氛，於是提出藏在心裡許久的疑問：

「比起補助款，我更想知道一件事。其他診所一個療程都是六次，但您這裡為什麼只有四次？」

「其實做了四次以後，大致上就會知道有沒有效果了。做六次，我個人是覺得有點多餘。」

「瞭解。之後還請您多多關照了。」

小仲禮貌性地點頭後，以信用卡結帳。簽字時，他覺得右手有些僵硬；看著欄位裡出現生平從未見過的金額，他不禁暗暗數著這樣的簽名還有三次。小仲自問：究竟有沒有療效呢？

30

森川日復一日地穿梭在病房、診間之間，所有的事物都照樣骨碌碌地轉動著。不過，偶爾也有因踩到地雷，令他狼狽不堪的時候。

數日前，一名三十五歲、與森川同年的病人因胃癌住進醫院。當初在門診時，森川為了慎重起見，幫他做了胃鏡檢查而發現早期胃癌。由此可見，森川的專業判斷確實很準確。今天晚上七點多，那位病人請森川到病房來，有事要找他。

「很抱歉在這種時間找您，因為我有重要的事想請教您。」

病人年輕的妻子雙眼紅腫，沉默地坐在床畔。

「醫生，請問您今天和我太太說了些什麼呢？」

森川印象中沒有說什麼特別的事。依稀記得午後，他與病人妻子在走廊擦身而過，輕聲打了個招呼。她禮貌地低頭說了「請多關照」，而森川順口回答：

——別擔心，妳先生是早期發現，手術後不需服用抗癌藥。

森川原想安慰她，但這位太太表情突然變得難以言喻，並且臉色蒼白。森川雖覺得不太對勁，但以為對方是擔心手術才顯得如此焦慮。

「事實上，我沒跟太太說我得了癌症。」

「嗄？」森川不禁脫口而出，他完全沒想到會是這樣的狀況。

病人用平穩的口氣補充道：「我內人很容易操心。所以，我只跟她說是胃潰瘍。可是，當她聽到您說出抗癌藥這三個字，就知道我是癌症。」

森川心想：換做是二十年前，大部分的醫生反而是向家屬說明實情，對病人隱瞞病況。但如今除非基於特別考量，否則醫師有告知病人的義務，得向病人說清病症。所以，當初照完胃鏡時，森川立刻知會病人病況，未料病人竟對妻子隱瞞。

「原來如此！唉呀，我根本不知道。」

「這點我沒先跟醫生說是我不對，但太太說她怎麼樣也無法放心，希望醫生親自跟她說明。」

「說明什麼？」

「說明我的癌症還在初期階段，有百分之九十五的機會可以治癒。不然我再怎麼解釋，她還是不放心。」

「原來如此。」森川接著對他的妻子說：「夫人，您先生的胃癌發現得早，手術就能把癌細胞摘除，請您不用擔心。」森川溫柔地說。

妻子用手帕按了一下眼角的淚水，抖著嘴唇問道：

「不過，還是有百分之五的風險吧？我擔心的是這個。」

森川雖想安慰她「沒問題」，但又顧慮自己怎麼能這麼輕率地打包票。在那萬分之一秒的瞬間，他猶豫了。幸好病人馬上接起話頭：

「世上沒有百分之百事啦！人世間不確定因素太多。而百分之九十五的意思，就是保守估計啦。」

「嗯，大概就是這個意思。」

「所以，不用太擔心啦……」

但病人妻子的心情並未因此平復，這時換病人急了。森川知道自己此時應該再補上一些安慰的話，但又說不出口。雖說是早期發現的胃癌，但在臨床上也是有復發的例子，想到這裡，他的耳畔又迴盪起先前那位癌末病人的話：「這不就等於要我去死嗎？」當務之急似乎應讓這位妻子放心才對，但森川愈是著急，愈說不出話。眼見病人妻子的神色慢慢被不安籠罩，森川閉起眼睛、牙一咬，破釜沉舟似地說道：

「沒問題的，您先生一定會好起來！」

「妳看，連醫生都這麼說了，妳就放心了吧！」

空氣瞬間凍結了幾秒後，病人妻子終於嘆了一口氣，垂眼點了點頭。

「明白了，謝謝。」說完這句話，她突然抬頭凝視森川，有點激動地央求：

「森川醫生，請您一定要幫幫我先生，讓他好起來。我們的孩子還小……只有五歲和兩歲，如果先生走了，我也不知道該怎麼活下去……」

妻子幾乎是泣不成聲地用手帕摀住臉，森川看到此景，刻意加強語氣：

「請放心，癌症發現得早，就不會復發。我一定會把手術做得很好，別擔心。」

森川很訝異自己竟然流暢地脫口而出這些話，彷彿隱隱跨過某條界線，爾後就能義無反顧地前進；一不做、二不休就是指這種感覺嗎？

走出病房，森川仍為此悸動著，他知道，萬一這名病人復發，這些出於安慰而說的好話，很可能成為一句句指控的說辭。

這樣的地雷潛伏於四周，除非不幸踏中，否則根本不知道地雷在哪。

31

右側腹的疼痛感再度襲來。

雖然很想忽略，但真的很痛。只要一呼吸，肋骨內側就緊繃得不得了，就連輕輕摩娑，或緩緩呼吸都會痛。

小仲每天都這樣跟癌症搏鬥。他後來接受了竹之內診所的建議，選擇在家療養，盡量攝取充分的營養、保持體力，並維持精神上的寧靜。小仲努力遺忘罹癌這件事，讓心境保持愉快。他相信只要這麼做，就能提高免疫力。但是，那如穿箭般的疼痛卻不時把自己拉回現實；究竟要怎樣才能保持愉悅呢？

週六的午後，小仲正想在和室內伸展雙腳時，門鈴突然響起。

「門沒鎖。」小仲躺臥在床上難受地說。因為覺得麻煩，所以他就不鎖門。

「您好，身體狀況還好嗎？」進門的是海克力士會的稻本小姐。

小仲心想：怎麼又來啦？他滿臉不悅，而稻本卻面露微笑。

「今天吉武有事，所以沒來。」

「就妳自己一個人？」

小仲無心歡迎，但繼而又想，或許聊聊天能讓他暫時忘卻煩惱。

稻本小心翼翼地跪坐在榻榻米上。

「身體狀況如何？」

「不好，這裡很痛。」小仲皺眉，用手指著右腹，接著說：「我覺得很疲倦，不想吃東西；想必我的臉色也很糟吧？」

「不，比上一次好。」

「騙人！」小仲口氣顯得粗暴，但稻本仍維持笑臉。

「今天找我有何貴幹？」

「沒特別的事，我只想看看您是不是需要幫忙？」

小仲心裡吶喊：我最需要幫的忙就是這個病了，妳幫得上忙嗎？不過他只擺出一副臭臉，刻意避開對方的視線。

「小仲先生，您自己一個人住，吃飯怎麼辦？」

「到超商買或自己做。」

「海克力士會也能派看護人員過來幫您。如果有必要，我可以找人過來，幫忙做些清掃和洗衣服的差事。」

「目前還不成問題，我自己還能做。」

「您還是不要太勉強比較好吧，而且還要把往後的事納入考量。」

往後的事？小仲瞪著稻本，心想難道妳是指病情惡化、動彈不得的時候嗎？還是我臨終的時候？

稻本的笑容掀起小仲的憤怒，也令他不安。這的確是個實際的問題，倘若身體狀況變糟的話，一個人可能無法單獨用餐、如廁，到了那時，該找誰來協助？

「看護要怎麼請？」

「您可以使用照護保險。一般來說，要年滿六十五歲的人才可申請，但像小仲先生這種病人，就不在此限。」

稻本簡要地介紹了照護保險的內容，雖然保險裡頭沒有明文規定，但癌末病人即使不是高齡，似乎也能運用。

「簡而言之，要先向區公所申請，然後再找介護支援專門員諮詢[27]？」

「是的，如果您不嫌棄，我可以擔任您的介護支援專門員。」

「妳有資格嗎？」

「有的。現在才想起來，應該事前讓您知道才是。」

---

27 日本的照護保險制度下，設有介護支援專門員，英文為 care manager，主要工作是提供需要照護者和家屬諮詢、協助製作照護計劃，以及聯繫照護中心。需要取得特定資格，才能成為介護支援專門員。

稻本帶著業務員式的笑容，從皮包拿出名片遞給小仲，上面寫著「NPO法人海克力士居家照護站代表」。

小仲打量著名片和稻本，心想：這女人來找我，原來是要我僱她公司的看護？雖自稱是NPO法人，但實際上也不知道他們非營利的業務內容有多廣。公司營運也需要人事費用，如果虧本也很難撐下去吧？

小仲故意粗魯地問：「妳是想利用照顧我賺錢吧？」

「沒這回事，絕對沒有！」稻本努力睜大因年歲而微微下垂的眼角，搖頭辯解。

聽她這麼一說，小仲稍微卸下心防說，「那麼，妳來找我真正目的是什麼？」

「我從吉武那裡知道您的遭遇，因此想盡點棉薄之力。如果是因為找看護的事讓您覺得不愉快，我鄭重向您道歉，請別放心上。海克力士會也有其他服務，例如傾聽照護等。」

「傾聽？」

「是的，有一群義工願意傾聽癌症病人說話，另外還有團體治療、探訪等等。」

「只是聽人家說話而已？」

「是的，傾聽者不提供任何意見，完全接受病人的一切。其實，對病人來說，適時地宣泄心情反而能穩定情緒，而且也能從中獲得力量。有的病人因此得以重新出發。」

「開什麼玩笑！」

小仲突然大吼，聲音大到連他自己都嚇一跳；稻本的表情比之前更加困惑。然而，眼前這位女士和善的態度，更激起小仲的怒意。

「接受現實？妳就是想用這種心情來照顧我？得了癌症快死的人，他們的痛苦沒你們想的簡單。以為光是傾聽就懂我的心情嗎？真是做夢！」

「我只是想為癌症病人做些事情，真的。」

「這叫做越界！妳懂什麼？你們只是在自我滿足罷了，自以為憐憫癌症病人，對他們施以援手是一種善行，然後自我陶醉在其中……」

小仲怒不可遏、連珠炮似地反擊。頓時，過去的回憶甦醒了。年少時，他也從事過類似的社會運動，試圖協助陷入困境、受苦的人們。但後來發現，搖著「拯救別人」旗幟吶喊的人群，很多都是只靠一張嘴闖天下的偽君子。這些人帶著善意的面具，但多半只是藉此自我誇耀而已，沒有人是以單純、謙卑的心在付出；這個叫稻本的女人也是利用受苦的人來自我滿足的一丘之貉。

稻本神情顯得動搖，囁嚅地說：

「外子得到癌症時，我一直想鼓勵他，但他也說我不瞭解他的心情……」

小仲想起來了，這女人的丈夫死於腎臟癌，瞬間他的腦海閃過惡毒的話語：「聽起來是有點可憐啦！但妳丈夫不是醫生嗎？他為什麼沒發現自己生病？」

稻本臉色驟變，但小仲繼續目中無人地說：

「這不是很奇怪？明明是醫生，卻沒有發現自己罹癌。原來，醫生都不怎麼保養身體的啊。再說，自己都沒發現自己生病的醫生，竟然能診斷出病人的癌症？身為醫生，妳老公也太不及格了吧？」

淚水在稻本的眼眶打轉，她卻拚命忍住不讓淚水奪眶而出。

「所以，妳是為了彌補沒能好好送妳先生最後一程，所以才弄了這個海克力士會，利用我們這些人來為自己贖罪吧？」

稻本木然地起身，用手帕緊緊摀住嘴角：「告、告辭了……」好不容易擠出這句話後，她直奔門口。臨走前，還不忘轉身向小仲低下腰深深一鞠躬。

小仲嘴角泛出勝利的微笑，心想：「哼，被我說中了吧！」這個女人估計是不會再來了，甩開這個囉嗦鬼後，小仲的心情頓時變得輕鬆。

32

森川原本也不相信第六感。

但有時他不得不感嘆命運的不可思議。人，真的是憑藉自己的意志在過活嗎？看似如此，實際上是有一條命運之繩在暗暗操控吧？

十二月第二個週日，午後兩點五十分，森川正站在住家附近的超商前。他是為了買報紙廣告上的「褒獎蛋糕捲」才來的。

他走進超商，隨手拿了三個蛋糕捲，在櫃台準備要結帳時，看到收銀台陳列架上的檸檬糖，便順手買了一包，然後走了出去。不知怎麼地，森川忽然很想吃檸檬糖，於是不假思索地拆開包裝紙，吃了一顆，再走向垃圾桶丟掉無用的糖果紙。整過程大概只有十秒鐘，而且相當平淡無奇。

接著，森川跨上單車，準備離開超商。

不過幾秒鐘的時間，他背後突然傳出一陣淒厲的爆炸聲響，玻璃碎裂的尖銳聲撕裂了空氣；他回頭一看，原來是有一台汽車衝進超商。

汽車的引擎蓋斜斜地插進店面，貼在後車窗的綠黃幸運草標誌也扭曲變形[28]。森川看到標誌後驚覺，肇事者應該是一名誤把油門當剎車踩的高齡駕駛。

森川反射性地跳下單車，直奔車禍現場，只見坐在駕駛座上的白髮男性弓著身體，動也不動。

「有沒有受傷？」聽到對方沒有回應，森川試圖打開車門，但門卻卡住了。他用雙手拉住車門把手，身體往後一傾，終於拉開。

「聽得見嗎？」森川詢問。看到男子的胸部還有起伏，他直覺拉出男子的手腕，測量脈搏。脈搏也正常，所以森川立刻判斷不需做心肺復甦。之後，他離開駕駛座，探頭望向店內喊道：「有人受傷嗎？」

28 日本高齡駕駛標誌，七十歲以上的高齡駕駛須在車身貼上「高齡駕駛」標誌的貼紙。

店員回應：「有個人倒在地上！」森川立刻走進店裡，對著躺在店員懷裡的呻吟女子問到：「手能握緊嗎？」

女子力氣微弱但有反應，所以也不需要做心肺復甦。

「請叫救護車！」

「剛才已經叫了。」另一名店員回答。

店裡其他的顧客彷彿剛回神，站在遠處圍觀。店內玻璃碎片散落四周，第一排商架上的物品也散了一地，店員在商架前張開雙手，示意顧客請勿靠近。

不久後，響起救護車的警笛聲。救護車停靠在店前，戴著頭盔的救護員匆匆趕來：「請各位後退一點。哪一位受傷？」

「這裡！汽車突然衝了進來。」店員激動地告訴救護員。店門口外那名肇事駕駛，已由其他救護員接手處理。隨後，警車也抵達現場，警察走進店裡詢問：「誰是目擊者？」

店內幾名顧客紛紛舉起手示意。森川雖耳聞巨響，但沒親眼看到事發經過。心想：即使不出面，有顧客可以舉證應該就行了。

正準備離去前，他瞥見店外的垃圾桶被汽車撞得歪七扭八，靜靜地躺在店裡。看到這一幕，一股寒意爬上他的背脊。

他心想：如果在垃圾桶前多停留幾秒，被撞飛的可能就是自己……當場斃命……就只有幾秒之差，生死一瞬。

剛和死神輕輕擦身而過的森川內心震盪不已，難以平復。

他想起最近電視報導過幾個類似事件。一名無照駕駛的十八歲少年，因邊打瞌睡邊開車，結果撞上上學途中的孩童；公車駕駛癲癇發作，在京都鬧區祇園撞死幾名路人；剛出獄的男子，因為一心想被判死刑，於是在馬路上隨機刺殺行人……這些平白無故遭殃的人，就這樣突然遭到死神召喚。除了因意外而喪命的人，那些被大地震和颱風奪走生命的人也不知凡幾。

他想：當下平安活著的這一刻，並非理所當然，說不定僅僅是偶然的幸運。見證了生命的無常後，森川頓時陷入一種異常的失神狀態，像遊魂似地騎上單車想著：躲過了今天，但下一次運氣還一樣好嗎？

33

今天是十二月的第二個星期日，小仲的三名同事到他家裡探病。雖說是同事，但他們都是年輕的印刷工人，比較像小仲的下屬、晚輩。

小仲十一月下旬從萩窪白鳳會醫院出院後，這三名同事多次致電說要來探病，三人好不容易喬出大家可以來探訪的一天。

「小仲前輩，身體狀況如何？」首先開口的是優秀、認真，但有點軟弱的澤井。

「您比我們想像的還有精神呢，似乎沒有大礙，很快就能回來工作了吧？」

身材壯碩的柏田是個急性子，迫不及待地問著小仲。

「嗯，真的呢。」最後接話的是高個兒、話少的染川。

「謝謝各位遠道而來；屋裡很亂，進來吧！」鬍鬚滿腮的小仲穿著皺巴巴的上衣出來應門，領三人進入屋內。

「希望您趕快恢復體力，這是我們帶來的禮物。」三人各自拿出伴手禮。澤井帶的是蛋豆腐；柏田帶來泡芙；染川則是鳳梨罐頭。

「謝謝你們的心意，心領了，我現在什麼也吃不下呢。」

「那不然先放冰箱吧，」澤井機靈地走到廚房。

「公司狀況如何，業績還不錯吧？」

柏田看了染川一眼，臉上浮現欲言又止的笑容：「嗯……還好。」

「我沒上班後，少了我這樣囉唆的人。公司的主管應該都很高興吧？」

「別這樣說，常董們搞不好私底下對您又敬又怕呢！」

「呵呵呵，果然如此。」小仲自嘲地笑道，然後詢問從廚房出來的澤井：

「之前那個用ＳＰＤ[29]做的啞光紙廣告傳單印刷案，後來進行得還順利嗎？」

「已經沒什麼問題了。剛開始插入平鐘時，感覺油墨有點硬，但用四色油墨調和後好很多，印出來的效果也不錯。」

聽完自己改良油墨的使用情況後，小仲滿意地點了點頭：

「這麼一來，或許油墨也能用在再生紙上了。對了，染川，最近工作還好嗎？」

染川駝著細長身子，不知所措地搔著頭。澤井瞄了他一眼，替他接話：

「主任給他的壓力不少。之前，擋紙器的電磁瓣壞掉了，染川鑽進輸紙台板下修理，發現是接合器氣體外洩才無法印刷，結果主任大發雷霆。」

「那次的確是我不好……」染川的聲音微弱，柏田身體略往前傾：

「不，不是這傢伙的錯。因為主任老把他當成眼中釘，主任不但在替換印刷機的毛刷時，把四腳平板機器損壞的責任都歸咎於這傢伙，還碎念了讓人很不爽的話，連我聽了都生氣。」

「主任那傢伙，真是沒救了。」

部門主任去年從業務部空降過來，四十歲左右，大學畢業，總愛把「顧客第一」掛在嘴邊，但是個心胸狹窄的人。

澤井再度面露沉重，向小仲告狀：「最近我看一則電視報導，說在印刷廠工作的人，是罹患膽管癌的高危險群。我們緊張死了，但主任只顧著討好高層，根本沒有研擬工安對策，只會不停地要我們戴口罩啦、把有機溶劑的蓋子拴緊啦……換氣設備既沒改善，也沒發放防毒口罩給我們。至於溶劑的安全疑慮，也只說把鋒頭上的二氯甲烷從名單中剔除就沒事了。但是，這樣真的就沒問題嗎？」

---

29 SPD（Screen printer dual），一種印刷機的名稱。

「二氯丙烷不是也很危險？」

「是呀，但是因為庫存很多，上面的人就擺爛。」

澤井表情黯淡地說完後，柏田推了推眼鏡接著說：

「公司雖然要求我們做健康檢查，但也只負擔簡單的檢查項目而已。其他詳細檢查的項目就要自費。」

「太過分了！」

「是啊。公司根本把我們第一線員工當傻瓜，有人建議乾脆把作業現場的空氣直接輸送到社長室裡！這種時候小仲前輩如果您在現場，相信您一定會越級反應。您不在，大家都覺得很可惜。」

「這些高層主管，真的不可饒恕！」話雖如此，但小仲語氣孱弱，就算再生氣，也心有餘力不足。再說，自己還在長期休職狀態，也沒什麼立場多說。

澤井敏銳地察覺了小仲的心思，急忙緩頰：「唉呀，這畢竟是我們工作上的問題，一定可以想辦法解決的！說了這麼多，不過是想讓小仲前輩瞭解現況，屆時回到公司上班，才能很快進入狀況。」

「是啊，這才是我們來探視您的目的，沒想到竟然抱怨了起來，真是不好意思……」柏田接著說，染川則在一旁沉默地點點頭。

「道什麼歉啊？抱歉的是我，完全幫不上忙。」

「您別這樣說，我們一直都太依賴您了。從現在開始，我們會自立自強，您等著瞧吧。」澤井抬起頭來，挺直腰桿地說。

看到這些晚輩這麼成氣候，小仲開心地說：「明白，明白。看來你們應對得不錯，我也放心了。」

「小仲前輩，希望您早日康復，重回公司做我們的後盾喔！」

「是的，往後還請您多關照。」

「我們等著您喔。」繼澤井之後，柏田和染川也先後回應。

小仲望著這三位年輕同事，心情剎那間感到十分踏實。

34

即將出院的胃癌病人恭敬地緊握森川的手致意。這位七十二歲、在八王子經營蘋果農園的男性果農說：「承蒙您關照，十分感謝。森川醫生，您是我的救命恩人！」

「哪是什麼恩人，不敢當呀！」

「不，您就是。如果不是您操刀，我早就『回老家』了，真的，我這條命是您撿回來的呀，謝謝！」

「啊……」森川不好意思地搔著頭。

一名結束經導管手術治療，即將出院的肝癌老婦人坐在輪椅上，站在輪椅後方的女兒向森川低頭致謝：

「多謝您關照，謝謝。家母沒問題了吧？她食欲還沒完全恢復，大小便不太順暢，沒有天天解便，都要吃藥才能解呢！晚上不吃安眠藥她就沒辦法睡，早上又叫不醒。請問回家後，我們該注意哪些事？因為我負責照顧家母，得問清楚才放心。我的體力有限，所以當然會請看護，也希望母親能活久一點……吃的東西是不是一般就好？她是肝癌，不能喝葡萄酒吧？一天攝取幾公克的鹽分較好？電視一天能看幾小時？她長雞眼，有時會痛，帶她來看門診就好嗎？我知道黃疸才是問題所在，家母因為皮膚白，黃疸一下子就很明顯……不過，血液檢查的結果，ALP[30]、LDH[31]，還有膽固醇都超出正常值，這樣沒問題嗎？家母才九十二歲，我認為她的心臟還可以，她連續喝了三年發芽玄米茶加青汁[32]，以及紅蘿蔔蘋果汁，嗯，還有……」

「嗯，很抱歉，醫局有事找我。」森川拿出醫院配給的手機作勢接電話，拔起雙腿，逃命般離開現場。

一位病人因頸部淋巴腺腫脹就醫，切片檢查後發現細胞病變，他不悅地說：「是否需要住院，等我慎重考慮後再做決定。公司沒辦法請長假，而且是不是癌症還不確定，對吧？」

「檢查結果是相當惡性的病變。如果放著不管，很危險，必須立刻做更詳細的檢查才行。」

「不過，也可能自然痊癒吧。人不是有自癒力嗎？我是一個很健康的人，學生時代還打過美式足球；發燒到三十八度都還能上班，還有，我的家人都很長壽。」

森川的本意是替對方著想，怎料病人不接受？這讓森川頭痛不已。

「森川醫生，您要回去了嗎？」

森川在醫院側門巧遇前來探病的家屬，此時已是晚上九點四十分。三天前，森川為一名吐血而被送來的病人動了緊急手術。病人的病情嚴重，所以他一連幾晚都睡在醫院值班室。

「嗯，今晚情況比較穩定，我想回家換件衣服。」

病人的女兒是另一家醫院的護理師，聽說是個有問題的「恐龍護士」。她冷冷地看著森川說：「所以，換好衣服會再回醫院吧？」

「嗯嗯，是這樣打算。」森川言不由衷，心想運氣還真差，今晚本想在家好好休息的。

---

30 ALP，鹼性磷酸酶。

31 LDH，乳酸去氫酶。

32 青汁是以綠色蔬菜製成的沖泡飲品，是日本很受歡迎的保健食品。

那位向妻子隱瞞病情、和森川同年的病人順利動完手術，今天是他出院的日子。

「醫生，給您添麻煩了，非常抱歉。」妻子有禮地致意，她因為先生提早出院，所以心情很好。

「太好了，以後也不需要擔心了。」

「謝謝！」

面對這位病人，森川決心貫徹「沒問題」的態度。因為這麼說不但能讓病人和家屬放心，自己的心情也比較好。但是，這種狀況猶如麻藥，可以麻痺人心中的誠實和坦白。

等著動手術、罹患肝硬化的紅面鬼先生，終於要出院了。最後，他的身體狀況不適合手術，所以用內視鏡做了硬化劑注射治療。直到最後，紅面鬼都維持頑固的表情，但森川仍努力以正向的態度應對。

「要出院了，祝您早日恢復健康。」

「……嗯。」紅面鬼的臭臉不變，但走到護理站前，態度卻出現三百六十度大轉變，他用開朗的聲音打招呼：「我要出院囉，感謝各位這段日子的關照。」

曾提供建言給森川的護理部主任探頭說道：「要出院了嗎？恭喜！」

「啊，受妳的照顧特別多。」

「不能再喝酒了喔！」

「知道啦，想喝的時候，會想起妳的臉的，哈哈哈！」

護理部主任高舉雙手揮動替他打氣。紅面鬼取下帽子，露出不再發紅的笑臉。

紅面鬼進了電梯後，護理部主任對著森川說道：「這不就好了？」

森川心想：或許吧?!儘管這些病人波折四起，但治療總算告一段落了。

各形各色的病人，能治癒的、無法挽救的，狀況再怎麼嚴重，身為醫師都無法逃避。

醫師努力應付各種難題，疾病卻不等人，毫不留情地襲捲而來。往往是解決了眼下這一個問題，下一個又馬上迫近。

35

「癌症，不可怕」

小仲的目光被報紙的全頁廣告給吸引。一名抗癌成功的女星，與年紀稍長的醫師面對面，臉上流露著笑容。報紙大剌剌地寫著：「只要早期發現，癌症都能救治。請盡速做癌症篩檢！」這則廣告是銷售癌症保險的保險公司刊登的。

小仲用冰冷的手指，用力撕毀那頁廣告。他心想：我的胃癌就是早期發現，最好是「早期發現、就能救治」！這根本是不負責任的話。廣告上女星開朗的笑容，搭配醫生親切自信的表情，兩者都讓小仲湧起劇烈的憎恨。

讓他感到憤怒的不僅是這則廣告，還有那些不勝枚舉的誇張標語和報導，更可惡的是，文章裡的字字句句都讓癌症病人燃起不切實的希望。

「發現癌細胞自我消滅的『關鍵』美國團隊積極開發新藥，適用各類型癌症！」

「重粒子放射線治療──世界級研究成果，消滅病源、抑制副作用的癌症對策。」

「iPS細胞[33]對癌症也有療效。」

每一篇文章的用字遣詞都極其浮誇，文末盡是「不久的將來，會出現治療的新曙光」或「……一旦……就可以進入臨床實驗」等字詞，這些看在小仲眼裡全是畫餅充飢。

記者可曾想過，癌症病人是帶著怎樣的心情閱讀這些報導的？

小仲心想：新聞光是報導好的一面，讓身體健康的讀者讀了以後，懷抱醫學進步的夢想，以為克服癌症僅是時間上的問題而已。然而，對於像自己這種壓根沒救的病人而言，這些報導簡直是在傷口灑鹽。

仔細一想，週刊雜誌的標題更是聳動：「癌症治療，獨步全球新療法！」讀者往往在超商被雜誌上斗大的標題給吸引，才把雜誌買回家，看完後發現根本胡說八道，毫無實質內容可言，不過就是為了銷售，瞄準人性弱點大肆渲染；這種邪惡的賺錢手法，難道無法律可管嗎？

「癌症難民」的系列文章也讓小仲恨得牙癢癢。報導內容不外乎：

「無法為自己發聲的癌症病人，遭醫院棄之不顧！」

「醫院草菅人命，真要不得！」

「病人不是物品，請把病人當人看待！」

記者以為寫出這種報導，病人會開心嗎？這些媒體佯裝成病人的朋友，結果還不是為了諂媚一般讀者，以批評醫生為主、激化醫病對立。

儘管如此，仍有少部分優秀的報導，例如ＪＨＫ電視台報導的專題「漂流的癌症難民」，就讓小仲十分感動。

報導中有一位食道癌病人，因被宣告「沒有抗癌藥可治療」而深感絕望。由於這個病人和自己的境遇相同，播放時，小仲不由得把臉湊近電視。

日本政府認為，「持續做毫無療效的高價治療等於浪費醫療資源」，所以規定，病人住院時間過久，就要削減醫院的醫療補助，此舉無疑是逼迫醫院拒絕治癒率低的病人，甚至強迫他們出院。

報導中，這名食道癌病人親自蒐集資料，兩個月後，終於找到了一間願意收他的醫院。但是，檢查後的結果還是「治療困難」。小仲心想：為什麼沒有醫生願意為病人努力到最後關頭？

---

33 人工多能性幹細胞。

「我自覺還有體力，醫生卻宣布已經沒有治療方法，我實在很難理解。」

食道癌病人對著鏡頭這樣說，小仲對此感同身受。最後，這名病人因為沒有放棄，終於找到一家醫院願意繼續為他治療，因此開心得不得了；小仲不由得也對著電視機畫面同聲說道：「真是太好了！」

報導也訪問了另一名八十二歲肝癌女病人，她因身體狀況惡化，不知如何進行居家治療。但醫院擺明束手無策，拒絕她住院。病人的丈夫聲音顫抖地說：

「醫院應該是醫治病人的地方，不是嗎？怎麼卻趕我們回家，也太無情了！」

接著，畫面映出各種病人的狀態，有人惴惴不安地在家療養，也有病人孤獨地面對死亡。第一位受訪的食道癌病人的話，最觸動人心。他說：

「人啊，哀莫大過於心死，若到此地步，無論安寧病房或任何地方都肯去。可是，我們的內心仍然存著一絲希望，接受治療當然很辛苦，但我們仍會努力朝治癒的目標邁進呀！」

過了幾天，小仲看到新聞標題再度怒火中燒。

社論呼籲日本政府應儘早核准國外已在使用的抗癌藥，作者還舉了許多令人驚訝的實例。

例如，有一家專為名人看診的知名醫院叫東京殷天堂醫院，他們有病人為了買到最新的抗癌藥，甚至派祕書搭乘私人飛機飛往美國。這名病人是罹患攝護腺癌的大企業董事長，他派遣祕書赴美，無非就是想比國內搶先一步取得新藥。

病人竟然可以派人飛奔海外取得新藥？這則報導讓小仲對人生的不公感到憤憤不平。

大家都想接受最好的治療，但是，這個有錢人花大錢就能取得最新抗癌藥，而其他罹患相同疾病卻無從取得新藥的病人，只能在一旁乾瞪眼。

社會上怎能容許這種貧富差距造成人命的輕重不一？

思及至此，因盛怒而顫抖的小仲突然感到一陣虛脫，畢竟無論再怎麼憤慨，社會依然不變。自己毫無影響力，但擁有力量的人卻無心改善現況，最後的結果就是弱勢者被迫繼續處於不對等的狀態。

36

「前幾天的報紙刊登了很奇怪的新聞。」愛抱怨主任醫師坐在醫局休息室的沙發上，他跟其他人閒聊時，忍著哈欠說道。

「名人『御』用的殷天堂醫院裡，有個病人利用自家噴射機，派遣祕書飛到美國購買新的抗癌藥。」

「啊，你說那家愛錢的醫院呀？醫院本身的作法就很超過，病人也很無腦！」急性子主任醫師態度輕蔑地說。

「看了這則新聞，一定會有很多人認為有錢才能接受好治療吧？」

「是啊，會感嘆有錢才有藥醫吧！」

「本來不就是這樣嗎？」住院醫師詢問一旁理性派主任醫師。主任醫師們一時語塞，同座的森川替代理性派主任醫師回答：

「目前社會上無論有錢沒錢，都能接受相同治療，因為大家都使有醫療保險。有錢才能接受好治療？沒這回事。」

「不是有自費診療嗎？派人搭乘噴射機去買藥，不就是一種？」

面對住院醫師的反駁，愛抱怨主任醫師厲聲說道：「唉呀，就算大老遠去美國買藥，還是一樣啦。能治好的病，用日本的藥就能治好。你難道不知道，自費診療是不適用於保險的嗎？因為根本沒效啊！」

「照這樣說，目前很多診所都在做的免疫細胞療法，也一樣沒用嗎？」

「那種療法你覺得有用嗎？根本是利用病人的弱點賺錢，沒醫德呀！」愛抱怨主任醫師嗤笑。急性子主任醫師接著說：

「有錢人花費鉅資在自費診療，他們高興就好。不過，這意思跟『把錢丟水溝』一樣，那是人家的自由；剛好藥物奏效也說不定，而且光是用錢買到希望這點，或許對病人來說，就值回票價了。」

森川聽了資深主任醫師們的毒舌言論後覺得很傷腦筋，卻無法否定他們的說法。

「說到這個，」理性派主任醫師插嘴：「之前，ＪＨＫ電視台做了一個叫『漂流的癌症難民』的專題，揭露醫院把沒治癒希望的病人趕出醫院，導致他們被迫成為癌症難民。裡面介紹的個案都是一般病人，但我認為這樣會誤導觀眾，其實有錢的病人也會被要求出院呢！」

「我也看了，內容實在很糟。根本就是在吹捧那些贊成死馬當活馬醫的醫生們。這麼沒責任感的專題，還真敢播！」

「不過，站在病人的立場，總是希望治療到最後關頭吧。」住院醫師認真地表示。急性子主任醫師不耐地說：「你知道癌症過度治療會怎樣嗎？思考這麼單向，小心顧此失彼啊！」

森川鎮定自若地在一旁補充：「主任醫師想說的是，如果過度治療，只會造成病人痛苦而已。」

森川剛升上外科醫師時，有一陣子也堅信要治療病人到最後一刻；後來因為看多了病人生不如死的經驗，現在反而覺得適時放棄治療對病人比較好。

「我說一則調查給你參考，」理性派主任醫師以教誨的口吻，對住院醫師說：「之前東帝大醫院的放射治療科發表了一份有趣的問卷調查。內容是癌症是否應該治療到最後關頭，有八成病人回答ＹＥＳ，而醫護人員卻有八成回答ＮＯ！」

「沒想到結果這麼兩極。」

「你知道為什麼嗎？」

住院醫師一時答不上話。那也難怪，畢竟才擔任醫師一年，仍習慣以病人的立場思考。至於資深的醫師們，因為天天沉浸在現場矛盾的氣氛中，儘管話說得難聽，卻比較實在。森川環顧雙方的態度，感覺到自己被夾在中間，左右為難。

急性子主任醫師迫不急待地接著說：

「那是因為病人視『治療』為『治癒』，但身為醫療人員的我們，知道『過度治療』的下場會很慘。」

理性派主任醫師聽了點頭表示同意。

「的確。病人往往太小看副作用的威力，站在醫生的立場，基於經驗知道過度治療會讓病情惡化，所以理智上知道該『放棄治療』。相對地，病人還抱有一線希望，就會想要堅持治療到最後。話說回來，我們醫生也沒有好好傳達醫療知識給社會大眾，問題出在我們身上也說不定。」

「但是，向病人坦承自己無能為力，會不會有失醫師的尊嚴？」住院醫師不死心地追問。愛抱怨主任醫師又擺出盛氣凌人的教訓口氣：

「可是明知副作用會縮短生命，卻表現出『還可以治療』的態度，我覺得是一種欺騙。病人再怎麼懇求，我們也不能做出有害而無益的治療。況且，也不能讓病人抱著不切實際的期待！」

森川打從心裡認同這段話，但面對死命哀求的病人，要態度堅定地拒絕實在很難。

頓時，森川腦海中再度浮現那位怒斥「你是要我去死嗎？」的胃癌病人；這並非出自於一時的傷感，而是下次看診時，他必須用同樣的話告知一名肝癌末期的病人。

然而這一次，他告訴自己絕不能重蹈覆轍。

37

掛在點滴桿上的橘色點滴，以固定的節奏，從管子流進手腕裡的血管。小仲仰頭注視著一滴滴落下的液體，嘴裡喃喃唸道：「癌細胞消失，癌細胞消失，癌細胞消失！」

今天是接受ＮＫ細胞療法後的第十天，也是第三次注射，很幸運地，右側腹的疼痛雖尚未消失，但已緩和到小仲能忍受的程度。他每天三餐都吃得下，晚上也睡得著，他自問：難道是治療產生效果了？

為了確認治療到底有沒有效果，做個檢查會不會比較好？腫瘤標記下降了也說不定，畢竟自覺身體狀況真的不錯。

轉念一想，小仲馬上否決了這個想法。右腹疼痛的灼熱感依然存在，且疼痛的程度隨著身體姿勢改變而不同，如刀刃劃過的疼痛，讓他不由得「哇」地喊出來。難道是癌細胞擴散到腸子了嗎？在這樣的狀況下做電腦斷層掃描和核磁共振檢查的話，結果一定會讓人絕望吧？腫瘤標記假如攀升，自己一定會很沮喪，所以為了讓自己保持樂觀開朗的心情，還是別檢查比較好吧？

小仲內心不斷上演糾結的戲碼，他心想：可是好想知道結果……不！還是不要知道得好……可是不檢查，心裡又掛記著。

小仲閉上眼睛，腦海一直胡思亂想。最後，他勉強地接受了勵志式的自我安慰：信者得救。

他不斷向自己打氣：一定可以痊癒，然後要向三鷹醫療中心那名惡醫宣告勝利！說什麼束手無策，竟然輕易地放棄治療，絕對要那傢伙好看！

但，萬一真被他說中了呢……

我會死嗎？會從這個世界消失嗎？好可怕……

冷汗從小仲的太陽穴倏地淌下。

38

肝癌病人是一名五十八歲男性，今年一月才動完手術。

手術雖然成功，但兩個月後，癌細胞又轉移到肺部兩側，病情相當棘手。森川依照癌症治療學會的治療準則，使用抗癌藥治療。5FU[34]、排多癌注射劑、順鉑（CisplAtin：CDDP）、艾黴素（Doxorubicin），連最新的標靶藥物蕾莎瓦（SorAfenib）都用上了，卻依然無效。不僅如此，病人還因副作用食欲不振，不斷嘔吐、腹瀉，而且白血球也減少了。

森川要求病人住院後，同時替病人調理身體，也壓抑副作用，盡可能爭取最大的療效。雖然花了很大的功夫，但轉移的癌細胞變大，且有增加的趨勢。病人的骨髓機能下降，重度貧血，最後不得不終止治療。

為了加快骨髓恢復的速度，森川先讓病人回家休養，換成定期看診。即便如此，病人的貧血依然沒有改善、食欲低落，後來連肝臟都發現新的癌細胞。森川判斷再治療下去，對病人也毫無幫助。

病人是一家個人設計工作室的負責人，十分幹練，要求醫師清楚告知癌細胞轉移的狀況，森川只好據實以告。病人聽完後臉色鐵青，無法言語。陪同的妻子待丈夫步出診間後低聲對森川說：

「我先生雖然看起來很能幹，但其實很膽小。他還無法面對死亡。拜託您讓他抱持一線希望吧。」

森川心想：一開始投放抗癌藥確實可以延長生命，所以才幫他治療。但現在情況急轉直下，已經難以挽救了。這該如何向病人說明？不能再重複那位胃癌病人的失敗經驗了。

之前，森川抱持著僥倖心理，希望病人有所自覺，會因為痛苦的副作用而自動

34 學名 Fluorouracil（5-Fluorouracil,5-FU），中文商品名為「服樂癌注射劑」。

要求中止治療。不過，從最近一次的看診狀況來看，病人似乎還不死心。唯一慶幸的是黃疸還沒出現，所以病人還能自由活動。一旦出現黃疸，他會就沒辦法下床了。森川衷心希望病人能把握時間，有意義地度過最後的時光。

森川坐在醫局休息室的椅子上，陷入思考的漩渦。

——中止治療就可以減輕身體的負擔。趁現在還能外出，不妨把握時間做自己想做的事……

森川在腦海裡模擬各種情境，最後還是搖搖頭。看來又會重演和那位胃癌病人一樣的爭執。森川煩惱到極點，最後決定請教外科主任怎麼應對。

森川敲了外科主任辦公室的門走進去。正在閱讀學會期刊的外科主任抬起頭，並示意森川坐下：「怎麼啦？愁眉苦臉的？」

森川說明了肝癌病人的狀況和治療經過後，問道：「我認為，接下來不做治療是最好的方法，因為現在他還能走動，可以做想做的事。」

「說的也是。」

「不過，病人似乎無法接受這個建議。而且，如果不為他定期看診，說不定還會要求乾脆讓他住院治療呢。」

「這是最糟狀況。」

「我真不希望他們浪費所剩無幾的寶貴時間。」

「那麼，直接了當地告知如何？你誠懇地告訴他，說不定病人會接受。」

「直接跟他說生命到了盡頭？這樣可以嗎？」

森川想起病人的臉，心情不由得沉重起來。他想起病人那充滿血絲的雙眼，臉頰凹陷，連刮鬍子的力氣都沒有，卻仍期待接受治療。病人妻子曾聲淚俱下地說：

——他這個人，獨力撐起一間事務所，向來都是憑一己之力解決問題，所以他堅信癌症也能靠自己的努力而治癒……

森川皺眉陷入沉思時，外科主任意味深長地說：「會死的可不是只有病人。」

「怎麼說？」

「你可能以為只有病人在面對死亡的威脅。事實並非如此，我們當醫生的也會面臨這一天，無論是病人或醫生，都一樣要面對死亡的課題。」

「哦？」

「癌末病人未必比醫生早一步離開，任何人都可能因為交通事故、火災等意外而喪命。所以，不是說只有病人才要面對死亡，醫生就一定會活得好好的。醫生如果不扭轉這種認知的話，就無法消解和病人之間的隔閡。醫生若能換個角度想，我相信自然能與病人的心意相通。」

森川想起日前汽車衝進超商的意外事件，不禁想到：人生無常，也不知自己何時會與死神交手？但話又說回來，道理雖懂，但和那名癌末病人說得通嗎？

外科主任望著表情緊繃的森川，一派輕鬆地說：「不過，這也只是我個人的想法。森川君，你得自己找答案哪！從現在可以好好思考，當醫生還可以為病人做些什麼？」

「謝謝您，讓我再好好想一想。」

森川低頭致謝後，悵然地走出外科主任的辦公室。

39

小仲親自下廚做了好久沒做的馬鈴薯燉肉，當他試圖從鍋子裡盛出料理時，手指竄過一陣觸電般的麻痺感。手裡的小盤子頓時摔落，粉碎在地板上。小仲心想：究竟發生了什麼事？難道癌細胞已入侵到手腕？要奪走手部的力氣了嗎？他茫然地想動動指頭，卻發現自己無法使力，難道死亡就要逼近了？

小仲不斷發抖，低頭凝視自己的身體，在一片恍惚驚懼之中，彷彿看到宛如水母的癌細胞轉移到肝臟，攀附在充滿皺摺的腹腔。深藏在肚子裡癌細胞，不斷把小仲逼到死角，讓他不由得全身緊繃，環抱自己的身軀。

他告訴自己要冷靜，現在不還在竹之內診所接受治療嗎？這是沒有副作用的最新療法啊！

但是，癌症真能治好嗎？

要治好！要治好！要治好！

他多希望自己能堅守一定能好的信念。
但事實上，免疫細胞療法並不能保證癌症可以治癒。想到這裡，小仲反問自己：所以，只能等死嗎？若真是如此，那自己活著還有意義嗎？好可怕，真想逃走！
自己會孤孤單單地死去嗎？小仲一顆心墜入黑闃闃的恐懼之中。如果真是這樣，那還不如立刻死掉得好。
不、要冷靜。
小仲呼吸急促，把手伸向鍋子裡，抓起鍋裡的馬鈴薯燉肉。他喝斥著自己：吃！為了存活，身體需要營養。
即便沒有食欲，小仲還是一骨碌地把食物塞進嘴裡，勉強吞下。他心想：人只要有吃東西就不會死掉，於是發瘋似把馬鈴薯燉肉一口嚥下，結果硬吞反而噎住喉嚨。他急奔洗手槽，直接用嘴接住水龍頭，咕嚕咕嚕地喝下自來水；不久，口中的食物終於吞進胃裡。
等到食物吞進肚子裡，他用手背擦拭著濕答答的嘴唇，心想：接下來等食物消化就行了。就這個在瞬間，一股強烈的噁心感湧上喉頭，小仲摀住嘴，直衝廁所。食物全噴吐了出來，那些翻騰在胃裡的食物全都反射性地離開了他的身體。
已經吐到沒東西可吐，但噁心感依舊狂亂襲來，小仲根本無法呼吸，胃部痙攣得相當厲害，感覺整顆眼球因為這種急速收縮要彈出來了。他內心不斷求饒，停下來吧，饒了我吧，誰來救救我？

強烈的乾嘔一再反覆，最後把膽汁都給吐了出來。他看了看，竟是黃色的苦澀液體，這是不祥之兆啊！小仲整個人癱瘓趴倒在地，過了一會兒緩慢翻身，像屍體般仰躺，全身虛脫無力。

被逼到極限的小仲內心吶喊：受不了了，乾脆死了吧，死還比活受罪強！

他仰望著寒傖的房間，眼角的淚水止不住地滑落。

40

瑤子正在幫可菜梳頭髮。她一把握住女兒油亮的頭髮，迅速地綁成馬尾，「好了，去給把拔看看吧！」

「哇，我漂亮的小美女。」

森川敞開雙臂，開心的可菜直奔父親的懷抱。父女倆臉碰臉緊緊依偎，可菜蜷縮在父親懷中。森川心想：不知這種光景能持續到何時？耳邊響起醫局休息室裡，內科主任醫師的嘆息：

——女兒已經不願意跟我一起拍照囉。

內科主任醫師的女兒今年小學四年級，才十歲就已經開始嫌棄老爸了。森川從其他醫界前輩那裡，也聽過不少女孩進入青春叛逆期的情形。

——你愈黏女兒，會愈早被女兒嫌棄喔！

森川有一回盯著手機等電話，被身旁的內科主任醫師看到他連女兒的照片也在放在通勤車票夾裡，因此被酸了幾句。

「做媽媽可真好，可以一直守護在女兒身旁！」森川對瑤子小小地抱怨了一下，卻遭到妻子回嗆：

「叛逆期還久得很呢，你擔心這些還沒發生的事有什麼用？不要想太多，順其自然就好。」

家裡有個成年女兒的外科主任也這麼說過。但實際面臨這種狀況，自己真的可以裝作毫不在乎嗎？森川沒這個把握。

為此，他決定趁兩人感情好時多拍一點照片，之後可以放起來留念。以前去東京迪士尼玩，也拍了很多女兒的照片。記得那天玩得很開心，森川難得不用動手術，請了有薪假陪家人外出。可菜開心地玩了空中飛船，還跟米老鼠擁抱、觀賞了迪士尼的知名歌舞表演「一個人的夢想II」。

森川回想，離開迪士尼樂園時已經傍晚六點。跟可菜說要準備回家時，她很乖巧沒有鬧彆扭。但一旁年紀相仿的男孩卻站在雙親身旁大哭，森川內心雖同情他，卻也沒辦法說些什麼；因為就算再怎麼想玩，樂園終歸還是會打烊的。

思及至此，森川腦海中突然閃過一個靈感：人生不就像主題公園嗎？或許可以用這個比喻，向下週回診的肝癌末期病人說明病情吧。

此時彷彿病人就在眼前，森川用模擬的口吻說道：

——面對接下來的人生，你有兩種選擇。

41

「小仲先生，不要緊吧？」海克力士會的稻本打開小仲的房門大喊。

早晨悄然翩至，小仲嘔完馬鈴薯燉肉以後，整晚就動也不動地倒在地板上，他完全沒有力氣起身。稻本見狀，連忙把裝滿食材的塑膠袋丟在門口，跑向小仲：

「躺在這裡睡覺會感冒啊，看看你，全身都發冷了。」

稻本抱起小仲，把他拖進和室房間。小仲感受到她豐腴的手腕傳來的溫暖，想開口說話，但嘴唇卻不自主地痙攣起來。

「來吧，先躺下來。我馬上做點熱的東西給你吃，還是你要先喝點水？」

小仲躺在簡陋的床上，顫抖的手指向廚房。

「你要喝水？知道了。」

稻本走到廚房用杯子裝了一杯水過來。

「你身上都髒了，我來替你清一清。你的內衣褲放在這裡嗎？有沒有用了能丟掉的毛巾？」稻本拉開櫥櫃，迅速地拿出替換的衣服和毛巾。另一方面，小仲可能因為脫水，竟然一口氣喝完了一整杯水；他過去從不覺得白開水這麼好喝，隨後終於稍微恢復了些活力。

「妳怎麼又來了呀？」小仲沙啞地問。稻本似乎沒聽見，所以沒應聲。稻本把新的毛巾浸泡在熱水裡，絞乾後，轉身擦起小仲的臉，熱熱的水氣刺激著小仲的鼻腔。

「會不會太燙？如果擦得太用力，請跟我說。等一下替你換內衣褲。」

稻本脫下小仲身上穿的運動褲，還來不及抵抗，稻本連他的內褲也褪下。眼見他的褲底沾了些糞便，稻本捲起衛生紙，動作敏捷地擦拭。小仲心想：果真是熟練的護理師。稻本沾濕衛生紙，擦拭他的肛門和陰部，再幫他換上乾淨的運動服和內衣褲，然後用熱毛巾從上而下擦拭雙腿，直到腳趾頭為止。

「來，也擦擦上半身吧。」

「啊，等等。」

小仲吞了吞卡在喉嚨的痰，用比剛才稍大的聲音問道：「妳幹嘛來照顧我？」

「不行嗎？我反省了你之前說的話。你說，我成立海克力士會是想要彌補當時沒能好好照顧先生的心情。當時我的確覺得你說得很過分，可是冷靜想想，或許你說得也沒錯。」

稻本姿態端正、表情安然地跪坐在榻榻米上。小仲緩緩回想當時對稻本說的話，然後用得理不饒人的眼神表現氣勢說：

「妳還算滿識相的嘛。所以說啦，你們表現得這麼親切，不過是想藉著憐憫病人來自我滿足，對吧？」

稻本雖不快地皺了一下眉，卻以一種理解的態度說道：

「你說的話或許苛刻，但確實有些部分可能被你說中了。不過，我們的目的不只如此。」

「那還有其他什麼目的？」

「就是純粹想幫助病人和老年人。」

「所以我才說那是一種欺騙呀。妳說純粹，結果還不是你們在自我滿足而已！」

小仲說完重話之後，稻本開始使盡全力反駁：

「為什麼不能自我滿足？照顧別人的確讓我們心裡很舒坦。不過，確實也有人因為我們的協助而生活獲得改善，這樣不好嗎？」

「我可不想被你們利用。」

「小仲先生，您的個性再彆扭，也要有個限度。」

稻本的聲音突然嚴厲得讓人畏怯。小仲眨了眨眼，內心因動搖而手指顫抖。沒想到，稻本認真的眼神更加堅定，她凝視小仲說道：

「我們從事的服務確實有一部分是自我滿足。但是，你光說些為了反對而反對的話並沒有意義，不是嗎？我們純粹想要幫助社會上需要幫助的人，就這麼簡單。我明白被人同情、向別人低頭很不好受，但如果生活需要協助，你就接受需要被幫助的事實吧！我們也別無所求，只求對別人有所助益而已。」

小仲回瞪了稻本一眼，但她的表情猶如大佛淡然不為所動。小仲只好尷尬地低眼抿嘴。

他心想：難道我因為討厭被同情才反駁她？因為說不出感激的話，所以淨說些酸言酸語？若真如此，那我也太可悲了，難道我已無法坦然接受別人的善意了嗎？

儘管腦海閃過這些念頭，小仲依舊無法承認自己的不是。如果我能坦誠道歉，接受服務後再道謝，那該有多好？但是，自己現在就是做不到啊。小仲被一種沒來由的彆扭束縛住，是自尊？還是堅持？

……啊，真是沒有意義的掙扎。

小仲愈是抵抗，稻本的反駁愈是讓他自掘墳墓。

「所以，妳的意思是要我不管怎樣也要活下去嗎？」

「我不是這個意思。雖然我希望你能夠活久一點，但我很清楚，努力想活下去的其實是你的自尊。」

小仲的話又被堵了回來，原想指責她自私地想要求病人活下去，但是稻本以專業護理師的經驗，看透小仲這層心思，知道是自己的自尊在作祟。小仲心想：除了低頭認輸，別無他法，只好岔開話題問道：

「吉武小姐為什麼沒來？」

沒想到才問完這句話，稻本的神情顯得有點不自然，難道發生了什麼事情嗎？

小仲捕捉到她微妙的表情，便接著說：

「我希望她能來。如果是吉武小姐，我就很樂意讓她照顧。」

「她現在有點忙，因為她要負責照顧其他病人。」

「她不也是海克力士會的成員之一嗎？妳不是海克力士會的負責人嗎？有權力調度人力吧？還是有別的原因？吉武小姐是不是有其他理由不能來？」

「嗯……」

「如果不是，我希望下一次是她來。繼上次見面之後，她就再也沒過來了，感覺自己好像被拋棄一樣……」

最後那句話相當關鍵，稻本雖然困擾地皺眉，但仍下定決心似地點頭說：

「明白。下次我請吉武來看你，我雖然沒十分把握，但是會盡力。」

之後，稻本開始洗衣服、打掃房間，把昨晚的馬鈴薯燉肉重新烹調，還把帶來的食材料理成味噌湯和滷菜。

「謝謝你，今天我做了很多自我滿足的事。期待下次再見！」

稻本雖然開朗地說道，但不知為何，感覺帶著一些勉強。

42

今天是十二月十八日，隨著一年即將接近尾聲，上午的門診還沒開始，已有許多病人擠在等候區，排隊等著看病。

「呵，今天也加油吧！」森川替自己和護理師們一起打氣。他坐入診間椅子，瀏覽著螢幕上的看診名單，果不其然，那名肝癌病人的名字也出現在其中。森川小聲地嘆了口氣，開始為第一位病人看診。

森川回想起上個月，肝癌病人結束抗癌藥治療後，他曾婉轉表示，要是藥效出不來，接下來的治療會很困難。為了確認效果是否出來，上週還特地安排病人做了核磁共振檢查，結果發現轉移到肺部的癌細胞變大，肝臟也出現新的癌細胞。

森川今天必須把這個結果告知對方。他衷心希望病人能放棄治療，但他也知道要病人接受事實可沒那麼簡單。因為掛心這件事情，即便森川認真為眼前的病人看診，肩頭總是感覺沉甸甸的。

「可以請下一位病人進來了嗎？」等森川把上一位病人的病歷鍵入電腦後，護理師抓好時間問道。

「好。」森川如此回答，且同步操作電子病歷，把肝癌病人的核磁共振影像調到螢幕上。此時，病人在妻子的陪伴之下，步履蹣跚地走進診間，因為身形消瘦許多，身上穿的夾克看起來鬆垮垮的。

「請坐。」

森川示意病人坐下後，慢慢把螢幕挪到病人面前，他看到病人的丹鳳眼裡閃爍著膽怯。

「這是之前的檢查結果，效果不如預期中來得好。」森川拐彎抹角地說道。

此話一出，病人的緊張感瞬間飆高十倍，雙手緊緊抓住膝蓋，顫抖地發問：

「是不是藥沒效？」

「呃，也不能說是完全無效。」

受到病人情緒起伏的影響，森川失去了單刀直入的勇氣。其實，藥物不僅完全無效，病情還比之前更加惡化。明明應該說出實話，引導病人接受事實，卻無法篤定地說出口，森川對自己的懦弱感到厭惡。

「所以說，有一些效果？」病人拚命地從醫師的話裡找出一絲希望。

森川心想：要是再給病人肯定的話，狀況一定會變得更加棘手。

「麻煩看這裡，這裡是肺部內側，這裡的癌細胞轉移變大，數量也增加了。」

為了讓病人能夠心服口服，森川調出以前拍的核磁共振影像，與最近的影像並排比較。他用原子筆比劃的同時，病人表情嚴肅，努力對照兩張影像的差異。森川側眼打量著病人的容貌，發現他雙頰乾燥如土，布滿了深深的皺紋。

「還有，這裡……」

為了長話短說，更快切入重點，森川再把腹部的核磁共振影像調出來。「切除病灶後剩下的肝臟，也發現了兩處新的癌細胞。」

「咦？」病人發出一聲驚呼，好像壓根兒就沒料到這樣的結果。

森川這時察覺自己說明太急了，不過，一想到外面還有許多病人等著看診，就不能再拖拖拉拉了。

「而且，血液檢查結果也發現副作用有更嚴重的趨勢。之前跟您說明過，再繼續治療有點困難，這是現在您的情況。」

「治療困難？」

森川心想：就是字面上的意思啊，還要明知故問嗎？事到如今，不能再隱瞞了，他輕咳了一聲，慎重地凝視對方的眼睛，緩慢地說道：

「癌症這種病，治療一段時間如果沒有好轉，那麼，與其持續治療，不如什麼都不做比較好。病人可能因為放棄治療而缺乏安全感，但是，依您目前的狀況來看，還有體力可以出門。換句話說，因為堅持治療卻浪費掉寶貴的時間，未必是明智之舉。身為醫師，我希望您能更有意義地運用時間。」

川森的這一段話跟之前宣告病人沒救的台詞沒什麼兩樣。不過，他接著大大地吸了一口氣，開始說道：

「我的比喻可能不恰當，但是，請您試想：假設有兩個孩子在主題公園玩耍，叫A的小孩知道主題樂園有打烊時間，於是盡情玩樂；可是，另一個叫B的小孩，因為不願意接受主題樂園也會打烊的事實，所以衝進辦公室，拚命懇求工作人員別關門。請問，打烊時間逼近，怎麼做才比較好？」

話說到此，森川刻意停下來，留給病人一點時間沉澱思考。不過，病人卻皺起眉頭，不斷地眨眼睛，表情困惑不已。反觀，一旁的病人妻子聽懂了話中之話，悲傷地點了點頭。

「那個叫A的孩子，因為知道主題樂園一定會打烊，所以坐完自己想坐的飛車後，很有效率地玩遍了所有遊樂設施，當樂園拉下鐵門的那一刻，他心滿意足地回家。但是，另一個叫B的孩子，卻因為跑到辦公室裡抗議，結果想玩的設施不僅沒玩到，還懊惱自己犯了無法挽回的錯誤。因為，他把該好好盡興玩樂的時間，全耗在無謂的討價還價之中。」

聽完醫師的說明，病人的表情開始認真了起來，嘴唇結凍般顫抖。森川為了做結論一口氣說道：

「您懂我的比喻吧？那個叫A的孩子，就像放下治療的癌症病人，懂得有效利用餘生。那個叫B的孩子，就像是一心只想治癒的病人，反而把時間浪費在無用的治療上。這裡有兩個選擇，您認為自己是A還是B呢？」

病人能真的理解嗎？還是又認為醫師的話太殘酷了？

病人妻子站在後面，緊抿雙唇，凝視著自己的丈夫，一副瞭然於胸的悲戚；但病人似乎被排山倒海的訊息所淹沒，處於混沌狀態。森川估算病人心情要穩定下來還需要一點時間。

森川從椅子上坐起來的同時，病人卻低聲說道：

「那……不用抗癌藥也沒關係，放射線治療、免疫治療什麼的都好。」

「老公，醫生都已經說了，治療已經沒……」

「妳閉嘴！」

病人反擊似地怒斥妻子，像彈簧一樣跳起來，氣勢洶洶逼近森川說：

「拜託您！醫生，請再給我一次機會。無論做什麼治療都可以，不管多痛苦我都能忍耐，不管怎樣，請再幫我治療！」

「呃，我剛才說的話，您理解了嗎？」

「我很認真聽啊，您說主題樂園有打烊時間，對吧？不過，我想去的是永不打烊的樂園！」

被病人的氣勢震攝住的森川心想：慘了，對方完全抓錯重點，要是世上有永遠不打烊的樂園，那他想出來的比喻根本不成立。

「森川醫生，拜託您了！」

眼看病人就要跪地懇求，森川只好讓步了。

「好吧，但今天請您先回去，等貧血症狀改善後，再進行下一步治療比較好。」

「所以，您願意繼續為我治療？太好了，還請您多多關照。」

病人雙手緊握森川的手，並低頭致謝。森川看著病人瘦削的背影，內心湧現一股龐大的無力感。

43

今天是十二月十八日，稻本再度到小仲家探病。隔天，小仲已經預約好要去做第四次的ＮＫ細胞療法。

小仲的體力已稍稍恢復，聽到門鈴響起，便走過去應門。起初他以為吉武終於來看她了，沒想到門一開，只見稻本孤零零地站在門口。

「怎麼又是妳？」小仲難掩失望。

「不好意思，今天原本是要讓吉武來看你的。」

「好啦，算了，請進吧。」小仲放下堅持。

進門時，小仲看出稻本表情有點不自然，心想：為什麼一提到吉武，稻本就流露出歉疚的神色？本來想馬上問個清楚，但想到自己時間反正多的是，不急在一時，於是領著稻本走向和室。

「很抱歉，我實在沒力氣，得躺著聽妳說話。」小仲費力地爬上床。等小仲躺好後，稻本豐腴的臀部也穩穩地入坐。

「我一直都在等吉武呢。」小仲望著天花板喃喃自語，稻本聽到後顯得有點不自在。接著，小仲又語帶指責地說：

「我在荻窪白鳳會醫院治療時，受到吉武小姐的關照，她人不但親切，還時常開朗地跟我打招呼。如果今天她能來，相信我的身體也會覺得比較輕鬆。」

「很抱歉。」

「她是個誠懇的人，所以像我這種病人出院後，還特別來探望。因此，我接到她電話的當下，眼淚都快掉出來了。」

「真的很抱歉。」稻本不斷低聲道歉，但小仲反而因她的低姿態而顯得不耐：

「妳啊，從一開始就一直道歉，究竟是在道什麼歉？吉武小姐不來的理由到底是什麼？真搞不懂。」

「嗯……吉武有一些事在忙……」

「妳就直說吧！」

面對小仲的質問，稻本維持著端正的跪姿，低著頭且表情尷尬。小仲見狀不由得提高嗓門說：

「我當然知道她有自己的事情要忙，但我又沒有指定探病的時間，我說過，不管什麼時候都可以來啊，她不可能一直都在忙吧？就算再忙，打個電話總可以吧？有人噓寒問暖的話，病人的精神也會好一些，身為護理師的妳，應該明白這點道理吧？」

「你說的沒有錯，很抱歉。」

「欸欸欸，又道歉了。我想知道的是吉武真正不來的原因。難道她已經棄我於不顧了嗎？她一定是想說，小仲遲早會掛掉，再怎麼照顧也是浪費時間！這不就跟三鷹醫療中心那個醫生一樣嗎？只肯對救得活的病人伸出援手，根本不想浪費心思在我們這種快死的病人身上！」

「不是這樣的！」

「那妳說，這到底是怎麼一回事？」躺在床上的小仲怒氣高漲，直瞪著稻本。就在那一剎那，他的背脊突然竄上一陣寒意，生恐自己過於咄咄逼人，對方會說出讓他招架不住的反擊。

依然低著頭的稻本，心平氣和地說道：「事實上，吉武表示，她不想再跟小仲先生有任何瓜葛。」

「為、為什麼？」小仲語氣雖強硬，但難掩忐忑。

稻本接著沉著地說道：「我們海克力士會每週都會召開檢討會，目的是為了把照護支援做得更好。真的很抱歉，我在檢討會上，把小仲先生的事情提出來了。」

「檢討會？談到我？」

「是的。因為你很難應付，所以把你提出來，一方面可以徵詢大家的看法，一方面可以拿來做教育的用途。也就是說，我希望能藉由病人說的話，讓年輕人更瞭解病人的想法。」

「難道，妳把我講的話一五一十都說了出來？」

「是的。你說，我們舉辦活動是在藉由悲憫癌症病人、幫助他人而達到自我滿足，還說我成立海克力士會只不過是要彌補遺憾，為了沒有好好替丈夫送終贖罪。」

小仲因羞恥和憤怒而臉部漲紅，稻本卻不受影響，繼續說道：

「因為吉武一開始就認識小仲先生，所以她受到很大的衝擊。她表示，自己沒有自信能夠把小仲先生照顧好，所以不想再來探病了。」

小仲的內心動搖，被憤怒盤據：

「都是妳！妳為了破壞我和吉武小姐的友誼，所以才開檢討會的，對不對？」

「絕對沒那回事。吉武會有這樣的過度反應，完全在意料之外，我為我的疏忽而道歉。不過，我認為小仲先生的指責，對吉武這種個性執拗的護理師來說，也是很重要的經驗。我們照顧的都是重病病人，這些人長期忍受著不安和恐懼，煩躁焦慮、自我封閉的病人也大有人在。但是，即使被這種病人數落，我們的照護都不能半途而廢。所以，從事這個工作，精神要非常堅韌才行。我們不能只會照顧個性敦厚、懂得感謝的病人。」

稻本的姿態完全不變，仔細地把話說完。小仲雖投以不以為然的眼光，但稻本不為所動，她維持著真誠的笑容，趁勝追擊地說道：

「所以，我現在正努力地說服吉武，她如果能跨越小仲先生這一關，打開自己的心扉，就能有所成長。所以拜託你，請再給我一點時間。」

稻本把頭彎下，以示請託之意。小仲緊咬住嘴唇，複雜的情緒在內心翻騰。面對把自己內心話透露給吉武知道的稻本，小仲怒氣衝天。不過，仔細想想，那些不堪的話不就是從自己的嘴巴說出的嗎？至於聽到後就放棄前來探病的吉武，小仲也感到些許忿恨。加上稻本把小仲拿來當教材的事……種種情緒混在一起，讓小仲感到紊亂。

「在檢討會上，我未先告知就擅自提及小仲先生的事，真的很抱歉。不過，就像我曾說過的，因為小仲先生的指責，我深深地反省了自己。你的話雖然嚴苛，但我們確實容易掉入自我滿足的陷阱。我想把這樣的想法傳達給大家，讓大家一起思考。除了吉武，也有其他成員跳出來反駁。不過，令人意外的是，反而是年輕成員比較能接受，所以，這也算是一種學習。話說回來，你今天的身體狀況怎麼樣？」

突然被這麼一問，小仲不知如何是好，想都沒想就回答：「比以前稍微好一點。」

稻本重新調整情緒後問道：「如果身體狀況不錯的話，願不願意來海克力士會看看？下個禮拜是平安夜，我們有個病友聚會，海克力士的工作人員也會來幫忙。我想，吉武小姐也會參加，如果你願意，我們可以派車子來接你。」

「我去的話，會帶給你們困擾吧？」

「沒這回事，非常歡迎。你也能見到其他病人，從他們身上學習，大家都很積極樂觀。」

稻本擺出無憂的笑容。小仲感到不解。眼前這個女人怎麼會如此樂觀？是出於一種自我滿足吧？他雖這麼想，卻不像之前那麼嫌憎她了。這一點，也讓小仲覺得不可思議。

44

「森川醫師，這名病人要三週後才回診喔，剛才不是說過了嗎？」護理師盯著拿到的處方箋，用尖銳的聲音提醒森川。

門診病人通常兩週回診一次，但因為下週是新年假期，所以下一次看診是第三週以後的事了，因此，這次的處方藥必須開足二十一天才行。同樣的錯誤森川犯了好幾次，所以被護理師警告。

「打起精神，您累了吧。」

「抱歉，剛剛在想事情。」

森川一面苦笑，一面修正處方箋。他的腦海被剛才那位肝癌病人佔據。森川好不容易想到主題樂園的比喻，病人卻完全無法理解。那究竟要如何說明才好？

森川連續看了十五名病人，門診結束時，已是午後三點半了。他不想吃中飯，因此直接走到病房大樓巡房，確定自己的病人身體無恙後，再替動完手術的病人換紗布。換紗布時，森川又不小心把消毒液弄錯、忘了消毒尿管（導尿用的管子）的插入端，因此再次被護理師糾正。

森川自我警告：看診時要聚精會神，萬一有什麼失誤，要彌補就難了。雖然心裡這麼喝斥自己，但腦海裡全是肝癌病人悲傷的眼神。

當天的工作提早結束後，他步出醫院，但心情怎麼樣也輕鬆不起來。過完新曆年後，肝癌病人還會再回診，今天雖然勸他回家了，但下次呢？有效的抗癌藥已經用完了，就算是副作用再小的藥物，也有縮短病人性命的風險。所以，該順應病人的要求繼續治療嗎？還是拒絕比較好？

森川心想：難道沒有第三條路嗎？乾脆把整腸藥偽裝成抗癌藥算了。這麼一來，既無副作用，病人也會以為仍在接受治療。不過，這是欺騙啊！要怎麼向病人妻子說明呢？如果跟她坦承這種想法，對方也會成為欺騙的共犯。但是，不事先知會他太太，就擅自以整腸劑搪塞，萬一事情暴露，是會被告詐欺的。

森川拖著沉重的步伐回家，同時煩惱著這個問題。

「回來啦，怎麼了？一臉疲倦。」瑤子端詳森川的臉色，如此探問。

「可菜呢？」

「今天去美保家過夜，之前跟你說過了呀！」

森川心想：啊，對喔，我壓根兒就忘了這件事。

他已有一段時間不曾跟妻子兩人單獨吃飯了，但可能心裡還牽掛病人的事，所以食欲全無。森川雖隻字未提，但他滿腹心事被眼尖的瑤子看在眼底。最後他只好自己招認：「嗯……今天那個肝癌末期的病人來看診了。」

瑤子心想：又是醫院的事。她輕輕地嘆了一口氣，森川沒發現妻子的嘆息，開始一股腦地交代了病人的狀況、治療經過、有效抗癌藥已經用完的事實，以及主題樂園的比喻。

「我努力舉了一個顯而易懂的比喻，但是他完全不能理解。」

「你說的也許很簡單，但是，病人沒聽進去吧？」

瑤子明快的回應讓森川覺得挫敗。

「怎麼說？」

「對罹患癌症的病人來說，那種比喻根本沒用。我想，病人大概會回說：『我想去的是不打烊的主題樂園。』」

森川心想：瑤子說的話和病人一模一樣。

「不過，沒有那種樂園吧。」

瑤子繼續解釋：「癌症治療跟主題樂園不一樣啦！」

「哪裡不一樣？時間一到，主題樂園就打烊，這種事和壽命將盡類似，都是難以改變的現實呀！」

「你講的都是理論，病人無法理解啦……」

瑤子言之成理的模樣惹惱了森川。森川放下筷子，聲音帶著怒意說道：

「那要怎麼跟病人說明才對？妳有其他更好的方法嗎？如果有，我洗耳恭聽。」

「哎呀，我也不知道……」

瑤子放下筷子，嘆氣地反問：「其他的醫生都怎麼做？」

「大家都喜歡單刀直入，直接跟病人說：『很遺憾，但已沒有別的治療方法了。』他們把病情交代得一清二楚，覺得這件事不值得煩惱，因為就算想破頭，也無法改變事實。但，這樣真的好嗎？我之所以會這樣說，是因為之前實話實說，卻惹怒了一位胃癌病人，他撂下一句『是我叫他去死』的話後，暴怒衝出診間。我不想重蹈覆轍。主題樂園的比喻也許太牽強，但如果連這個比喻都無法讓病人覺醒，那到底要怎麼說才好？」森川過於激動，連聲音都發抖。瑤子察覺到森川認真的心情，因此，稍微調整了自己的態度：

「這真是一個難題啊！回過頭來看，批評倒是容易多了。」

森川本想開口，但瑤子要堵住他話似的，緊接著說：

「我之前也跟你說過，對於治療，病人不得不堅持到最後關頭的心情。先不提年紀大的病人，那些正值壯年的病人有工作也有家庭，『死亡』肯定不在他們的計劃內，所以他們一定會力求生存、希望能被治療好。」

「就算進行無效治療，讓副作用縮短他們的生命也無所謂？」

「倒也不是這麼說。畢竟病人的醫學知識不如醫生豐富，生平第一次罹癌，就算病入膏肓，也很難放棄被治癒的希望吧？阿良，若換作是你，能接受現實嗎？」

森川一時答不出來，但在調整情緒之後說：「我想，我可以接受。或者應該說，除了接受之外別無他法；因為我不想浪費所剩無幾的寶貴時間。」

「如果換成是我呢？也許，我會選擇堅持治療到最後，就算知道副作用會縮短生命也一樣。放棄治療、心驚膽顫地度過剩下的日子也很痛苦，與其這樣，不如和癌症抗爭到底！」

「所以，妳的意思是，要我們醫生配合病人的需求嗎？持續做毫無效果的治療，看著病人日漸衰弱，這不就等於要我們間接幫病人縮短生命？明明不治療能好好度日，有的病人偏愛唱反調。他們之所以這麼執著於治療，主要是因為不瞭解藥物的特性，如果都遵照病人的期待治療，那我們做醫生的，還需要有專業知識嗎？」森川眼神認真，偏頭表示不解。

瑤子嘆氣，擱下筷子，接著她環抱手臂說：「從醫生的立場來看，事實確實如你所說，你們一定覺得難以理解。病人不懂醫生的立場；醫生也不瞭解病人的心情。如此一來，醫生與病人是兩條永遠的平行線。」

此時餐桌上的飯菜都涼了，冷掉了的味噌湯上面浮出一層油。

聽到這裡，森川知道夫妻倆無法再對話下去：「抱歉，今天就不吃了。」

「嗯，我也吃不下了。當醫生的太太，很不容易呢……」

說完，瑤子把冷掉的菜端進廚房。

45

稻本來訪翌日，小仲第四次前往位於澀谷的竹之內診所，去完成ＮＫ細胞療法的第一階段的療程。

目前為止，小仲已經打了三次點滴，但是否有效果，完全無從得知。之前出現過手指麻痺、劇烈嘔吐，上一次打完點滴後還暈倒。不過，那似乎是暫時性的，今天他覺得身體狀況很穩定，所以沒坐計程車，搭了電車直赴竹之內診所。

小仲在點滴室接受ＮＫ細胞的注射，並抬頭望著橘色的點滴；此時稻本的話不斷湧上心頭。

——事實上，吉武已經不想和小仲先生有任何瓜葛了。

因為憤怒，小仲的耳根不由得熱了起來。稻本的確不該告訴他事實的真相，但值得這麼生氣嗎？到頭來，說出讓吉武心生困擾的話，不就是自己嗎？

小仲覺得自己指責的好像是另外一個自己。這一生中，他最嫌惡的就是那種「佯裝不知自己有錯，還義正嚴辭指著別人鼻子罵」的人。小仲見過太多這種人了，但他萬萬沒想到，自己也有這一面。

從二十歲到四十歲這段期間，小仲參與了許多社會運動，包括反對障礙者自立支援法、在厚生勞動省前靜坐抗議、擔任支援遊民的義工、參與地方醫療訴訟的支援團體。他無非是希望自己能盡棉薄之力，為弱勢族群發聲。

小仲的動機單純，但有很多人並非如此，而且他們混雜在社會運動裡，像那些因為想成名而幫高調的記者、打著正義名號卻愛出風頭的教授、沉浸於自我陶醉的前全共鬥[35]英雄，以及好大喜功、惟恐天下不亂的社運人士。

有一個絕症的社團「家族之會」也不遑多讓，他們花上大把時間向政府陳情抗議，卻把重要的病人晾在一旁；只要把官員逼到牆角，就開心得不得了。小仲指出這些問題後，曾遭該團體批判，被貼上「自我欺騙」、「獨善其身」的標籤。最後，他跟戰友分道揚鑣，抗議活動也無疾而終。因此，小仲對那種打著正義口號的活動，帶著很深的懷疑。

這些人最擅長的就是寬以待己、嚴以律人。不過，小仲現在對號入座，覺得自己也是這種人；因為他嚴厲指責稻本，卻對自己一點批評都沒有。

從以前開始，小仲就不喜歡向人低頭，所以他盡量不犯錯。他心想：承認自己做錯，說得誇張些，不就等於自我否定？這麼一來，自己奮鬥至今的目的何在？但為了自我的成長，其實更應該坦承過錯才對啊！稻本不也說：吉武若願意打開

35 全學共鬥會議簡稱「全共鬥」。一九六八～一九六九年，由大學生組成的新鬥爭組織，有左傾傾向，以東京大學和日本大學的全共鬥組織最為知名。

心房，那她的心理素質就能跳躍式成長。

橘色點滴看起來有如傷心絕望的淚珠，不斷滴下。小仲自問：若這個治療無效，我的人生就到此為止、全部歸零了吧？此時，絕望感從腳底一竄而上；自己會敗給癌症嗎？真可悲。

雖然眼角滲出淚水，但小仲很快地用右手按住；一邊治療一邊掉眼淚，多難看啊？他暗暗斥責自己，但眼淚卻一湧而上。溫熱的液體流向兩頰，小仲躺在床上，壓抑不住激動的情緒而嗚咽起來。小仲的人生全部因罹癌而分崩離析，他不禁懷疑自己為何來到這個世上？為何要承受這麼長久的痛苦？

自我憐憫也是小仲討厭的事；但是，這種情緒卻止不住地從內心的空洞湧現。

好痛苦，沒有比這更痛苦的了……

他咬緊嘴唇試圖隱忍，碰巧此時護理師走進來檢查點滴，小仲無處可躲，慌張地把臉朝向牆壁，護理師察覺到了，遂快步離開病房。

等到點滴幾乎滴完了，小仲才恢復平靜，他不斷深呼吸以保持冷靜。不過，一旦剛才的念頭又浮現，眼淚再度不爭氣地流下。他告訴自己：不如想些別的事吧。消費稅提高到百分之幾了？卡夫卡的《變形記》裡那隻蟲子的臉，長什麼樣子？

「小仲先生，差不多快結束了。」

竹之內走進診間，護理師可能跟他說了小仲方才啜泣的事，因此竹之內的聲音溫暖且平穩。他確認輸液袋已空無一物後，慢慢地拔除針管。

「ＮＫ細胞療法的第一階段療程結束，辛苦了。」

「謝謝。」小仲用沙啞的聲音致謝，輕咳了一下就別過臉。

「關於之後，」竹之內坐在病床旁的椅子，詢問小仲：「由於小仲先生沒有做檢查，所以很難判斷接下來的治療該如何進行。現在需要數據判斷，做一個階段的療程就好，還是要追加第二次。」

小仲心想：檢查終究是必要的嗎？他也很想確認治療效果，但另一方面，又不想被檢查結果左右，實在兩難。竹之內似乎看透小仲的心，他仔細地說明：「現在治療暫時告一段落，可以先觀察一陣子再決定；不檢查，直接追加第二次療程也行。當然，做完檢查、確認有效後再做判斷也可以。」

竹之內把選擇權交到小仲手上。

「難為您了。」竹之內把小仲的心情講了出來。

小仲覺得病情似乎沒有惡化，若治療有效，那檢查的確可以鼓舞自己。不過，如果惡化了不就無路可逃？這該怎麼辦？

「醫生，您認為怎麼做比較好？」因為這位醫師重視病人的意願，小仲很信賴他，因此向他請教。

「嗯，經濟狀況也需要納入考慮。如果第一階段的療程毫無效果，那建議不要再做第二次了。為了做出較準確的判斷，還是檢查比較妥當。」

竹之內的分析相當務實，小仲也能夠接受。不檢查，其實只是在逃避罷了。

聽完竹之內的話，小仲意外地冷靜，主要因為竹之內並未特別安慰或勉勵他，只是客觀說出實話。

「如果要檢查，是今天做嗎？」

「不，今天才剛結束第四次點滴，必須等到效果出來後再驗。過完年再做腫瘤標記和核磁共振的檢查，怎麼樣？」竹之內不帶一絲樂觀的口吻，令人感覺前景一片黯淡。

不過，小仲心中卻沒有恐懼，他帶著覺悟的心情，明快地回答：「瞭解。那就明年年初做檢查吧。」

46

今天是十二月二十一日，四樓會議室正召開今年度的外科醫局會議。

會議室裡，「口」字形的會議桌，四面擺滿椅子，副院長、外科主任坐在面對大門那一側，右側是森川及三名資深主任醫師、左側與背對門的那一面則是一般醫師和住院醫師六人，共有十二個人出席。

今天的會議與平時開會一樣，先由每位醫師介紹新病人、報告手術狀況，接著由副院長發言。輪到副院長發表議程時，他沉重地說：

「接下來要說的話在營運理事會中也提過，各位也知道，本院的經營愈來愈困難，提高效率和節省成本是當務之急。在座有幾位年輕的醫生，我實在不想把話說得太白……」

森川已猜到副院長想說什麼了，因為對方表情嚴肅前所未見。

「醫療絕不能為賺錢而存在，但現在即使是公立醫院，也不能赤字經營了。因此，營運理事會決定，醫院必須採取作為，以確保收益更有效率。具體而言，就是縮短病人住院的天數……」副院長看著筆記，並在白板上畫出一張曲線圖。縱軸為住院基本費用，橫軸則是住院天數。

「醫院拿到的補助費用從住院第一天開始算，一直到第十四天為止，每天兩萬六百七十日圓。從第十五天開始，到第三十天為止則是每日一萬七千六百二十日圓。第三十一天以後就減少到每日一萬五千五百五十日圓。從醫院支出面來看，以外科為例，病人平均住院一天費用為一萬六千八百三十日圓。換句話說，病人住院的頭兩週，醫院有利潤，但從第十五天開始到第三十天為止，醫院的收益幾近於零。要是住院超過一個月，營收就變成赤字了。」

森川之前知道病人住院的時間拉長，醫院的收益就會相對減少，但他並不清楚具體的數字；從副院長公布的數字來看，情況相當窘迫。

三位資深主任醫師似乎也不知數字這麼難看，只見急性子主任醫師瞠目提問：

「哇，實際情況是這樣呀？這麼說來，要嚴格禁止病人住院超過一個月囉？」

「不，應該要把住院時間縮短到兩週內吧？」

愛抱怨主任醫師馬上遭到理性派主任醫師更正：「不是兩週內！而是剛好兩週，不多也不少，因為這樣才能賺錢。」

「沒必要這麼斤斤計較啦……我的用意是希望各位瞭解實際狀況而已。」副院長苦著臉說道。

在三鷹醫療中心待了三年的住院醫生，小心翼翼地向副院長提問：「呃，關於出院的日期，病人常會有很多要求……」

「什麼樣的要求？」

「比如，病人希望在好日子出院，或延後出院，等兒子星期天有空再來接他之類的。」

「別開玩笑了。出院還要挑日子？又不是結婚！」愛抱怨主任醫師憤憤地說。

理性派主任醫師、急性子主任醫師接著說：「如果住院天數押在兩週內，當然可以延後出院，但超過兩週就不行了。」

「重點是，醫院的任務是什麼？我們根本沒有餘裕照顧那些無治療必要的病人、沒救的病人，更遑論讓他們住院。」

「說的也是。」副院長的表情為難不已，接著替他發言的是外科主任。「住院天數長到讓醫院經營不下去的是癌末病人吧！我們也很為難，但再不把治癒率低的病人轉到一般醫院，我們是撐不下去的。」

「我可以說話嗎？」在這群年輕住院醫師裡，表現最優秀的一位女生用清亮的嗓音說道：「病人必須早點出院的關鍵出在住院的基本費用吧？如果基本費用不因住院天數而降低的話，是否就能依照病人的期望，讓他們繼續住院呢？」

「這位大小姐，妳的話切中要害了。」聽到愛抱怨主任醫師的回應，女住院醫師感覺被冒犯而面露不悅。

外科主任安慰地說道：「這麼做有困難，這跟政府希望能夠減少醫療支出有關。醫生是出自擔心，才讓病人住院治療，要是這樣被認為是浪費資源也沒辦法。拉高住院基本費用的話，遲早會出現以賺錢為目的、永遠不讓病人出院的醫院。」

森川聽完一輪後，心裡做出歸納：總之，必須讓病人早一點出院。不過，令他納悶的是，這樣一來不就變成病人在配合政府和醫院嗎？

外科主任終於出面做了一個總結：「把癌末病人轉到地方的一般醫院吧，附近的大幸、福良醫院都會收。」

聽到這裡，三名主任醫師反應極為誇張：

「但這兩家都是問題醫院耶！與其說是醫院，倒不如說是強制收容所。」

「兩家醫院的病人幾乎都是領生活保護費的吧？聽說，那裡的護理師平均年齡是六十五歲。」

「醫院的窗戶玻璃破了也不修補。X光機是五十年前的舊機台，還有人謠傳醫院的餐點裡曾出現狗肉！」

在一陣你一言我一語的討論中，外科主任宣告醫局會議結束。大家都站起來準備離席時，外科主任走近森川，問道：

「你之前提到的那名肝癌末期的病人，成功勸他中止治療了嗎？」

「沒有……他不接受。」

「那要繼續治療嗎？」

「我也不想這麼做……」森川低頭說道。外科主任無言地拍拍森川的肩膀。

47

冬天的陽光亮得讓小仲睜不開眼，他戴上一副太陽眼鏡，但鏡片黑到不怎麼適合深冬。

他接受稻本的邀約，決定出席病友的聚會。聚會地點在「Nagomi」，這是一間海克力士居家照護站設置的日間照顧中心。小仲根據稻本給的資料，在久我山車站下車後，獨自往南走。

「Nagomi」是一棟小巧的兩層樓建物，人在屋內的稻本發現小仲站在門口，開心地從玄關走出來打招呼：「啊，小仲先生，歡迎大駕光臨！」

小仲心想：我戴上太陽眼鏡妳還認得出來，真厲害。

「讓你久等了，進來吧。」

稻本大方地歡迎，小仲卻靦腆地低頭進門。

進到屋內，映入眼簾的是一棵手作聖誕樹，樹上掛滿紙膠帶做成的蝴蝶結，以及聖誕老公公的繪圖。簡直就是幼兒園嘛……小仲笑容中帶著諷刺和不屑。室內雖不需配戴太陽眼鏡，但他不願拿下，一方面是想表現自己不是很樂意來參加，另一方面是不想和吉武四目相對。

自從上次稻本離開他家以後，小仲對吉武產生一種矛盾的情緒。小仲後悔自己卑劣的指責傷了她的心，但同時也對吉武感到生氣，因為自己並非在針對她，沒想到她就這樣一走了之。剛從稻本嘴裡聽到那席話時，小仲還深感歉意，但時間一久，歉意卻轉成了憤恨。所以，他原想拒絕出席這場病友會，但內心又有種難捨的情緒，於是，雖不樂意卻還是來了。

小仲進入會場時，裡面已聚集了幾個人。他漫不經心地環顧四周，看到一名拿著拐杖、坐在椅子上的瘦削老人向他招手。老人約八十，戴了頂時髦的鴨舌帽，穿著胸前繡著蝴蝶的紅色運動服。

小仲趨近後，老人用沙啞的聲音問道：「沒看過你呢，你第一次參加這個聚會吧？」

「是的。」

「怎麼樣，我看起來如何？」

老人把灰濁而空洞的雙眸轉向小仲，他的雙頰憔悴，嘴唇毫無血氣；老實說，小仲覺得他面露死兆。

「嗯，看起來很有精神。」小仲遲疑了一下，但還是用做作的笑容應付過去。

老人無力地點了點頭，一旁看來像是他媳婦的女人，惶恐地點頭打招呼。

「抱歉，爺爺遇到人都喜歡這樣問。」

小仲心想：老人對自己看起來的樣子心感不安吧，他無非是想藉此確認死神是否已經逼近。小仲只對她點了一下頭，就走開了。

接送病人的巴士到達後，玄關嘈雜了起來，這群病人熟門熟路地走進會場。其中有坐輪椅的病人、拄著拐杖支撐身體的老人，也有試圖用毛帽隱藏掉髮的女性。不過，每個人的表情都很歡欣。小仲彆扭地想：得了癌症有什麼好開心的？

此時，吉武牽著一名纖瘦的女性走了進來，小仲不想被發現，突然轉身背對她。在工作人員的引導之下，他坐到最後一排的椅子。

全員坐定後，由稻本出來開場：

「歡迎各位參加我們的聚會。今天是今年最後一次歡聚，因為是平安夜，所以我們準備了許多節目，請大家拭目以待。今天現場有一位新加入的夥伴——小仲辰郎先生。」

因為沒被通知會介紹到他，小仲的臉瞬間漲紅。約有二十名參加者同時轉頭回望，小仲雖想拿下太陽眼鏡，但瞬間，他內心湧起一股頑強的抗拒：要是拿下眼鏡，不就等於宣告認輸嗎？於是他起身到一半就止住了。那一剎那，他相信吉武一定也望著他，只不過小仲無法確認她的表情而已。

首先表演的節目是小提琴與鋼琴的演奏。身穿藍色禮服的小提琴家展露精湛的琴藝，曲目包括舒伯特的《聖母頌》，還有巴哈的《哥德堡變奏曲》和《紅鼻子馴鹿》等耳熟的聖誕樂曲。

接著，打扮成聖誕老人的男性工作人員現身會場，一一發送禮物給在場每個人，雖然他發出「呵、呵、呵」的爽朗笑聲，卻感覺有點靦腆害羞。小仲心想：可能是年輕職員吧?!有不少中年的女職員從旁鼓勵：「嘿，扮得很逼真喔！」「加油！」。拿到禮物後，小仲馬上拆開，發現裡面是一個相框。

接下來的活動是分組談話，大家開始分成小組，每組有五、六名病人和工作人員。在稻本催促之下，小仲也加入了男女各三人的小組，吉武則在其他小組。小仲雖想跟吉武打招呼，但他依然頑固地想：明明稻本已特別當眾介紹他了，所以來打招呼的應該是對方才對。

分組後，大家坐在椅子上，圍成橢圓型的小圈圈。稻本要求每個人自我介紹，小仲清了一下喉嚨後，語帶諷刺地說道：

「我是小仲，兩個半月前，醫生說我只剩三個月可以活。」

他打定主意，要是此時有人發笑，他就會以「有什麼好笑的！」怒斥。但是，現場沒人發出笑聲。小仲的小組裡，有罹患肺癌和直腸癌的男性，以及得到肝癌、乳癌和腦瘤的女性。得腦瘤的女性才二十六歲，乳癌的女性也不過四十多歲，兩人的癌細胞已轉移到骨頭，都在使用嗎啡止痛。

「最令人擔心的是，檢查後發現癌症復發。」

「因為副作用而被迫中止治療，也讓人很心煩。」

「我最害怕的是，連嗎啡也無法止痛……」

分組談話在無人主持的情況下，以閒聊方式進行，稻本刻意不插嘴。

得到肺癌的七十六歲男性微笑說道：「我動過三次手術。左肺全部切除了，現在只剩半邊了。剛開始連去廁所都喘不過氣。但我開始反覆練習，只要爬上一階就下來，然後慢慢增加梯數，現在已經能走上二樓了。儘管年紀大，但只要努力，仍然有進步的空間。」

「我切除肝臟才兩年，所以很擔心再復發。聽說癌症復發時，會出現黃疸。所以，我每天早上都會在鏡子前檢查自己的眼白。有時因睡眠不足，看到皮膚稍微發黃，就會心情不好。」

聽到這位六十多歲女性的發言，人人都點頭認同，小仲也回想起自己剛動完手術，那段心驚膽戰的日子。他聽到和自己有過相似經驗的人分享後，內心逐漸軟化。

「被告知罹患乳癌時，我腦筋一片空白。而且，醫生還說癌細胞已轉移到骨頭，根本沒辦法動手術了。一時之間，我不知如何該面對，思緒混亂之際，醫生竟催促我：『下一個病人在等』……我真的很難過。」

「這個醫生好過分！」小仲的聲音不由得高亢起來。其他人也露出憤怒的表情，

小仲壓抑住情緒後，稍帶緊張地發言：

「我也很倒楣，之前碰上一個惡劣的醫生。當抗癌藥無效後，醫生說已經沒有治療餘地了，要我去做自己喜歡的事。你們想，這哪有可能？被宣告只剩三個月可活，還有心情做喜歡的事嗎？那醫生很年輕，感覺是一位眼睛長在頭頂的菁英，一副自己完全沒做錯的德性，其實根本就不在乎病人。現在，他搞不好早把我的事拋到九霄雲外，過著無憂無慮的生活。不過，我可忘不了喔。被醫生告知沒有療法，不就等於說你去死吧！」

「是呀，我也被這麼說過呢！」

「醫生為什麼都不瞭解病人的心情？」

乳癌女病人和直腸癌男病人先後附和。聽到大家踴躍回應，小仲亢奮了起來，開始說起自己的求診經過：原本去大學醫院想尋求第二意見，結果對方表示，不接受無藥可救的病人。之後去了有抗癌藥物專科醫師坐鎮的醫院，卻因醫生為了取得論文資料，被當成白老鼠實驗，而且副作用太痛苦，要求醫生中止治療，又被強制出院。現在在一間診所接受免疫細胞療法，治療費相當高等等……說著說著，小仲的情緒激動起來，聲音變得更高亢了，但他依舊滔滔不絕地說：

「過完年，做了檢查以後，就知道治療有沒有效了。」

小仲說完後，參加者認真地點了點頭，沒有人要他息怒，也沒有廉價的鼓勵。小仲一直以來為癌症所苦，但此刻，他真切地感受到自己並不孤單。在場的人都和他一樣，忍著相同的痛苦。想到這裡，他不由得淚如泉湧，用右手取下太陽眼鏡後，按住眼角。然而，他愈想壓抑，情緒愈高漲，忍不住嗚咽。他雖咬緊嘴唇，淚水卻潰堤而出。身邊這些人的默默守護，讓小仲壓抑至今的悲哀、絕望和後悔，全在腦海裡翻騰，猶如暴風狂襲著他。最後，他伏下臉，放聲哭了出來。

痛快地哭過後，小仲的心情稍微穩定了。稻本悄悄遞上手帕，他小聲道謝並擦乾眼淚，再把太陽眼鏡放進胸前的口袋，心想：沒必要再戴了。

小仲抬起頭時，發現吉武正在看著他。他終於能釋懷地向她點頭，附在身上的那股彆扭魔咒似乎不見了。不過那一瞬間，吉武似乎有些遲疑地點頭回禮。

因為分組談話超過預定的時間，稻本宣布今天的活動將進入尾聲。

「最後，大家一起來合唱吧。」

最初在演奏會表演的女鋼琴家，開始元氣充沛地彈奏鋼琴，曲名是《請賜給我翅膀》。小仲也知道這首曲子，活動一開始發給大家的節目表上寫著歌詞：

——現在，我的心願如果能夠如願……

小仲忘情地唱了起來。連自己都覺得不可思議，他覺得自己不再彆扭了。唱到高音處，他與其他病友一起大聲歌唱。除了憤怒，小仲不記得自己多少年沒發出如此高亢的聲音了。想到這裡，他情不自禁地打了個冷顫。

合唱結束後，大家用力鼓掌為活動劃下句點，依序走到門口。在接送巴士發動前，小仲趁機走到吉武身邊，想跟她打聲招呼。

「嗨，好久不見。一切都好嗎？」

「嗯，謝謝，好久不見。」吉武尷尬地聳肩說道。

「今天很開心來參加這個活動，我受到稻本很多關照。」小仲含蓄地說道，他本想為自己讓吉武傷心這件事而道歉，卻怎樣也說不出口；吉武也為難地別過視線。

小仲心想：難道她還在生氣嗎？但又不像，吉武看起來很困惑的樣子。

好怪。

突然，小仲心裡閃過一絲不祥的預感。他想起剛才那位面露死兆的老人，壓抑著顫抖的聲音問道：

「吉武小姐，我看起來怎麼樣？」

吉武心虛地抬起頭，但眼睛低垂；她停了一下，露出做作的笑臉。

「嗯，看起來很有精神的樣子。」

聽到這句話，小仲覺得地面彷彿裂開，自己被冷冽的黑暗拽住，直往下墜。

48

「今天是平安夜，可是我的運氣也太背了。」森川嘆了一口氣後，繼續走在外科病房大樓的走廊，後面跟著一位護理師，推著護理推車。

「別再埋怨了，工作吧。我們跟你一樣，也是假日上班喔～」

假日值班的工作內容是替住院病人更換紗布。

「早安！」心情低落的森川走進大病房，心想至少在病人面前，聲音要裝得高興些。病房裡，不外乎都是罹患胃癌、乙狀結腸癌、直腸癌、膽囊癌的病人；彷彿除了癌症以外就沒有其他病症似的，住院者全是罹癌之人。森川花了大概一小時，完成工作後，走回護理站。

「森川醫生的女兒，聽說很可愛呢～」一位看起來像大姊大的護理師奉承地說。

「妳聽誰說的？」

「大家都這麼說呀！」

森川又問了另外兩名護理師，她們都異口同聲說：「叫可菜，對吧？」

「名字也很可愛呢！」

「妳們還真清楚，要看照片嗎？」

森川拿出智慧型手機，秀出手機的主畫面給護理師看。

「哇，好可愛～」

「長得像您呢！」

「還有影片喔。」

森川點開影片撥放的Ａｐｐ，畫面上的可菜正在花圃追著鴿子跑。

「這是在哪裡拍的？」

「我家附近的公園。」

「這麼可愛，長大一定很漂亮喔！」

聽到女兒被大家爭相稱讚，森川也開心了起來。

「好了，我在醫局的休息室，有事再來找我。」

他愉快地返回醫局休息室，開機準備打電玩，同時瀏覽網路資訊打發時間。

午休一到，穿著白袍的森川走到醫院裡的超商，準備買午餐，順便也買了提拉米蘇要請護理師們吃。

買完後，森川繞到護理站，遞出蛋糕說：「這是請大家吃的點心。」大姊大護理師說了「謝謝」，並以「妳們看吧，奉承是有回報」的眼神跟同事炫耀。森川心想：哎呀，原來我中計啦，原來可菜只是個假話題啊！

到了午後，沒有出現需要急救的門診病人，森川順利地值了一天班。

晚上八點，森川到了病房大樓，趕在熄燈前再巡一次房，但也沒有特別狀況需要處理。回到醫局的休息室時，因為時間尚早，他乾脆拿起學會雜誌，讀起裡面的論文。

晚上十點半，他在中央手術部沖了個澡，然後在自動販賣機買了一瓶可樂，平躺在值班室的床上，心想：今天總算平安度過了。森川祈禱半夜不要發生大事，然後緩緩進入夢鄉。他告訴自己：明天有重大的事情要辦，不休息不行。

但天不從人願，為了處理半夜急診和病房的問題，森川到早上為止共醒來了五次之多。

49

從病友聚會返家的當晚，小仲坐立難安，緊張得不得了。他撥了吉武的手機號碼，想直接問她自己是否真的面露死亡之兆。但吉武沒有接，小仲暗想：是否知道是他打來而故意不接？

聚會後的隔一天，稻本到小仲家拜訪，說是為了感謝小仲出席聚會，特地前來致意。小仲慌張地脫口而出：「活動隔天馬上就跑來探視，是因為我的病情最嚴重嗎？難不成我會比那個穿運動服的老人先『回老家』？」

稻本一副毫不知情的模樣，訝異地詢問他怎麼一回事？小仲說出事情始末，認為吉武因察覺他面露死亡之兆，才試圖說些好話來彌補。

「小仲先生，你想太多了吧……」

「不，她的確認為我快死了，絕對沒錯！」
「你是根據什麼這麼說的？你問過吉武了嗎？」
「不問也知道。」
面對因充滿憤恨而陷入沉默的小仲，稻本很有耐心地回應：
「她這麼做應該有她的理由吧。小仲先生，既然你都這麼說了，也許真的會一語成讖也說不定。不過，吉武未必是對的喔。」
「但是，她是護理師，眼力比一般人更好吧？」
「照你這麼說，那我也是護理師，而且還比她經驗豐富呢；依我看來，根本看不出小仲先生你快死了呢！」
「我能相信妳嗎？反正……妳只是想安慰我吧？」
「不是。那我問你，小仲先生你現在坐著，會覺得痛苦嗎？」
小仲盤腿坐在床上，身體沒有靠牆。但是，他卻不滿地抗辯：「當然很痛苦。」
「但是沒有痛苦到必須躺下吧？昨天聚會時，你一直都坐著講話。這是瀕死的人根本做不到的事。」
被稻本這麼一說，小仲回想起那名穿著紅色運動服的老人，活動才進行到一半，他就到和室內，然後躺在棉被裡。
「今天早上，你吃早餐了嗎？」
「我吃了塗果醬的吐司，外加一片火腿。」

「你的食欲還不錯，對吧？快死的人是吃不下這些東西的喔！」

「可是，吉武小姐為什麼笑得那麼不自然？」

「說實話，她可能對小仲先生還沒釋懷吧，所以才做出那種彆扭的表情。」

是嗎？小仲心想：吉武還沒有原諒自己嗎？若真如此，小仲雖感遺憾，但也放下心中一塊大石；因為自己並無死亡之兆。

「話說回來，你覺得昨天的聚會怎麼樣？」

面對這麼唐突的詢問，小仲躊躇了一下。

「啊，還不錯。能聽到其他病友分享。」

「我就說嘛。」稻本開心地笑了，而且笑容裡看不出一點自我滿足。

但小仲仍忍不住反駁：「不過，好心情是短暫的。畢竟病情不會因為參加聚會就能好轉，不是嗎？」

「別這麼說，我聽癌症病友說，爬爬山或聽相聲大笑，都能讓精神好轉。也有資料顯示，精神好的話就能活化自癒力。參加病友聚會也有類似的效果喔！」

真的嗎？若真是這樣，那就太好了！儘管如此，小仲依然懷著戒心，他想：不能這麼輕易地就被鼓舞了。

小仲再把話題拉回來：「妳提到吉武小姐還沒有釋懷，她真的這麼生氣呀？」

「與其這麼說，還不如說她陷入矛盾。對我們來說，小仲先生的指責雖是一大衝擊，但是你畢竟所言不假。」

聽到這裡，小仲的情緒又複雜了起來。反駁卑劣的指責相對來說容易，不過，若要承認自己的錯誤，就要推翻自己原有的信仰和理念。

小仲故意不悅地問道：「那麼，要如何才能取得她的諒解呢？」

「可不可以再給她一點時間？因為她必須自己想通才行。」

「我可沒那麼多美國時間。」

「你又在胡說了，沒問題的，時間還多得是。不過，請保重身體，畢竟你不久之前剛暈倒過。」

稻本這番話讓小仲再度感到自己的雙腳彷彿被鎖鍊綑綁，他只回了一句：

「別淨說些不吉利的話。」小仲清楚地知道，他之所以會這麼焦躁易怒，都是因為眼前巨大的不安。

之後，稻本還俐落地幫小仲把房間打掃乾淨才回去。

50

年關將近，所有的工作也即將告一段落。森川大大地吸了一口氣，但他忍著不吐出來；因為如果吐出來，就會不自覺地變成哀聲嘆氣。森川心想：再怎樣也不能讓自己的人生淹沒在嘆氣聲中。

今年跟往年一樣，也是忙忙碌碌地度過。自從四月開始，森川升為主任醫師後，並沒有什麼特別不同，但疲勞不斷累積，他的病人裡有痊癒的、死掉的、個性怪裡怪氣的等等。他今年順利完成ＰＤ手術，可說是最大收穫，而且手術台上的那名胰臟癌病人後來也平安出院。

目前，他最在意的是還那位肝癌末期病人，病人過完年來回診時，該怎麼勸他才好？森川對自己耳提面命：不能再犯同樣的錯誤了。

他把雙手環抱後腦勺，仰望醫局休息室的天花板，不知不覺中嘆了一口氣。心想：自己的人生果真還是被嘆息填得滿滿的……

51

除夕夜下午，小仲穿上一雙舊到起毛球的襪子，再套上涼鞋就外出了。整天上網實在很膩，電視又只播放一些無聊的節目，那些特別強調除夕的節目更是令人感到鬱悶。

小仲雖感疲倦，但還能走。急著出門可能出自一種無來由的焦慮吧?!想趁能走時多出去看看。

他把雙手插進口袋，拖著雙腿，漫無目的地向前走著。擦肩而過的人們忙碌不已，像是被生活追著跑一樣；超市前聚集一群熱衷於歲末購物的家庭主婦和老人。小仲心想：眼前根本沒有人想到死亡這回事，但自己不一樣，是癌末病人，不久將離開人世。

接受ＮＫ細胞療法的結果看起來也不妙。從過去至今，自己不知道懷抱多少次希望，但每一次都落空。

小仲多想變成一般人，變成毋須與死亡交手的普通人。不過，現在身邊所有事情都跟死亡脫離不了關係。他想：自己的人生雖歷經了許多不如意，但是再苦，能不與死亡為鄰，都算是好的。

小仲瘦弱的雙腿在牛仔褲裡晃盪著，西邊天空的暗影流竄，陰鬱的雲朵呈現灰藍色。在街上逛了一會兒後，他晃進公園。公園裡有三張油漆斑駁的長椅，因為疲憊，小仲坐在其中一張椅子上。

坐下後，他腦海中出現各種假設：吉武不知怎麼樣了？一定早就把我擺一邊，忙著準備過新年吧……不，說不定她正在照料其他病人。若真是這樣，小仲更覺得自己處境悲涼。

此時，一個牽著小狗的男人走進公園，坐在離小仲有段距離的長椅上，慌張地抽起菸來。只要一旁的小狗騷動不安，男人就會粗暴地拉扯狗繩，最後，連小狗也妥協了，乖乖蹲坐在男人腳旁。這男人的心情看來很糟，而且像是一直以來都很不開心似的。小仲內心嘀咕：太多事不如你所願，所以每天都感覺很煩嗎？但，你知道嗎？你還算幸運的，至少不用面對死亡。

男人抽到第三根菸時，再次牽起狗繩，起身走出公園。

小仲突然想到在海克力士會邂逅的那些病友，他們怎麼那麼開朗？他們怎麼克服對死亡的恐懼？不，其中不也有人壓抑著恐懼嗎？這些病人對醫生表現憤怒，透過其他人的經驗得到慰藉，所以，這終歸是互舔傷口的病友會吧？

想到這裡，小仲不禁雙手抱頭，心想：為何我的想法總是如此扭曲？為何不能坦率地接受事情？

對小仲來說，到目前為止，人生是一場持續的戰鬥，而對手是過於頑固、個性執拗的自己。他不允許灰色地帶、不允許自我欺瞞，看不慣差別待遇與強者的驕慢，因此拚了老命持續戰鬥。但，到頭來，這一切有什麼意義？

他也曾與女人同居，後來因為性格不和而分手，那是三十五歲左右的事情。兩人在支援遊民的義工活動中相遇，小仲被她熱心參與的模樣給吸引。當時小仲以為她很有社會意識，未料同住一個屋簷下後，兩人竟常為了芝麻小事爭吵。比如說，她常把東西拿出來後不放回原位，交待她要辦的事忘得一乾二淨；都是一些瑣碎小事，結果她只待了三個月就離開了。

小仲不後悔自己孤單地活著，他無意勉強自己成立家庭，畢竟人死了以後，一切人、事、物全都會煙消雲散。

但他心裡清楚明白，病入膏肓之時，形單影隻會特別難熬。他一想到在病友會拿到的相框沒有照片可放，就不禁感嘆起自己終究是孤身一人。

人，究竟怎麼活才好？

寒風襲來，小仲把雙手插進口袋，蜷縮起身子。

小仲的雙親早已去世，他和住得遠的妹妹關係疏離。妹妹有兩個兒子，之前還在念小學，為了讓他們能夠考上一流大學，每天親自接送他們上補習班，生活相當忙碌。小仲曾向妹妹吐過幾次苦水，最後她好像就自動疏遠了，雙方已經超過十年沒聯絡。他猜想，就算知道自己的哥哥死了，她應該也不會掉淚吧？小仲雙手攤在膝蓋上，垂頭喪氣。

此時，小仲不經意地抬頭，看到眼前有個少女在盪鞦韆。只見她的小手緊抓著鞦韆的鐵鍊，細細的雙腳蹬了又蹬，頭髮飛揚，氣色飽滿的雙頰前後晃蕩。夜幕低垂，天色暗到幾乎看不清楚四周了，但少女仍用力地盪著鞦韆。

小仲不由得被那躍動的肉體給吸引住；迎接少女的是無限的未來，小仲的視線追著鞦韆，盪向僅存微光的西側天空，他不知不覺開始流淚。心中感嘆：少女的生命如此純潔、健壯，與自己即將消逝的生命竟有如此大的差距……

在薄暮中，小仲淚流滿面。儘管內心難受，但也感到痛快；是一種很奇妙的感覺，覺得似乎有什麼東西從心頭滑下一樣。

52

每年過完年的初診日都像大賣場般，一早就擠滿人群。

在門診區等待的病人不用排隊，以先來先到的方式等待叫號。其中有出院後第一次回診的病人，也有手術後五年，被認為差不多痊癒、面帶悅色的病人。

森川一個接著一個替病人看診，結束時已是下午三點五十分。等最後一名病人走出診間，他和門診護理長眼神交會，兩人同時「呼」地嘆了一口氣。

森川走出診間，先到醫院的超商，拿了架上唯一僅存的三明治去結帳，在自動販賣機前買了咖啡，狼吞虎嚥地吃完這些東西。他沒時間午休，立即前往病房大樓巡房，交代同事該幫病人做的檢查，同時指示護理師的待辦事項。

在森川工作告一段落、正想休息時，院內手機響了起來。

接起手機，對方告知：「病人的家屬來見您了。」

森川看了一下手錶，已是五點半，約定的時間到了。他匆忙地下樓，走進門診區，肝癌病人的妻子已經先到了，今早她來電表示想瞞著丈夫打聽病情。

「您這麼忙，真的很抱歉。外子雖然是下星期回診，但在那之前，有事情想跟您商量。」

太太比丈夫更明理。她察覺到森川的疲憊，於是省去客套話，直接切入重點：

「上次看診時，我先生還想請您幫他治療。但是，按醫生您的說法，我先生不治療反而比較好，真正的實情究竟是什麼？是否完全沒有治療的餘地了？」

「就您先生的狀況來說，繼續治療的話，副作用會強過治療的效果。」

「那還有沒有無副作用的治療方法？」

「說實話……很難有。」

看來，病人的妻子這次來找森川，無非是抱著破釜沉舟的決心。森川心想：既然如此，乾脆說得徹底一點吧！

「很遺憾，我說得白一點吧，您先生的癌症已經沒有治療方法了。抗癌藥物的副作用會讓體力流失，讓癌細胞更有機可趁。目前，妳先生還有些體力，盡量保留力氣，可以避免癌症更加惡化。」

病人妻子表情沉重地聽著森川的說明。

最後，她果決地追問：「所以換句話說，治療有可能縮短生命？」

「是的。」

「瞭解。我會試著說服外子，不知道他能不能接受，但我一定轉達醫生的說明，謝謝您，百忙中抽空見我。」

她禮貌地行了一個禮，就走了。森川心想：雖然很不幸，但他也愛莫能助。

森川用祈禱的心情目送她離開，暗自期待這位太太能夠成功說服病人。

53

新年初一到初三這段期間，小仲都沒有打開電視。他不想了解世上發生的任何事情，所以只好看舊的ＤＶＤ，或瀏覽 YouTube 度日。雖然想看點書，但盯著密密麻麻的字久了反而疲倦，所以放棄了。

小仲常常累了就睡，醒了再環顧四周，先盯著平堆的文庫本的書背看一看，等腦袋清醒一點後再播ＤＶＤ。右側腹的疼痛時而平緩，時而錐心刺骨。身體的倦怠感彷如濕潤的沙子滲進皮膚，非常不舒服。

身體狀況較好的時候，他會走到超商買蔬菜湯和日式煎蛋捲，有時也會買一人份的熟食小菜，相當方便。超商門市的新年裝飾不多，因此感覺跟平常沒兩樣。

過完新年三天假期的隔天，小仲的手機在上午九點前響起。

「小仲先生嗎？這裡是竹之內診所，請問今天的檢查照常進行嗎？」手機傳來院長竹之內的聲音。

結束第四次ＮＫ細胞療法已過了兩週又兩天。為了確認治療結果，小仲約好今天做檢查。竹之內曾表示，若身體狀況不佳可以不做，於是仍特地打電話向他確認。

「謝謝，沒問題。」小仲堅定地回答。講完電話後，他無來由地覺得精神舒暢。沒想到醫生的貼心之舉，對病人竟能產生這麼大的鼓舞作用。

小仲走進盥洗室刷牙，把四天沒刮的鬍子刮乾淨。他不斷端詳鏡中人，只見雙眼更顯凹陷，臉頰顴骨突出，莫非癌症惡化？為了打消不吉利的預感，小仲用冰涼的水洗臉。

小仲預約的看診時間為上午十點半，不過他今天提早出門，打算從澀谷車站步行到診所。

可能是過完新年的第一個看診日，診所裡人滿為患。有感冒和腹痛的病人，癌症病人也夾雜其中。掛完號，他在候診室的椅子坐下來，此時一位年約七十歲的男性向他搭話：

「你也在接受ＮＫ細胞治療嗎？」

小仲回看了男人一眼。理平頭的男人頭髮花白，和善的眼角擠滿皺紋；他一開口就提到ＮＫ細胞療法，應該是一眼就看透小仲的病情。男人自言自語地說：

「我也是。我有攝護腺癌，已經轉移到脊椎了，痛到不能走路。不過，自從接受竹之內醫生的ＮＫ細胞療法以後，輕鬆多了，真是慶幸。」

這番話讓小仲興致勃勃，他追問：「您接受ＮＫ細胞療法多久了？」

「這次是第三階段療程，第一階段的效果不大，第二階段的狀況突然好轉。所以，想趁勝追擊來做第三次。」

「治療費用很可觀吧？」

「對啊，但生命無價呢！」

「您沒接受過其他治療嗎？例如，抗癌藥物、放射線療法之類的？」

「我被癌症醫療中心宣告沒救了，他們說我的癌症已經沒有可用的藥。」

「喔？但ＮＫ細胞療法竟然有效？」

「呵。總之不要死心，繼續治療就對了。」

小仲重新端詳了這個男人。他的嘴唇血色良好，臉頰光滑。他心想：被癌症醫療中心放棄的病人，竟然因ＮＫ細胞療法而好轉，真是不可思議，說不定自己也能因此得救。

小仲內心湧起些微的希望。自從開始接受ＮＫ細胞療法後，身體狀況的確沒有惡化，右側腹的疼痛也稍微緩和了。說不定，癌細胞真的縮小了。若真如此，那繼續接受第二、第三階段療程的話，就可能恢復健康。若能夠如願，該有多好。

但他心念一轉，不禁擔心起來：持續接受治療，需要大筆費用，光是存款就會不夠吧？不、不要太在意金錢，必要時就算跟妹妹、妹夫下跪借錢也沒關係。竹之內這個人，不會因為病人付不出錢就不治療吧？對了，延後付款不就得了，等恢復健康重回職場，賺了錢再還不就行了？為了能還錢給救命恩人，工作再辛苦也在所不惜。

陷入沉思的小仲，聽到自己的名字被叫到後，先到抽血站做血液檢查，然後走進電腦斷層攝影室。當身體通過如白色巨大甜甜圈般的儀器時，小仲聽見久違的金屬摩擦聲，心想：結果究竟是吉或凶？

檢查結束後，小仲在診間接受竹之內的問診。

「身體狀況如何？」

「還不壞，我從車站走過來，沒搭計程車。因為您親自打電話來，讓我精神為之一振。」

竹之內微微一笑，吩咐小仲躺上診療台，然後在他的腹部做觸診。

「看起來沒什麼特別的問題。」

看診很輕鬆地結束了。小仲問道：「……檢查結果是？」竹之內答以：「一星期後再做說明。」

小仲知道腫瘤標記檢查需要花時間，但以為電腦斷層的結果馬上就能出來，因此內心雖失望卻無能為力。

「麻煩您了。」他低頭致意後走出診所。

過了中午，但小仲毫無食欲。他回到住家附近的車站後，原本想走路回家，但發現自己肚子空空，小仲近乎出於一種義務感，走到前面的超商，看著架上食物，卻還沒有想吃的欲望。他想這樣不行，於是走到飲料架旁，買了一瓶營養補給飲料。

小仲拖著沉重步伐走出超商時，口袋裡的手機響了起來，來電顯示海克力士會的稻本。

「喂！」

「小仲先生嗎？新春愉快！」稻本連祝賀新年都顯得謙恭有禮，她用一如往常的開朗高音問候：

「身體狀況還好嗎？如果方便，等一下和吉武一起去探望你好嗎？」

「吉武小姐？」小仲用力地將手機貼近耳朵，眼睛閃爍著驚喜的光芒。

「我剛結束診所的檢查，正在回家路上。」

「那我們約三十分鐘後見。」稻本爽朗地說完就掛電話。

小仲急急忙忙返家，快步爬上公寓外的鐵製樓梯。他平常走樓梯都上氣不接下氣的，卻因為想到吉武要來，連步伐都輕盈起來。

進屋不久，門鈴就響了。「您好」，稻本親切地跟小仲打了聲招呼，然後走進屋內。吉武雖然面帶笑意，但視線卻盯著腳下，眼神刻意不和小仲交會。小仲心想：原來她還沒有完全釋懷。

「小仲先生，過年前後一切都好嗎？」

「啊，我都在看ＤＶＤ。」

稻本不改親切笑容，吉武則尷尬地坐在她背後。

「自從那次之後，我和吉武小姐談了很多。可能是我說明得不夠好，她還是無法釋懷。既然這樣，我想還是讓當事人面對面說清楚比較好。」稻本說。

小仲像是掩蓋沮喪心情般，勉為其難地開口問道：

「要我們談談？妳指的是什麼？」

「之前小仲先生對我們的指責呀！你一針見血地點出我們的動機。我雖然以中立的立場替你說話，但還是無法精確地轉達給吉武小姐。」

小仲心想：這該從何說起？

吉武逕自俯視放在膝蓋上的手指。稻本引導般，對吉武說道：

「所以，針對小仲先生的指責，妳覺得最難理解的是什麼？」

吉武斜眼望著稻本，戰戰兢兢開口：「無法理解的事嗎？嗯……他說稻本小姐成立海克力士會是因為沒有好好替老公送終，是為了贖罪。光是這一點，我就無法原諒。」

小仲因為羞恥而想反駁，所以臉部漲紅。

稻本馬上接話：「我也受到衝擊了呢！小仲先生說得這麼過分，的確讓我很生氣。不過，冷靜想想，或許可能真的有這一部分。畢竟，人心是複雜的。承認了，反而感到輕鬆。況且，贖罪也不是壞事，也沒什麼不好吧？無論動機為何，只要活動對使用者有幫助，那就是好的。你說是不是？小仲先生。」

小仲頓時語塞；他批評稻本利用活動來替自己贖罪，這明顯是卑劣的誹謗。但是稻本卻對他的企圖隱而不揚，還向吉武說明。

小仲重新調整心情後，決定承認自己的過錯：「稻本小姐，我說那些話其實是為了發洩。抱歉！因為我很痛苦，所以為了減輕自己的壓力，才故意說那些讓妳難受的話。吉武小姐，我可以理解妳為什麼無法釋懷，真的很抱歉！」

小仲道了歉後，稻本揮著手、打直腰桿說：「你不需要低頭道歉，小仲先生的指責確實說對了一部分。既然如此，我就再提一件事吧。你不是指責我們舉辦活動是在自我滿足、沉醉在自以為是的善行裡嗎？事實上，吉武小姐在意的是這一點吧？」

吉武的表情又僵硬了起來，囁嚅地說：「我知道，我們的活動有部分是自我滿足，不過……我不希望參與活動的人也這麼想。一想到小仲先生是這麼看待我們的，心裡就覺得難受。」

吉武話一說完，小仲馬上把雙手抵在榻榻米上，深深低頭道歉：「都是我不好！那是當下沖昏頭才說的話。我為了諷刺稻本小姐，才故意說出那些毫無根據的話，對不起！」

不過，吉武沒有抬起頭來。小仲半自暴自棄地繼續說：「用這種扭曲心態看待事情的，大概也只有我這種人吧……一般病人沒這麼壞，妳不用擔心。」

吉武似乎仍無法釋懷。稻本轉身面向吉武，緩緩說道：「照護癌症病人確實有自我滿足的一面，這一點，妳也承認吧？只是，被病人這麼看待，心裡很難受罷了。不過，反過來想，我們照顧的病人不完全都是好人，也有那種我行我素的、厚臉皮的、個性不好的、彆扭的人吧？還有那種被疾病打敗、說出無心之話，令人討厭的病人。啊……對不起，我不是在說小仲先生你……」

面對稻本低頭致歉，小仲苦笑了起來。

稻本繼續跟吉武說：「我們得照顧各種病人，即使對方不懂得感謝、無來由的不滿，我們也不能生氣。盡力做好我們能做的事、不求回報，這是最基本的態度。」

稻本這番話，終於讓吉武抬起頭來。她凝視稻本，但對方卻以沉默回應。吉武思索稻本話中意涵，試圖了解稻本的想法。最後，她終於恍然大悟地說道：

「原來如此。原來我潛意識裡，一直期待病人的感謝，希望他們因為我的照顧而感到開心。正因如此，對於無法坦率表現感謝之意的病人，我才難以接受。」

「是的，正因妳對病人努力付出，所以更期待回報。付出的熱忱固然重要，不過，別被沖昏了頭，要隨時保持冷靜。如果不這麼做，妳的照護很容易變成片面的善意。這樣一來，就無法滿足病人的需求。」

「瞭解了。」吉武抬起臉，點了點頭。

稻本繼續說道：「為了善盡照顧之責，我常告誡自己要有一顆『熱情的心，冷靜的腦』。」

「原來如此，妳說得真好。」

面對小仲的低語呢喃，稻本微笑地說：「一切都是因為您的指責呀！我很努力地想了又想，終於才領悟到這番道理，感謝您。」

「喔，原來我的彆扭也能立大功啊？」小仲露出自嘲的笑意，對自己能坦率地說出這句話，他也深感訝異。

「看來，我差不多也需要看護來幫忙打理生活起居了。到時，還請兩位多多關照。」

「知道了。」

不過，稻本爽快的回應卻沒讓小仲感到比較輕鬆。

54

今天是一月的第二個禮拜二，森川與那位肝癌病人面對面坐在診間，他為難地吸了一口氣。病人眼睛布滿血絲，一口質問的語氣：

「前幾天，內人好像瞞著我來找您？」

森川眼角瞄到站在病人背後的妻子一副悲傷且絕望的表情，但病人彷彿要奪回他的注意力，突然把臉靠近他，說道：

「我絕不放棄治療。我懂您說的，副作用會讓身體更虛弱，且癌症可能因此惡化。不過，我的想法是這樣的：在學生時代，我是跑步健將、跑過長程，所以對體力我有信心。自從成立事務所後，我從來不曾因生病而休息，只要感冒、拉肚子都靠毅力痊癒。連滑雪傷到腰也是靠耐力撐過的。我的運氣一直都很好，曾在飯店設計競賽中，奇蹟似地由逆轉勝。我設計的世田谷區[36]紀念碑還曾獲得設計獎。我的癌症是被一位私人執業醫生給發現的，巧的是，他和三鷹醫療中心很熟，所以我才得以順利地轉院到這裡。如果能夠繼續治療，我相信情況一定能好轉。」

「不，以您過去的治療狀況來看，新的治療法……」

「還有機會！」病人武斷地打斷森川，還從外套的內袋掏出一堆剪報：

「您看，報導裡的病人跟我一樣罹患肝癌。他雖然病情惡化，但接受抑制副作用的治療後，現在仍活得很健康。這篇也是……」病人攤開其他的剪報，繼續說：

「根據這則報導，若治療搭配中藥，可有效抑制藥物副作用。也就是說，若吃中藥的話，抗癌藥所引起的嚴重神經障礙可減半。還有，這是一個網路部落客的文章，他罹患攝護腺癌後被醫生宣告只有半年可活，原本把遺書都寫好了，後來卻奇蹟似康復，至今已過了十年，到現在還是活得很有精神。這些講的都是只要不放棄，努力持續治療，一定有好結果。」

面對擺在眼前的報導、列印出來的資料，森川深感困擾地低頭說道：

「您的心情我能瞭解，但……別人的例子未必適用在您身上。」

「我當然知道，不過，我無法接受『不治療最好』這種說法。醫學之所以進步，不就是為了要治癒病人嗎？」

「不過，癌症治療會帶來副作用。」

「但是，有效果吧?!」

「比起有效，副作用的影響更大……」森川心想：同樣的話到底要說多少遍？此

36 東京都共有二十三區，世田谷區為其中之一。

時病人看出森川瞬間的倦怠，變得更咄咄逼人：

「那，請開給我副作用比較小的藥物。」

「副作用最小的藥一開始就用了，因為沒效，所以才慢慢改用比較強的藥。」

「剛開始無效，現在也許會有效。您能肯定這一次也沒用嗎？您能百分之百說不可能嗎？」

妻子在後面無力地看著丈夫。森川不知該如何說服病人，感覺已到了窮途末路的境地了。病人根本無視森川的苦口婆心，逕自說道：

「醫生，求求您，我是個運氣很好的男人。」

森川心想：那就如你所願吧……

「瞭解。」森川對病人說完這一句後，再詢問病人妻子：

「夫人，這樣您也同意嗎？就算治療反而會縮短生命。」

「是的，外子希望無論如何都能繼續治療。」

「妳這不是廢話嗎！」病人大聲斥責妻子。

森川心想：聽說愈軟弱的男人愈容易在妻子面前發怒，原來是真的。

森川雖然答應病人不中斷治療，但順從病人的要求開立抗癌藥，真的好嗎？森川本想再試圖勸說，但力氣已用盡，有種無能為力之感。事已至此，看來已無法再與病人產生共識了。在這關鍵時刻，理應要再試試說服病人，但就算說服成功之後，接下來又如何？

「我來開藥吧。不過，身體如果有任何不舒服，就請停止服用。」

「瞭解。」

病人直視著森川，他的眼神充滿挑戰的光芒，洋溢著無論如何都要存活下來的決心。

森川心想：要是「決心」能夠治病，那大家都不需要受苦了。森川之所以會這樣想，是因為他把現實看得太清楚了。反之，病人之所以認為病況能獲得控制，是因為他們昧於現實；這條鴻溝若無法填埋，那麼，不幸只會一再重複而已。

55

檢查結果出來前一週，小仲心情平靜，連自己都感到意外。他跟吉武重修舊好，對稻本也從最初的反抗轉為信任了。

小仲的身體狀況稱不上差，但體力逐漸流失，精神也隨之消耗；一天當中，失神的時間變多了。說不介意檢查結果是騙人的，腦中揮之不去的是一種自暴自棄的想法：反正結果還不是那麼回事。

小仲預約下午診最早的時間，四點回診看報告，這一天他提早走出公寓，搭電車到澀谷。因為走到診所太累，所以路途雖近，他還是搭了計程車。

交出看診單後，櫃台小姐問：「沒關係嗎？要不要躺下來？」

小仲心想：難道我的不適表現在臉上？同時微笑婉拒了：「沒事。」

他坐在候診室的椅子上，閉起雙眼，告訴自己：命運的分歧點終於到了。別太期待，期待愈高失望愈大；到目前為止，已不知落空了多少回。反過來想，要是檢查的結果不佳，那也是理所當然，畢竟ＮＫ細胞療法再怎麼新穎，才做一個階段的療程而已，不可能有太大效果……哎呀，搞不好真的被我的烏鴉嘴給說中了，別再期待了！小仲一面自言自語，一面做好失望的心理準備。

不久，護理師喊到「小仲先生！」他深呼吸後站起來，走進診間時，竹之內剛好把他的核磁共振影像調出來，在存有電子病歷的電腦螢幕上放大觀看。

「請坐。」

小仲迅速地打量了一下竹之內的表情，心想：他的表情沉重，果然不妙。

「好的。」

竹之內用原子筆末端指著影像，說道：「這是治療前拍的，而這是上週拍的。這裡是肝臟，黑黑一片模糊的地方是癌症的轉移。」

小仲不知聽過多少次這種說明了，不用多說也看得懂。比較一下兩張影像後，可知模糊的地方明顯擴大。之前核磁共振的影像看到的是一處一處的轉移，這次看起來，癌細胞已由點擴散成一大片。

「如您所見，轉移的部分變大了，所幸離肝門部位還有一段距離，目前還不需要擔心黃疸。」

「『目前不需要擔心』的意思是，黃疸有一天還是會出現？」小仲對醫師的一言一語都極為敏感。

竹之內面露些許困擾，挺起身子坐起來，並且把話說得很含糊：「是有黃疸的危險，不過，現在很難講……」

「腹膜的淋巴結怎麼樣？」因為不想再談肝臟，小仲乾脆問起其他部位的狀況，竹之內用原子筆末端搔著額頭，為難地低語：

「嗯，那個部分也不太好。這裡是轉移到腹膜的癌細胞，數目雖然沒有增加，但是以大小來看，算相當大……小腸的一部分也被侵犯了。」

小腸也被侵犯？聽到醫生話裡出現不祥的字眼，小仲彷彿遭剃刀抵住脖子般，被恐怖感環繞。

「腫瘤標記呢？ＣＥＡ[37]沒有降低嗎？」小仲想趕快遠離這場惡夢，於是趨前主動詢問醫師。他永遠難以忘記在萩窪白鳳會醫院最後測出來的數值：724 ng/ml。

「您一開始在我們診所檢查出來的ＣＥＡ是632。」

什麼？離開萩窪白鳳會醫院後，什麼治療都沒做，腫瘤標記就降了快100 ng/ml

小仲感到不可思議之際，竹之內像是有意擊碎那瞬間的喜悅似地，繼續說道：

---

37 ＣＥＡ（Carcinoembryonic Antigen）為「癌胚抗原」，通常用於大腸癌、胃癌、胰臟癌、肺癌的檢測。

「不過，這次檢查後發現，您的腫瘤標記已大幅上升到了1066。」

「什麼！」小仲不由得大叫了一聲。因為數值實在高到令人難以置信的程度，連他也發出嗤笑。他心想：終於突破一千大關了，上帝啊～祢對我開玩笑也要有個限度吧！

小仲千頭萬緒之際，竹之內的表情卻一點也沒變。

這是在開玩笑嗎？還是現實？小仲拚命鎮定自己的情緒，但灰色的暮靄從四面八方圍攏過來，遮蓋了他的思緒。不久，霧靄逐漸轉濃，變成白茫茫的一片，他伸手大叫：「誰來救我」，但四周卻靜悄悄地，無人應答。接著，小仲以猛烈之速墜入白色迷霧當中……

「小仲先生，沒事吧？」聽到竹之內的聲音，小仲才回神抬頭。他的腦海突然閃過候診室裡，那個跟他搭訕的男人說的話。

小仲說道：「醫生，請幫我再做一次NK細胞療法吧！就算第一階段療程無效，持續做第二次、第三次也許會出現效果也說不定……之前，我在候診室碰到一位罹患攝護腺癌的病人，他雖然被癌症醫療中心說沒救了，但因重複做了NK細胞療法而病情好轉，所以我也……」

竹之內輕輕地搖頭，表示拒絕之意。

「就算繼續治療也沒有效？」

竹之內抿著嘴唇，點了點頭。

「您的意思是已經沒有別的治療方法了？ＮＫ細胞以外的免疫細胞療法呢？樹突細胞或Ｔ淋巴球呢？」

竹之內表情沉重地搖了搖頭。

「所以，接下來……」小仲的聲音顫抖了。

竹之內很誠懇地安撫著他，說道：「小仲先生，真的很抱歉。以您的身體狀況，追加做第二次免疫細胞療程或其他治療，都不是現階段可行的選項。我認為，您現在最重要的是維持體力。」

小仲咬緊牙齒，心想：怎麼又是同一套說法；這種下墜的絕望感已不知經歷多少次了，好不容易才遇見這個肯替病人著想的親切的醫生，竟然連他都束手無策。

小仲雙手緊捏著自己瘦弱的膝蓋，儘管已有心理準備，實際上的衝擊卻遠比想像中來得大，真沒想到會是這種結果。

竹之內凝視小仲，苦惱地勉強補充了一句：「其實，還有一件事情要告訴您。為了瞭解您的胸腔狀況，我查了一下上週的核磁共振影像，發現您的肺也出現了可疑的陰影。」竹之內把影像調到電腦螢幕上。

小仲直視眼前怪異的影像，頓時彷彿遊蕩在一片暗黑中，在充滿空氣的黑色肺葉裡，浮現出大片白影。失神的小仲，耳裡傳來竹之內擔心的聲音：

「小仲先生，您最近是否感覺呼吸困難？雖然不嚴重，但有肋膜積水的狀況……」

56

「乾杯！今年也請多多關照。」

「乾杯！」

森川一行人站在璀燦的水晶燈下，高舉香檳互敬。

森川大學時代的實習團隊每年都會舉行新年聚會，今年的參加者包括森川在內共有六人。其中，有把失智症專科診所經營得有聲有色的「失智達人」精神科醫師，在東京都立醫院工作、忙到沒空結婚的「單身男」神經外科醫師，繼承祖父診所的「醫三代」內科醫師，有空就去爬山的「山男」骨科醫師，還有萬綠叢中一點紅，為了支持攝影師丈夫，在大學醫院做研究的「賢內助」病理學家。這次聚餐的地點選在新宿一間高級法國料理店「綠頭鴨」。

參加者各自報告近況，相互傳達同梯的動向之後，服務生送來前菜。聚會主辦人失智達人主動幫大家點了野味全餐。

「第一道菜就上鵝肝？這也太奢華了吧！」

「看來又要變胖了。」

山男和單身男兩人一面搭話，一邊挾菜入口。

「我不太能吃有腥味的野肉耶！」

面對賢內助不安的發言，失智達人解釋：

「別擔心，主菜是鴨肉，就是店名的綠頭鴨。」

接著，森川向醫三代詢問近況：「診所狀況如何？」

「可以更好，但目前只能說普通吧。」醫三代苦笑回應。

珠雞凍湯上桌後，賢內助把鼻子湊近嗅聞，確定沒有腥味後，才張口喝湯，她接著問醫三代：「開業醫生沒辦法不碰經營這一塊，所以很辛苦吧？」

聽到這裡，原本想喝湯的醫三代打住了，他皺眉回答：「要讓病人上門，會講話比會診斷還重要。要說『沒問題的、不用擔心、我會開好一點的藥給你』這類的話。就像醫師協會裡，大家都說成功的開業醫生要會說話才行。」

失智達人單手拿著葡萄酒說：「我的狀況也是這樣。雖然失智症沒有藥醫，但還是要巧妙地跟病人和家屬交流，讓他們安心。」

個性單純的山男說道：「不過，討病人開心並不是醫療的本質，不是嗎？」

聽到這番話，單身男開始認真地呼應起來：「對，醫療的本質是忠於醫學。一旦醫療的本質變成討好病人時，就完了。」

森川也表示同意：「是呀，如果把討好病人當正事，醫生就和愛拍馬屁的人沒什麼兩樣了。」

賢內助附和道：「油嘴滑舌的人最糟糕了。」

醫三代自嘲地接著說：「不，或許差不到哪裡去喔！我聽過『醫生如藝妓』這種說法。」

失智達人用眼角斜瞄醫三代，半開玩笑地說道：「提到讓病人上門這回事，我們還得感謝媒體呢！媒體用輕率的報導煽動社會大眾，就連失智症也說要『及早治療很重要』！」

山男反問：「及早治療沒用嗎？」

「失智症根本沒有藥醫呀……」

「不是有愛憶欣[38]嗎？」

「其實幾乎沒有什麼效用，呵呵……」失智達人一陣乾笑。

繼魚料理之後，上桌的主菜是炒鴨肉，散發著野肉特有的濃郁香味，愈嚼滋味愈豐富。

「話說，我有個煩惱。」

失智達人宣布聚會即將結束前，森川主動拋出這個話題：「要怎麼向癌末病人說明，才能讓他們接受『沒有救』的事實？病人好像都希望能夠治療到最後……」

山男回應：「這是當然的呀！」

凡事都認真看待的單身男則表示：「既然沒有治療的必要，直說不就得了？」

森川帶著無奈說道：「我曾對一個胃癌病人這麼說，卻被他反駁說我要他去死，還被兇了一頓！」

單身男忿忿不平地說道：「竟然有這種怪胎病人？」

賢內助表示：「唉呀，癌症病人的心理很敏感的。」

醫三代補充說：「換作是我，會開一些無關痛癢的藥物給他吧，跟他說表飛鳴[39]是沒有副作用的抗癌藥物，這麼做也許可以擋一陣子。」

聽完醫三代這麼說，失智達人用他一貫的口氣補充：「與其開整腸藥，倒不如用輕微的鎮靜劑，反而可以安定病人的心情。」

森川馬上回說：「那可不行，騙局終究會被拆穿。如果被病人控訴，我們明顯站不住腳啊！」

這時，醫三代挑撥似地說：「那請問該怎麼辦？開給病人有副作用的抗癌藥？」

「千萬使不得！」

「所以，什麼都不做？」

「不，這也有困難。因為病人會強迫我們要積極治療……」

「這麼一來，不是沒輒了嗎？」

面對森川的沉默不語，山男調解似地說道：「雖然到骨科求診的病人裡很少罹癌的，不過，也有人罹患骨肉瘤這種惡性腫瘤。癌末病人真的很痛苦，所以才會說出『就算用藥至死也沒關係，但無論如何都不放棄治療』的話。」

---

38 愛憶欣，學名 Donepezil，一種治療輕度至中度「阿茲海默症」的藥物。

39 表飛鳴，學名 Biofermin，為整腸劑。

「碰到這種情況，該怎麼做才好？」

「換作是我就不會幫病人治療。明知會縮短病人的生命，怎麼下處方？」

「說的也是。」

賢內助表示同意後，單身男加強語氣說：「當然啦，我們從事醫療工作是為了延長病人的生命，什麼『治到死也無所謂』，那不是病人的真心話。他們只是在要性子，我們做醫生的不能感情用事。」

單身男吐出真言後，醫三代把葡萄酒舉近嘴邊，不服氣似地說道：「你背後扛著東京都立醫院的招牌，所以才會這樣說，等你開業了，就知道事情沒辦法切割得這麼清楚。隨便說放棄就放棄，一定會招來病人的負評。只要被貼上『那個醫生很冷漠』的標籤，病人就再也不會上門了。」

「所以我才說用輕微的鎮靜劑最好。」

失智達人繼續說：「若跟病人說鎮靜劑是抗癌藥物是謊言，不如乾脆改口說『這是最適合你的藥物』，不就得了！」

森川表情沉重地回應：「這也太……」

他心想：病人全心全意想接受治療，這樣玩弄他們說得過去嗎？

賢內助語帶傷感地說：「前幾天我在網路上偶然發現一件事。不是有一個讓人提問的網站叫『教我網』嗎？有一名高中女生貼文說，她父親四十多歲，直腸癌已轉移到肺部，因肋膜積水，身體很痛苦且一天比一天衰弱。被醫院宣告沒救了之後，父親轉而服用姬松茸和不知什麼的酵素，但病情沒有好轉，最後她只好到網路上求援。」

「好悲慘。」山男感嘆道：「結果呢？」

「網友的回答簡直糟糕透了。被選為最好的答案竟然是建議吃『桑黃』，說什麼在韓國被證明很有效，可以延長生命，簡直胡說八道！」

「好過分！不負責任也該有個限度。」

「正面的回答當然也有。例如，建議她父親應優先考量安寧照護，不要再做無效的治療之類的。不過，提問者通常不會接受這類回答。被選為第二好的答案則是建議『放聲大笑』，以提高免疫效果。從我們的角度來看，這些答案簡直令人瞠目結舌，但對病人來說，卻像是希望的曙光。」

醫三代附和道：「總之，病人對『希望』是有渴求的。」

單身男則建議：「為了病人好，與其給他虛幻的希望，還不如早一點說出沒救的事實來得好。」

失智達人以堅定的語氣說道：「不，病人不會接受的。就算到最後關頭，他們也不會放棄希望仍想繼續治療；這是無奈的事實。」

聽完這番話，森川陷入沉思，心想：難道又是無解了嗎？

甜點樹莓雪酪上桌後，話題一變，大家開始討論是否應到常光顧的高級酒吧續攤。森川雖也參與了討論，但大家的討論愈熱烈，他的心卻愈冷。

57

自從在竹之內診所聽到醫師殘忍的宣判後，小仲完全不記得自己是怎麼回到公寓的。到家後，他連衣服換都沒換，就一骨碌地躺上簡陋的床鋪。

等他再次睜眼，房內已一片黑暗。小仲心想：不知道天色何時變暗的？沒多久，他的意識再度模糊，跌入一片闃黑，彷如陷落在時間的流沙之中。

小仲的腦海不時閃過張牙舞爪的怪異影像：蔓生的癌細胞如異形般吞噬著內臟；「小腸也被侵犯」這幾個字不斷膨脹，有如病毒般侵襲全身各處。測量腫瘤標記的儀器指針劇烈擺盪，猶如核反應爐即將炸裂的危險警示；轉移到肺部的癌細胞是徘徊在暴風雪中的惡靈，如遠似近地威脅著小仲……回頭望，還有令病情雪上加霜的肋膜積水……

小仲朦朧中想著：悲慘之處太多了，還真不知哪個部分最糟?! NK細胞療法的失敗，意味自己已窮途末路。雖有民間療法和替代療法，但已經沒有力氣再深入研究了……坊間奇蹟式的康復案例、誇大不實的資訊也多到無從篩選起。

眼前只有「絕望」兩字。

一切即將終結，全部都消失殆盡。

小仲仰躺在床上動彈不得，室內光線由亮轉暗。很不可思議地，他竟不想上廁所，也不覺得飢餓或口渴。他偶爾吞吞唾液，上下移動乾瘦的喉頭，確認自己還活著……這樣的行為連自己都覺得可笑。

「不想再痛苦下去了」，這是唯一的心願。此時，小仲突然警覺到，現在連呼吸都困難，莫非肋膜積水又增加了？肺部積水不就形同溺斃，難道我會溺死在房間？孤單一人無人送終？

救我呀！

小仲因流了一身汗從惡夢中驚醒，此時房間微露亮光。

他告訴自己：要鎮定，這不過是在做惡夢罷了。這樣自己嚇自己太過瘋狂，會要命的，不能再躺著不動了！他下床，像毛毛蟲蠕動般爬向廚房，用手扶著柱子撐起身體，再拿起擱在餐桌上的威士忌。他一口喝下後，烈酒灼燒喉嚨，引起一陣嗆咳，接著是前所未有的劇烈嘔吐。

「啊……噢……」

小仲發出有如野獸臨死前的呻吟，腹部絞痛如波浪鐵皮般滾動，胃液從嘴巴溢出。小仲從椅子翻滾下來，仰躺在地的瞬間，一股溫熱的液體從體內流出——原來是尿失禁了。他慌張地褪下褲子，卻被眼前的景象給嚇到，不曾見過的尿液顏色染濕了內褲，是血尿。血液的鐵鏽味直衝鼻腔，讓他更想吐了。

此刻小仲抱著頭，在地板上發瘋地滾翻；直到手肘撞倒椅腳，稍微回神後，才費力地攀著椅子爬起。為了逃避眼前恐懼，他又開始大口喝起威士忌，沒想到酒精一股腦兒地衝上喉嚨，從鼻孔噴了出來。儘管如此，小仲仍繼續強迫自己飲酒，宛如吞下灼熱的火球，肚子完全焚燃起來。

頭昏腦脹之際，小仲突然像彈簧般從廚房的地板上跳起來，不小心撞到臉後，才察覺自己剛剛癱倒在地。他的眼球不斷翻轉，只見一片紅黑的闃暗狂風。小仲不禁懷疑：這真是我的腦子看見的影像嗎？眼前一大片夾雜混亂與混沌、漫無邊際的陰暗，真是我的意識嗎？

讓我死吧！

小仲在腦海中吶喊，並逐漸地失去意識。

……

小仲驚醒後，發現手機在褪了一半的褲子口袋裡震動。他試圖恢復清醒，搖了搖頭，才按下通話鈕。

「小仲先生嗎？早安！您今天的身體狀況怎麼樣？」

女高音般明朗的聲音直達小仲的腦門。

「啊……稻本小姐。」

稻本敏銳地察覺到小仲逞強的聲音：「沒事吧？」

「……怎麼會沒事……我快死了。」

「知道了，現在我馬上過去，您撐著點！」稻本果決地說完，隨即掛上電話。

小仲再度陷入昏迷。不久，公寓外的鐵製樓梯響起慌張、往上爬的腳步聲。

「小仲先生，我是稻本。」稻本門也沒敲就奔進屋內，她表情沉重看著小仲，迅速拉起他的手把脈，說道：「脈搏很正常，不過，這味道……」

「抱歉，我像小孩一樣漏尿了……」

「不是，我指的是酒精。」

稻本走進廁所拿出水桶和毛巾，動作敏捷地脫下小仲的衣服，抓起浸過熱水的毛巾擦拭著小仲的下半身，然後又快速地把髒衣物丟進洗衣機。

「您不冷嗎？等我一下。」

說完以後，稻本像在自己家裡一樣，幹練地找出內衣褲和睡衣替小仲換上。

「您身體可以動的話，我們移到床上比較好。」

稻本撐起他的身軀，把匍匐在地的小仲帶到和室。

「好，躺下吧，您是否感覺呼吸困難？」

稻本這一問，卻勾起了小仲不願想起的痛處。他把雙手擺放在胸前，嘆了口氣後說道：「之前跟妳提過那個ＮＫ細胞療法，結果出來了……」

「如何？」稻本從小仲的表情察覺到答案。

「沒救了，不僅無效，病情還更加惡化。癌細胞已轉移到肺部，醫生說胸部也出現積水……我的人生完了……」小仲自暴自棄地說著，聲音悲涼且微弱，雖然如此，他仍忍不住地繼續呢喃：

「我已經沒有活下去的意義了……現在不僅肚子痛，呼吸也困難。如果忍受痛苦可以保命，無論如何我都會堅持下去，但現在只剩死路一條，不如讓我早點走……」稻本聽了這番話，憐惜地凝視小仲，小仲卻顯得煩躁不安，粗暴地說：

「我會一個人孤獨的死掉，沒有人替我送終。不過，這也怪不了別人，是我自己選擇的人生，要恨就恨自己……好苦啊……不、不只是苦，簡直就像活在地獄裡啊……希望早死早超生啊，這樣要死不活的，不如趕快一了百了。」

稻本靜靜地沒有回話，只把手伸向小仲的身體，靜靜地摩挲著他的腹部。小仲本想甩開她的手，但沒這麼做。稻本的手掌溫暖柔軟，讓他的皮膚逐漸放鬆。此時，眼淚從稻本的雙眼湧了出來。

「怎麼，妳在哭呀？」

「我覺得自己很不中用。小仲先生，您這麼痛苦，我卻一點忙也幫不上忙，方才還勾起您的痛處，但又無能為力，我好沒用！」

「怎麼啦？妳和我是毫無相干的人呀……」

「不，有緣才會相遇，我們還交換很多意見呢！再說，我從小仲先生身上學了很多事，不能說毫不相干，您是個重要的人呢！」

小仲別過頭，眼睛緊盯天花板，原本急躁的心情逐漸緩和。

「嗚嗚。」

突然，小仲的下腹緊繃，接著傳來一陣刺痛，他皺眉，身體像蝦子般捲曲。

「很痛嗎？哪裡痛？」

稻本趨前摩娑著小仲的背，小仲咬牙忍受著讓他無法呼吸的疼痛。

「啊……媽的！」因為疼痛，小仲逐漸失去意識。

稻本雙手使力地抱住小仲，一陣過後，他身體的疼痛終於消逝。

稻本扶起小仲，神情嚴肅地說：「您現在這種狀況，已經不適合一個人住了。」

「或許吧，不過有願意收容我的醫院嗎？」

「小仲先生，您抗拒安寧照護嗎？」

小仲的表情略為一震，心想：終於要把我丟給別人了嗎？稻本察覺到小仲的心思，便解釋：「請您別太快下結論，現在安寧照護也可以提供必要的治療……」

「妳不需多作解釋，我能理解。到了最後，我也只能去那裡吧？妳會照顧我嗎？」

「海克力士會可以為您介紹幾所安寧病房；如果您同意的話……」

小仲別過頭望著天花板。天花板上盡是髒灰灰的斑點，他心想：這裡是我悲慘的戰場……但，已沒有什麼可以留戀的了……

他內心突然湧起一股感謝的情緒：「那麼，就麻煩妳了。受妳關照很多，很抱歉。前些日子很高興參加了病友會，如果更早參加就好了。」

「聽您這麼說，我很高興。」

稻本雖然面帶微笑，但因努力壓抑著無力感和淚水，臉部線條顯得顫抖不已。

58

客廳桌上點著香氛蠟燭，香味是具有鎮定心情作用的佛手柑。餐盤裡擺放起司和生火腿，瑤子啜飲著葡萄酒，低聲說道：

「房間不點燈，還挺有氣氛的呢！」瑤子刻意壓低聲音是因為怕吵醒可菜。以前，瑤子和森川常跑葡萄酒酒吧，但自從可菜出生後，晚上就無法外出了。

「這個禮拜被緊急住院的病人弄得好累。」

「辛苦了。暫時忘掉醫院的事，我們聊些開心事吧！」瑤子用微笑鼓勵森川。

「開心的事，比如說？」

「我的話，我想搬到海外住看看。」

「很好哇！不過，妳指的海外是哪裡？」

「沒有特別想去哪一個地方。但絕對不是美國、英國之類的，如果要出國，最好是和日本完全不一樣的國家。」

「非洲？南美洲？」

「好耶！」

「伊朗、阿富汗呢？」

「帶著可菜無法去危險的國家吧？其實，我很嚮往祕境般的國家，像不丹。」

「不丹的國民幸福指數是全世界第一呢！」

「話說，咱家的幸福指數如何？」

「有高有低，每天都不一樣吧……」

森川吃了一口起司，拿起葡萄酒杯，倚靠在沙發上。

「不妨認真考慮搬到國外這件事？應該找得到工作吧？」

「嗯，應該需要取得當地的醫師執照喔。」

「要不然，留學呢？」

「不可能啦！若是留學的話，之後就得一直留在大學裡。」

「還是當ＷＨＯ派遣醫生去的地區通常衛生狀況都很糟……」

「這也不行，那也不行，那根本沒辦法實現呀！想去的話一定要下定決心。」

「妳怎麼這麼果決呀？」

森川被妻子的勇氣給嚇到，瑤子卻皺起鼻子笑了。

她從櫥架取出一包開心果，再替森川倒了一杯葡萄酒。

森川說道：「妳還想回到職場嗎？」

「我想目前暫時專心照顧可菜就好。」

「妳想要第二個孩子嗎？」

「當然想呀～」

看到瑤子笑到連眼睛都瞇起來了，森川才發現自己哪壺不開提那壺，立刻轉移話題：「這葡萄酒好喝耶，哪裡產的？」

「智利。」瑤子馬上回答。

森川漫不經心地附和「是嗎？」一面窺伺瑤子的表情。他察覺瑤子似乎還想繼續喝的樣子，便繼續說道：「我們家的幸福指數相當高喔！醫生工作雖然有點累人，不過我沒什麼重大的煩惱，而且妳和可菜都在身邊。只不過，有時會稍微感到不安，不知道這樣過日子好嗎？」

「怎麼說？」

「不知道。每天雖然過得很平安，卻又會想自己是不是哪裡做得不夠好？繼續過這種日子……好嗎？」

「你指的是醫院的事吧？你心裡老惦記著醫院，真是執著啊！問題是，怎麼想都沒頭緒的事，就是沒頭緒呀！」瑤子頓時覺得有些掃興，把身體陷進沙發裡。

森川一口飲盡杯裡的葡萄酒，彷彿有種搆不著邊的疑問沾附在杯底，始終無法脫落。

59

小仲下定決心，要搬進武藏村山市私立協愛醫院的安寧病房了。

直到入院前，稻本仍然照顧著小仲，並幫他辦理入院手續。她建議小仲不妨藉機聯絡一下妹妹，但遭到小仲拒絕。小仲此時不想被同情，更不想被妹妹看到自己衰弱的模樣；稻本雖覺得遺憾，但決定尊重他的意願。

入院當天上午，稻本開著自己的車，帶著吉武一起接小仲。自從兩人和解之後，吉武照顧了小仲好幾次，盡釋前嫌。

「小仲先生，早安！」

「身體狀況怎麼樣？」

「啊，沒問題，我準備好了。」小仲用淡定的口氣跟前來接他的兩人說道。

最近，小仲的身體狀況一進一退，不過所幸還能自己走路。吉武幫忙提著他的行李，稻本則在小仲背後撐住他的身體。小仲一想到搞不好這是自己最後一次走下生鏽的鐵製樓梯，心頭湧現些微感傷，但轉身離開後，他不再回頭。

吉武放妥行李後，小仲坐到後座，稻本開的是電動汽車，因此聽不到發動的噪音，車子就前進了。

「醫院遠嗎？」

「要看路況，應該一個多小時就能抵達了。」坐在前座的吉武用導航系統搜尋路線，如此答道。

車子行經ＪＲ中央線後，開上新青梅街道。稻本開著車，同時說明醫院的狀況：

「協愛雖然是一般醫院，卻長期對地方醫療有所貢獻。他們成立安寧病房已有十年，我認識院長，他是個溫厚、值得信賴的醫生。」

「那他會替我看診嗎？」

「不會。安寧病房有專屬的醫生群，您的主治醫師就在其中，是位好醫生。」

「嗯……」小仲挖苦地想：只要是妳身邊的人，怎樣都稱得上「好醫生」吧?!

車子開到武藏村山市後，右轉進入靠山的單線道。開到住宅區盡頭後，眼前映入一棟五層樓的水泥建築物，矗立在四周都是樹叢的小山丘上。

「就是那棟，我們剛好在約定的時間抵達了。」

車子經過正門後，在玄關前停下，吉武先下車借輪椅。小仲因自己還能走路而略感不滿，不過還是乖乖地坐了上去。

稻本匆忙走向初診櫃台，和對方講完話後，一行人直接前往二樓的安寧病房。前往病房前，大家先在護理站聆聽住院說明。穿過大廳時，窗外東側是一片廣大的矮樹林，雖然樹枝因冬天而枯萎，但映入眼簾的卻是從未感受過的美景。

難道這是死亡之眼？

思及至此，小仲內心起了漣漪。不過，坐在輪椅上的他，很快被推向病房了。

小仲的病房是二〇三號室，雖然是四人房，但床與床之間的距離很寬，還有拉簾，讓病人能保有私人的空間。

小仲被移到床上後不久，一位看起來令人猜不透的醫生走了進來。

「小仲先生吧？我是安寧病房主任梅野。」

雖然他自稱安寧病房主任，但看起來年齡不到四十歲，頭髮蓬鬆凌亂，下巴有刮鬍子被刮傷的痕跡。

稻本輕輕地點頭，說道：「您好。」然後用眼神提示小仲要打招呼。

「梅野醫生，我是小仲，我很不好相處喔！請您多關照～」

「啊，好的。」梅野漫不經心地回應後，馬上開始幫小仲看診。

「哪裡覺得痛？」

「現在還好，有時側腹部像被針扎一樣，很痛。」

「這裡嗎？」梅野乾燥的手按壓著病人的腹部，手指巧妙地摸索著小仲乾瘦的皮膚：「如果疼痛加劇，可以用止痛劑，請跟我們講就好。」

「好的。」

「您疼痛的程度如何？如果無法忍耐的痛是十，最輕微是一，分成十等級，大概多少？」

突然被醫生這麼一問，小仲不知該如何回答。面對小仲的啞然，梅野從胸前口袋取出細長的塑膠板，然後畫出幾個表情符號，最左邊的是笑臉，愈向右邊，表情愈是苦澀，最右邊的臉皺著眉頭。

「嗯，以這幅畫來說，大概是第四張臉吧……」

「瞭解，那我們先用中度止痛劑，如果覺得難受，請隨時告知，我們可以換成更強的止痛劑。」

「那是麻醉藥嗎？」

「是的。」

看到小仲的表情陰沉起來，梅野好奇地偏頭詢問：「您討厭麻醉藥嗎？」

「當然囉，我怕上癮，也擔心副作用。」

梅野輕輕聳肩，用說服的口氣說：「安寧病房用的麻醉藥是醫療專用的，您不用擔心。日本社會對這類藥物普遍存有強烈的偏見，但和歐美相比，我們用量極少。與其害怕它，一直強迫自己忍痛反而會消耗體力，這樣對身體更不好。」

「是嗎？所以，不需要太忍耐？」

「是的，這個病房存在的目的就是要減輕痛苦。」

梅野的慈藹說服了小仲，他說話的方式讓人感到一股平靜的溫暖。

信任這個醫生吧！小仲內心暗自做了決定。

60

森川穿著參加喪禮的衣服，和資深主任醫師們一起等候靈車駛出。

內科主任的夫人前天病逝，所以今天在附近的葬儀社舉行喪禮。

她生前罹患卵巢癌，在三鷹醫療中心的婦產科動了手術。雖然有使用抗癌藥治療，但因癌細胞轉移到腦部，只好轉到神經外科病房，繼續住院治療。夫人的癌細胞轉移到腦部時，醫師已說沒有其他的治療方法了，但內科主任執意治療到底。隨轉移的部位變大，夫人的意識也隨之模糊，最後三個月已形同植物人，就在她血壓開始下降前的四天，內科主任突然提議要讓他太太出院，結果回家後第二天就往生了。

內科主任向參加喪禮的人致意時，流著眼淚回顧妻子的抗癌過程：「內人直到最後都沒有放棄希望。她很努力地度過每一天。最後用盡僅剩的力氣，在熟悉的家裡安靜地永眠了……」

森川用微妙的表情聽著，但內心卻無法認同。愛抱怨主任醫師低聲說道：「我們是重點醫院，可是竟然能讓無藥可醫的病人住院這麼久？」

理性派主任醫師諷刺地回說：「因為是內科主任的夫人呀！」

急性子主任醫師接著說：「我們要求一般病人儘早出院，卻讓職員的親人住進來，萬一讓媒體知道可要掀起軒然大波了！」

「就算是貴為內科主任的太太，無法治癒的病一樣沒辦法。」

聽完住院醫師這番話，理性派主任醫師帶著嘆息說道：「當然，疾病不長眼啊！無論是教授或遊民都一樣會生病。」

愛抱怨主任醫師：「希望內科主任能夠諒解，我們已盡了最大的努力了……」

對這件事採取批判立場的森川，終於反駁道：「不只內科主任，我們應該希望每個病人都能諒解吧！既然職員的親人能住院這麼久，一般病人理當也可以。說實在的，一般病人不能住院太久，職員的親人也不可以才對呀！」

愛抱怨主任醫師憂心地看著森川；急性子主任醫師則做出一副「又來了」的表情，搖搖頭。

理性派主任醫師揶揄地說道：「你說得對，森川，你了不起！但你敢對那個陰險的內科主任這麼說嗎？」

愛抱怨主任醫師力挺森川，說道：「森川做得到！」

急性子主任醫師：「你如果真這麼做，會招來怨恨喔，不知不覺就會被捅一刀！」

森川沒回嘴，但坐在一旁、聆聽對話的外科主任嘆了一口氣，低語道：「讓癌末妻子長期住院，已經造成醫院的困擾了，還突然提出要帶她回家的要求，結果整個病房大樓為了他弄得手忙腳亂的。」

森川問道：「是嗎？」

「是呀！他老婆隨時會停止心跳，醫院擔心萬一在移送中斷氣就糟了，所以為她準備了各種急救用器材。」

「內科主任完全不覺得他對別人造成困擾。剛才的致詞，雖然提到他老婆在熟悉的家裡過世。但話說回來，在完全失去意識的情況下，還談什麼住慣了的家？根本毫無意義。」

「內科主任是為了自我安慰，才那樣說的……」

「真不想變成像他那樣。」

資深主任醫師們一一批評著，外科主任凝望著靈堂，以忠告口吻說：「人呀，再怎麼樣有心理準備，碰上了還是會手忙腳亂吧，話別說得太滿！」

三名資深主任醫師噤聲不語了；森川則因心情沉重，垂下了眼簾。

61

住進安寧病房後，小仲雖然感到安心，但仍難接受自己已經沒救了的事實，內心矛盾不已。身體狀況稍好時，他對早該死心的治療還帶著難捨之情，心想：住進安寧病房是不是太早了些？

身體狀況不錯的時候，小仲會到大廳看報紙。安寧病房大樓約有二十名病人，觸目所及幾乎都是高齡病人。小仲心想：和他們相比，自己年輕又有體力，難道不能再挑戰一次治療嗎？

不過，一想起慘痛的副作用，整顆心就消沉了起來。旋即又想：這麼安分什麼都不做，好嗎？多希望能有明確的證據，告訴我入住安寧病房是對的決定，要是沒有，心理折磨和煉獄般的掙扎只會一直持續下去。

小仲雖想和主治醫師梅野商量，但一想到住院的前提是不做積極的治療，要主動求助實在很難。但另一方面，小仲私底下仍抱著微薄希望，他上網找資料，只要電視播放有關癌症治療的節目，即使深夜也會戴著耳機認真觀看。不過，他卻遍尋不到適用的資訊。

星期一下午院長來巡房，護理長和梅野跟在額頭光禿的院長後面，輪流探視病人。

院長問道：「小仲先生，感覺如何？」

小仲對院長制式的問候略感不悅，只點了點頭。

院長似乎察覺到了，立刻改口問道：「有什麼想說或想問的嗎？」

「嗯，有是有的……」小仲瞄著梅野，觀察他的表情，同時向院長提問：

「到底我住進安寧病房是正確的嗎？我想要看到明確的證據。」

「明確的證據？」院長像鸚鵡覆誦了一遍，然後沉默不語。

小仲焦急地說：「若沒有明確證據，那……我是不是太早住進來了？說不定還有治療的可能，卻因此錯過了。」

「原來如此，我瞭解您的意思了。不過，您所說的明確證據，事實上很難找到呢！有人即使住進安寧病房，症狀卻沒有惡化。可以恢復健康的人，不需治療也能自然恢復。相對地，無法康復的人怎麼治療都回天乏術，而且治療反而加速他們死亡。從這個觀點來看，住在安寧病房裡的病人，自然壽命不見得會因此縮短。」

「您的意思是聽天命嗎？換句話說，什麼都不做最好？」

「倒也不是。我們會針對病人的疼痛、痛苦進行治療。」院長溫和地說完後，就轉身前往下一個病床。

那天晚上，小仲經歷了住院後最嚴重的疼痛：側腹的神經彷彿被登山鞋重重地踩了一腳似地異常劇痛。之前只有右側疼痛，但這次兩邊都絞痛得不得了。

「叫梅野醫生過來！」小仲透過呼叫鈴呼喊，時間雖然已是晚上九點多，但走廊立刻響起梅野雜沓的拖鞋聲，他問道：「怎麼啦？」

「我腹側好痛，右邊左邊都痛，你想想辦法！」

梅野拉開小仲的睡衣，用觸診的方式檢查小仲疼痛的部位，小仲焦急地大罵：

「不要再檢查了，趕快替我止痛！」

「不過，不知道是哪個部位的話……」梅野低姿態地回應，但手邊動作並沒有停止。他用手觸摸小仲的側腹，盯著小仲。

「你說什麼啊？這裡是安寧病房，不是嗎？病人感覺得痛，難道不應該立刻止痛？今天院長說的話是騙人的嗎？他不是說你們會減緩病人的痛苦？」

「知道了，我來替你打針，請稍等。」

說完後，梅野走出病房準備打針器具，又再次回到病房。他用酒精棉片消毒小仲的上臂，再幫他施打肌肉針。小仲背對著梅野，拉上棉被閉上眼睛心想：什麼安寧病房嘛?!

「……小仲先生。」

聽到叫有人叫他，小仲反射地轉身一看，不知何時梅野已坐在鐵製折疊椅上。

他心想：看來自己稍稍打了一會兒盹了。

「稍微舒服點了嗎？」

「嗯，舒服些了。」

「好極了。不過，我剛才打的不是止痛針喔！」

「什麼？」小仲訝異得皺眉，梅野則微笑地說明：

「我注射的是鎮靜劑，讓您心情安定下來的藥物。小仲先生的疼痛不是因為癌症的關係。因為你說左邊側腹部也痛，但癌細胞並沒有轉移到左側。」

「那到底是什麼原因？」

「您的心情呀！小仲先生您是在為了什麼事在生氣吧？」

「我的確在生氣，不過那和疼痛有什麼關係？」

「憤怒會讓症狀更惡化，這種情況常發生。只要把話說出來，就會輕鬆了。」

小仲顧及同房的其他病人，低聲地把怨氣全發洩出來：「是的！我被你們這些做醫生的給惹惱了。今天的院長也是，什麼巡房？還不是敷衍了事罷了！完全不考慮病人的心情。我們扎扎實實地在跟死神搏鬥，哭也躲不掉、笑也躲不掉，醫生又瞭解多少？醫生在病人面前，擺出一副高深莫測的樣子，但一踏出醫院，就把病人的事抛到九霄雲外！心裡想著的盡是些好吃的，還有高爾夫球、女人之類的事，日子多快活啊！完全不知道我們病人的心是如何被醫生的一舉一動牽動著；一想到這些，我就怒火中燒！」

小仲的手緊抓著棉被的一角，滔滔不絕地說著。這時，他的腦海突然閃過三鷹醫療中心那個最惡劣的醫生的樣子。心想：那傢伙現在一定輕鬆愉快地不知道在哪裡逍遙；想到這一點，他更加惱怒。

「每個病人都會生氣！做醫生的只會躲在安全的地方，隔岸觀火看著病人死去，你們從沒想過自己也會死掉吧？反正生病了，你們也能治好自己，是吧？」

梅野稍後往退了一步，吃驚地睜圓了眼睛。

等小仲說完後，他一度低頭，然後咬緊嘴唇，搖頭說道：「沒那回事！我常想到自己也會死。因為在安寧病房工作，隨時都有病人死去。」

「不過，死去的都是年紀大的人吧？」

「不，我也曾目送過幾個比我年輕的人。最年輕的是一位二十八歲的女性，她身後留下丈夫和年幼的女兒；我的醫學院同學有一百人，其中已死了五個，兩個是自殺，三個是癌症。」

聽完這番話，小仲頗感意外，他望著梅野問道：「有兩個人自殺？當醫生有什麼好煩惱的？」

「醫生的自殺率是平均值的一點三倍喔！」

「至於癌症過世的同學，他們是因為沒察覺到自己生病了。等到發現時，已經太晚了。兩個是肺癌，另外一個是檢查後發現全身轉移，無法找到原發腫瘤部位。雖然做了細胞檢查，卻查不出原發位置。」

「竟然有這種事？」小仲以為，醫生對自身得的癌症應該會瞭若指掌，但轉而一想，稻本的醫生丈夫也是死於癌症。

「醫學上未知的事非常多。所以，我從不認為自己躲在安全的地方。」

說完，梅野站起來，問道：「話說回來，疼痛感覺好一點了嗎？」

很不可思議地，小仲腹側的疼痛幾乎已消失了。

梅野點了點頭，說道：「如果又覺得痛了，請跟護理師說一聲，我再請他們準備止痛藥。」

62

神色虎視眈眈、飢腸轆轆、禿鷹般的病人，坐在門診椅子上。

他就是四週前，那名經森川努力勸說，卻仍堅持要持續使用抗癌藥物的肝癌末期病人。

「變成現在這個樣子，為什麼還不停止用藥？」

森川這句話不是說給病人聽的，而是陪在他身旁的妻子；但她沉默不語，嘴唇因強烈的情緒顫抖著。森川心想：她應該多次阻擋，但病人不願聽從吧？

此時病人用充滿怨念的眼神直視森川，上氣不接下氣地擠出這幾個字：

「醫生……能不能……換藥？之前的……藥……不行。」

病人已陷入一種偏執狀態了，森川再度低聲地詢問他背後的妻子：「有進食嗎？」

「幾乎沒吃。他勉強喝了之前給的安素[40]，可是一直吐出來。」

安素是一種瓶裝的綜合營養補充品。

聽到病人妻子這麼一說，森川馬上請護理師替病人量體重。

「四十一公斤。」

「咦，變得這麼瘦？」病人發出絕望的聲音。

森川心想：病人原本的體重將近八十公斤，會這麼驚訝，應該是在家裡不敢量吧?!護理師繼續測量他的血壓和脈搏，大事不妙地低聲說道：

「高血壓八六，低血壓四〇，脈搏一〇六。」

森川在心裡驚嘆，身體這麼差，竟還能走到門診！

病人躺上診療台後脫掉衣服，森川看到他浮凸的肋骨和嚴重凹陷的腹部，可想

---

40 安素，學名 Ensure Liquid。

見觸診對他來說應該很痛。森川勉強用手指觸摸時，病人如唸咒語般：

「現在……還不能死、不行。這事……還不能喪志、不行……」

病人變得如此衰弱，並非全因抗癌藥物的副作用，很明顯是癌症惡化了。隨著體力下降，癌細胞蔓延全身。為了奪取病人的性命，癌症已布下天羅地網。

「好了，可以起身嗎？」

森川說完便往後退一步，讓病人妻子和護理師站到自己前面撐起病人，讓他坐在椅子上。病人瘦弱的手腕頑強地放在膝上，他抬起痛苦的臉龐，懇求森川：

「醫生……請換、更……更有效的藥。」

森川不由得扶額，煩惱極了，他心想：到了今天這種地步，還想治療？依照現在的狀況，即使不治療也撐不過一個月；快則兩週，不，這個星期病情就有可能急速惡化。森川告訴自己，不管怎麼樣，都要主動取得這名病人的諒解，至少要做到病人可以接受的告別。

「我再說一遍，癌症這種病，治療有時候反而會減損體力。所以，依照目前的情況，與其換藥，還不如暫停治療。」

「為什麼……會……變成這樣？其他、沒有其他方法了嗎？」

森川以嘆氣替代回答，妻子勉為其難地懇求：「醫生，外子再也撐不下去了。無論如何，請讓他住院吧，外子也希望如此。」

「是的，的確不合適在家療養了。」

「謝謝，太好了。」病人妻子面露欣喜，但森川慌張地糾正說：

「不過，不是在這家醫院，希望你們轉到一般醫院去。」

「為什麼？」妻子痛苦地喊道：「外子信任的是三鷹醫療中心呀！這裡是重點醫院，可以提供最好的治療，他說在這裡才能放心，我們也只想到這裡治療。」

面對病人妻子拚命請求，森川開始坐立難安，心想：自己也很想讓病人住院啊！但就是重點醫院明文規定不能收癌末病人。

「抱歉，這是醫院的規定。婉拒癌症復發的病人是不得已的措施，我們對其他病人也是一視同仁。」

「請看看外子的情況，瘦成這樣，連坐都快坐不住了。醫院的難處我能瞭解，但是拜託可不可以用特例處理？」

「不，可是……」森川拚命地想，該如何說明才好。

此時，垂頭喪氣的病人低頭喃喃自語：「所以……我……」

「不，絕對不允許你們這麼做！」病人抬頭，像絞盡最後力氣似地說：

「難道不是嗎？既然在這裡動了手術，就該負責到底……所以，你們要放棄治不好的病人？眼見沒法治療了，就把病人……像丟垃圾那樣……扔掉嗎？」

「老公，你別說了……」

「囉唆！妳給我閉嘴。今天，我要把話說清楚。這家醫院，只收……可以治好的病人，會死掉的就放任不管，遺棄病人卻……一點感覺也沒有。我好後悔……怎麼會變成這樣，我是哪裡做錯了呀？」

此時，病人發出低沉的嗚咽。因為外面還有許多病人在候診，護理長只好用眼神示意森川制止。

森川再次嘆了口大氣，心想：如果換成是電視劇和漫畫，情節一定不同，可想像接下來上演的將是一齣置規則於不顧的戲碼：醫生勇敢地與高層對抗後，終於讓病人順利住院，並且用盡全力治療，最後圓滿收場。

不過，現實並非如此。森川曾針對內科主任夫人長期住院一事，提出嚴厲的批評。因此，更不能利用特例收不該收的病人。

森川乾咳了一聲以後，改變語氣，對病人說道：「瞭解。那麼，請到醫療聯繫室[41]詢問住院的可能性，我會先跟他們聯絡。」

說完，森川跟護理師交換眼神，催促病人妻子扶起病人。對於自己欺騙的態度，森川內心湧起一股強烈的厭惡感。他的確會聯絡醫療聯繫室，但目的不是為了要讓病人住院，而是要麻煩工作人員幫他說服病人轉院。之所以說出讓病人期待的話，是為了趕快結束對話。畢竟，這齣戲的劇本早已決定，而轉院的醫院就是在醫局會議中，遭資深主任醫師譏諷為「強制收容所」的醫院。除了那些醫院，再也想不到哪家醫院會願意收病入膏肓的病人了。

就算轉院的事情有一個明確的作法，但針對癌末病人，究竟要治療到什麼地步才算完整？期待治療的癌末病人永遠都在，但結果是，每個病人都把寶貴的時間消耗在痛苦的治療上，雖說這可能是人性，但真的沒有其他方法了嗎？

63

「體重四十一公斤。」連穿著衣服都還這麼輕嗎？小仲頓時失神。不過，他住進安寧病房前是四十公斤，現在還稍微胖了一些。

「想要減肥的話，癌末效果最好了。」

「又說這種話了。」

小仲對著護理師貧嘴，一邊走下體重機。

自從那晚之後，小仲可以比較安穩地度過每一天。身體的疼痛沒那麼劇烈，也能稍微進食、不再血尿了。他心想：精神安定終究是好事嗎？

梅野早晚兩次到病房探視，照舊一副邋遢樣，下巴仍有被刮鬍刀割傷的痕跡。

「再不修邊幅下去，我看你永遠都別想交到女朋友了。像我一樣最後孤零零的，沒人送終這樣好嗎？」

「您別再說這種洩氣話了。」梅野認真地揮了揮手，否定了小仲的話。

---

41 醫療聯繫室主要是負責病人入院、轉院和出院等手續。

小仲感覺自己似乎慢慢地遠離對死亡的恐懼了。他心想：難道是身體衰弱到沒有活下去的力氣了嗎？愈是這樣想，內心愈騷動不安。別放棄希望！他斥責自己。雖然如此，內心仍不斷拉鋸，不安感揮之不去；他感覺自己好像站在斷崖邊緣，恐懼感再度襲來。

過了幾天，小仲垂頭喪氣地坐在大廳長椅上，梅野剛好經過便停下腳步，問道：「怎麼啦？」

「沒事。」

梅野沒有因此而走開。小仲心想：這醫生雖然令人猜不透，但他的直覺倒是頗準的。梅野說道：「二月囉。小仲先生來這裡已經兩個禮拜了吧？」他講著無關痛癢的話，坐到小仲旁邊。

小仲像突然想起什麼似的，向梅野問道：「醫生，您為什麼會成為安寧病房的醫生？」

「嗯……或許是很合適我的個性吧?!」

「安寧病房的病人不都是無法治癒嗎？只要是醫生，不都想把病人治好？」

「無法治癒的病人也要需要醫生呀！」

「確實如此。但，這麼想的醫生不多吧？」

「或許吧?!安寧照護是一種從反省角度衍生出來的醫療。醫療向來只重視把病治好，對治不好的病人缺少關懷。」

「原來是這樣。」小仲低頭望著自己的手背，骨頭從乾燥的皮膚上突起，他接著說：「醫生您很了不起。您過的是有意義的人生，相較之下，我……」

聞言，梅野紋風不動，態度沉著。

小仲心想：他是在等我把話說完嗎？這樣一想，想說的話就變多了：「就算住進安寧病房，我還是想活下去。我還有很多想做的事情，無法放下，所以內心很折磨。我一直很努力地活著，可是一事無成就要死了。到底在哪個環節出錯了？要怎麼做才好？」

小仲明知說這些話無濟於事，但他無法控制情緒，繼續說：「生命不能重來，剩下的只有後悔。我很懊惱，才五十二歲生命就要結束，為什麼會這麼悲慘？我的人生究竟怎麼啦？這一切有什麼意義？人生除了悲慘和失敗，還有什麼……」

梅野認真傾聽，努力試圖理解小仲，而小仲卻一直低著頭。

過了一會兒，梅野斟酌字句般，緩緩說道：「我也經常思考自己的人生，究竟是為什麼而活。常想著自己是不是在空轉？或做錯事、多管閒事之類的。雖然偶爾也會做些讓病人開心的事，但從不認為自己的工作有什麼意義——但如果這麼想，就太傲慢了。」

傲慢？小仲深感意外而抬頭，一顆心像被針戳了一下。

梅野繼續說：「安寧病房的病人，每個人都有煩惱。有人懷疑這樣的人生好嗎？也人質疑自己為何而活？為什麼自己非死不可？大部分的病人內心都很混亂，但也有一開始什麼都沒感覺的病人。」

「沒感覺?」

「剛開始,我也覺得不可思議,竟然有這種人存在。但繼而又想,的確有人因為努力活在當下,所以連思考人生意義的時間都沒有。像是那些身心障礙人士,或患有其他疾病的人。」

小仲心想:確實有人很年輕就罹患絕症,也有人一出生就有疾病或身心障礙。還有人被迫面對生命無常、悲歡離合,早早就陷入無解的悲劇人生。

「相對的,也有人苦於追求人生的意義,像我就是。我是在醫院與病人相處後才突然頓悟的:人生的意義究竟是什麼?有沒有意義還不自己說了算?!」

「什麼!」

「啊!抱歉,惹您不高興。我想說的是——就算不思考人生的意義,我們四周不也有很多人活得頂天立地?凡人也有他了不起的地方;應該是說,沒有人的人生是毫無意義的。」

小仲聽到這裡,原本糾結成一團的心緒,似乎找到了線頭。他表情嚴肅地思索,直至目前為止,自己都以為人活著必有其意義。但是反過來說,這麼想,是否等於認定毫無意義的人生就全然沒有價值呢?

但真是這樣嗎?

難道必須做出了不起的事,或對社會有所貢獻,人生才算有意義?這樣的想法，不就在否定一般人、弱勢存在的價值？

多傲慢的想法，簡直是無可救藥的菁英主義啊！原來，我一直在追求自己最厭惡的價值觀?!

小仲回顧自己跌宕起伏的人生，雖失敗、後悔過，但他時時刻刻認真、努力地過生活，警惕自己不要落後於人。所以，這樣的人生是不是就夠了？

靜謐的陽光包覆了整個大廳。

一種「活夠了的感覺」唐突襲來，雖然煩惱還未完全解決，但察覺了自己的愚昧後，小仲的內心好像被解放了。這種釋懷可能只是暫時的，不過，那顆被束縛的心確實鬆開了。

「梅野醫生，看來我煩惱的只是微不足道的事。能和您聊天，真是太好了，謝謝！」

小仲夢遊般回到病房，躺回床上後，盯著天花板，發現恐懼感消失了，心境安穩而平靜。

64

醫院會議即將結束前，外科主任宣布了三位資深主任醫師的新職務。

愛抱怨主任醫師擔任院內性騷擾申訴委員、急性子主任醫師是外科學會的負責人、理性派主任醫師則擔任派遣雇主慶陵大學醫局的外部幹事。對此，三個人都表示不滿，但外科主任不予理睬。因為日前，他才強迫森川接下大家都嫌麻煩的醫學會委員。

資深主任醫師們一面埋怨，一面走出會議室，此時，外科主任叫住森川：

「還有個差事想請森川君負責。」

「什麼差事？」

「JHK電視台要舉辦一個論壇，主題好像是癌症醫療，如何強化醫病關係之類的，我們是重點醫院，所以被要求派醫生出席。」

外科主任從資料夾裡拿出一張傳真通知，上面有「癌症醫療－強化醫病關係」的字眼，他看著傳真，對森川說道：「針對這個主題，你有自己的看法吧?!」

「嗯，還不成熟。」

「沒問題的啦！雖說是論壇，但不用當座談會與談人，只要出席即可，輕鬆應付就行了。」

「是嗎？」

「錄影預定在兩週後的週六下午，記得把時間空下來。」

森川查了一下手機裡的預定行程後，說道：「二月十三號，沒問題。」

「那麼，看你的囉！地點在代代木的JHK電視台。」

森川伸手接下傳真通知，順便在手機內輸入地點和時間。

65

小仲和梅野談完後，很神奇地，竟不再難過了，每天變得輕鬆起來。後悔、焦慮有如微風吹拂砂畫的細砂般消逝；心情宛如脫下厚重棉衣，換上一件貼身暖和的輕薄襯衣般輕快。

小仲只要身體狀況不錯，就會在大廳窗前眺望窗外的景觀。初來時所見東側一片廣大的矮樹林色澤不再鮮豔，已轉成普通的淺褐色，看得到枝頭上小小的花苞，充滿早春氣息。

稻本和吉武曾在二月中旬一同探望小仲。但很不巧，小仲那天的身體不舒服，無法多聊。他因左肋膜積水而呼吸困難，還不停地咳出泡沫般的痰。

梅野用矽膠管幫小仲做了胸腔引流，抽出約三百毫升的積水。之後，雖然呼吸變得較順暢了，但咳嗽與痰依然不減。

因右側腹的疼痛慢慢增強，小仲開始用麻醉止痛貼布。雖然貼布對身體較沒有副作用，但效果不大，因此只好換成皮下注射，將麻醉藥打入體內，用帶著幫浦的注射器朝腹部皮下一點一點地注射嗎啡。嗎啡生效時，小仲感到口乾舌燥，身體也覺得癢癢的，但不知不覺中，疼痛感就消失了；這時又像泡在溫水裡一樣舒服，一下子就墜入夢鄉。

二月最後一個星期五，稻本和吉武再度前來探視小仲。因為有前一次的經驗，稻本在病床前小心地詢問：「小仲先生，今天覺得怎麼樣？」

「那一天之後，梅野醫生就開了利尿劑給我。肋膜積水也幾乎沒有了。可是尿變多了，我嫌麻煩，乾脆裝上了導尿管。」小仲苦笑，指著吊在床旁的尿袋。

「咦，小仲先生以前不是很討厭這個的嗎？」

聽到稻本的玩笑話，跟在她後面的護理長邊笑邊答：「他說只要方便，什麼都可以，很積極地接受了呢！」

「哇，人只要真心想改變，就真能改變呢！」

「真的耶！小仲先生，您看起來比以前平靜多了。」吉武臉上浮現安心的笑容，稻本接著說道：「我也這麼覺得，心境上有什麼變化嗎？」

「沒什麼，大概是我心靈方面有所成長吧?!」

可能是嗎啡生效了，小仲的語氣顯得輕鬆，他轉向護理長，說道：「這裡不舉辦病人交流會之類的活動嗎？」

「有時會喔！像小型音樂會、義賣會之類，不過，身體狀況不好的人比較多，所以……」

「當然啦，畢竟是安寧病房。稻本小姐的海克力士會辦的聚會可好的呢！我以前以為那種活動沒什麼用，後來證明我錯了。雖然我只參加了一次，不過，受到很大的鼓舞。」

「謝謝，就算您說的是客套話，我也很開心。」

「不是客套話喔，是真心話！」

聽到小仲這麼一說，吉武故意使壞地說：「可是，你一開始不是批評我們辦活動是為了自我滿足嗎？還說我們『沉醉在自以為是的善行中』呢！」

「別再提往事了吧！我已經改頭換面了。說真的，多虧各位的照顧！最近，我還發現其他好事想向各位報告。雖然我的病情惡化、身體變得虛弱，但好像不再那麼恐慌了。以前我可是超級怕死的。後來想想，死掉也沒什麼不好。」

「這可是個大發現喔～」

「真的！」稻本和吉武的微笑夾雜著寬慰，亦有一點悲涼。

護理長頗受感動似地喃喃說道：「我真的從這裡的病人身上學到很多事情。大家都很勇敢地面對現實、努力過活。對了，我們來拍張照留念吧！」

護理長拿出一直放在口袋裡的數位相機，要求稻本和吉武分別站在小仲兩旁，幫三人拍了張合照。

此刻，小仲覺得相機的鏡頭似乎在對他微笑。

66

今天是二月二十三日，週六下午一點。

森川來到位於代代木的ＪＨＫ電視台ＧＴ五一〇號攝影棚。導播在入口處將名片遞給他後，森川即被告知席位方向。參加這次論壇的人共有三十位，病人、醫療人員各十五人。座席分成上、中、下三個區域，森川坐在醫療人員那一側的中段。

來賓入席後，導播開始說明注意事項，像是發言前要先舉手、不能在別人發言時插嘴，以及發言時間是三十秒至一分鐘以內等。他說，錄完後還會再重新剪輯，所以即使發言內容有誤或忘了怎麼說等等，都不需要太在意。聽完導播的說明，來賓都露出了放心的笑容。

論壇一開始是座談會，由與談人彼此討論，之後再由來賓發問或表示意見。節目預計在一週後播出，時間是三月二日的晚上七點半。

導播離開後，接著出現的是論壇主持人。他笑著和來賓打招呼，然後開始簡單的預演。「就這樣，很好，各位都好棒喔！」主持人親切地說。

森川環顧了一下四周，心想：既然來賓這麼多，就算他不發言也沒關係，因此心情頓時輕鬆了起來。

「座談會的對談專家，請進場！」

女助理說完，四位對談專家一一入座，其中有癌症醫療中心的主任、女性評論家、護理師協會理事和臨床心理學的大學教授。等女助理檢查完台上的燈光、所有工作人員就定位後，導播大喊：「開始！」

主持人宣布論壇開始後，接著介紹座談會的對談專家。然後，專家開始從各自的立場出發，解說癌症醫療的現況。

接下來是座談會的討論階段。但森川發現台上的談話內容，跟醫療現場有所出入，專家們講的都是理論、理想，說的不外乎是醫師應該對病人更有同理心、即使癌末也該活得很有尊嚴之類的場面話。事實上，醫療現場更加悲慘混亂，難以馬上理出頭緒。森川愈是這樣想，愈感到癌症醫療的困境，好像被逼到無解的死巷中。

與談人結束討論後，主持人轉向來賓席詢問：「接下想，請聽聽現場來賓的意見。」

參加者中有五、六個人舉手，主持人點了一個三十多歲纖瘦的女性。

「兩年前，我被診斷出肺癌。到現在，我還是忘不了那個醫生的話。我因為咳嗽和喉嚨裡有痰就醫，結果醫生看了X光片後突然對我說，八、九成是癌症。我一點心理準備都沒有，只覺眼前一片漆黑。」

女性突如其來的激烈發言，讓現場騷動起來。接著，現場針對告知病人癌症的方法短暫討論，結束後，年輕的放射線醫師舉手發言：

「在日本，病人做檢查或健檢時，動不動就被叫去照X光，這是癌症案例增加的原因。我認為，發出指示的醫生應該更謹言慎行才行。」說完，現場又騷動了起來。結果，癌症醫療中心主任只好出面緩頰：「照X光的確有致癌風險，但不做X光檢查就無法下診斷，所以真的很兩難。」

森川覺得自己也應該舉手發言，但一時想不出該說些什麼好。

接著，現場一名中年婦女提到照顧癌末丈夫的經驗，她說道：「當醫生告知已沒有治療方法時，衝擊真的很大……」

聽到這裡，森川的記憶頓時甦醒了。他想起那位說完「這等於是叫我去死」後，奔出診間那個胃癌病人。病人緊張的臉、自己因不解而理直氣壯地反駁的樣子，就像是倒敘鏡頭般掠過眼前。

在那種關鍵時刻，自己身為醫師該怎麼說才適當？面對同樣束手無策的肝癌病人，森川第二次清楚表明沒有治療方法，還配合病人要求開抗癌藥，結果，病人最後只能在爛醫院度過餘生。

中年女性的話一說完，主持人做了結語：「這真是一個難題。最近，大家開始重視『知情同意』，也就是說，在醫療現場，醫生要先跟病人詳細說明，再取得其同意，但……」

森川認為，「知情同意」這四個字看起來冠冕堂皇，卻暗藏著欺騙。於是，他以自己都想不到的氣魄舉手發言。

「好的。三鷹醫療中心的外科醫師森川先生，請發言。」

被主持人點了名之後，森川壓抑著激動的心情，做了深呼吸。

67

小仲每天接受皮下注射嗎啡，因此持續處在意識朦朧、醒醒睡睡的狀態。他的體重已跌破四十公斤，手腕細到可用大拇指和食指環握。儘管如此，他仍會戴耳機，聆聽收錄在電腦裡的音樂。

三月二日星期六這一天，他從早上開始就迷迷糊糊的，到了傍晚才睜眼。雖然注射嗎啡後的朦朧感一直都有，但身體狀況還不差。星期六值班的護理長下班前，特地前來探視：「小仲先生，終於醒啦，要不要吃晚餐？」

「喔，來一顆溫泉蛋吧。」

護理長從冰箱取出溫泉蛋，放在小盤子裡，切成一半。

「謝謝，放那裡吧，我等一下再吃。」

「冰冰的比較好吃喔！」

護理長正要走出病房時，想起什麼似的，停下腳步說道：

「喔，對了，今晚七點半，電視會播放癌症醫療的節目，好像也會介紹一些病人的活動。」

「海克力士會不知道會不會出現？」

「這就不知道了。」

小仲戴著耳機聽音樂、打盹。大概過了一小時，他坐起來把溫泉蛋吃掉，嚐到蛋黃香濃的味道。

此時腹側的疼痛不再，呼吸也比較順暢了。等小仲回神，時間已超過八點，他心想：剛才護理長說的節目不知進行到哪裡了？他隨手把耳機插入電視，轉開頻道收聽。

電視上出現四名與談人正在討論的畫面，小仲平靜地看著螢幕。現場座席分成三區，病人和醫療人員兩側都有人坐著。鏡頭一轉，畫面上出現一個意想不到的臉孔。

怎麼會……？

小仲用單隻手肘撐住身體，坐起來，盯著電視。

難道認錯人了？

他很想確認，但鏡頭一直在拍與談人，就是不轉到來賓席。等到討論告一段落後，主持人終於請參加者表達意見了。

第一位發言的是突然被告知罹患肺癌的年輕女性。醫療人員那側的中段席位，出現了的那張臉，小仲心想沒錯，就是三鷹醫療中心那名最惡劣的醫生！

因為嗎啡作祟的關係，小仲的心揪到透不過氣，但他無法壓抑內心深處的波濤，著魔似地死盯著電視。

不久，中年女性開始叨絮照顧癌末丈夫的過程：「最後，當醫生告知已沒有治療的方法時，衝擊真的很大……」

這名女士跟我的遭遇一模一樣。小仲的表情頓時變得氣憤，在三鷹醫療中心的診間，那個醫生說的話再次浮現腦海，他心想：那充滿惡意的宣告可讓我吃盡了苦頭。

小仲湧起激烈的憤怒。和梅野談過以後，小仲以為自己走出來了。但顯然，還是沒有完全放下，他想壓抑情緒，卻很徒勞，似乎又恢復以前那個自己；那個在黑暗煉獄中掙扎、痛苦滾翻的小仲又再度降臨。

電視上這位女士的發言結束後，主持人以沉重的聲音做了回應，就在那時，那個醫師舉起手。主持人點到他之後，他用壓抑的聲音開始說道：

「去年，我曾告訴一位無法再繼續治療的胃癌病人說：『他已沒有治療的餘地了。』我當時判斷，與其繼續治療，不如什麼都不做，或許還能活得更久。那位病人五十二歲，體力還不錯。所以，我建議他，如果還有想做的事，趕快去完成比較好。我看過許多癌末病人因為治療帶來的副作用，無法如願完成夢想，白白浪費了寶貴的時間，最後抱著遺憾過世。所以，我才對那位病人說：『我不希望他浪費時間，由衷希望他趁著還有體力時，趕快去做想做的事，有意義地度過剩餘的時間。』但是，那位病人衝著我說，沒有治療方法就等於要他去死……我受到很大的衝擊，一直忘不了那個病人，到底我該怎麼說才好？這件事到現在都還困擾著我。」

耳機傳來似曾相識、醫師的聲音，小仲無法置信地緊貼著耳機。他心想：這醫生，竟然沒有忘記我？還記得我說的話？原以為他早把那天的事忘得一乾二淨，快樂過日子了，但他竟然為了我的事，煩惱到現在？

主持人驚訝地問醫師：「您說這些話，當然是是為了病人好。不過，沒有治療方法、已經沒救了這種話，病人聽起來就是很絕望，是不是能想辦法繼續治療呢？」

「癌症的治療伴隨著副作用。因此什麼都不做，反而有可能延長生命。如果漠視這一點，繼續進行治療，我認為身為醫生，是不夠誠實的。」

「森川先生出於好意才說的話，聽在病人耳裡卻完全不是這麼一回事。換句話說，雙方的想法有落差。」

主持人說完，醫師試圖隱藏怒氣：「雙方的想法確實有差距。大家都以為，沒生病的醫生怎能瞭解病人真正的心情？可是，我們很努力想要理解，但大家知道嗎？悲傷、恐怖、不安、痛苦，每位病人的情緒不一，我們做醫生的當然無法理解病人每一種情緒。事實上明明有這樣理解上的落差，卻擺出一副『我很懂』的樣子，那才是欺騙！」

面對意想不到的反駁，主持人顯得難以招架，只好狼狽地隨口應聲：「這的確是很難解的問題」，然後把話題帶過。

小仲心想：醫生似乎忘了自己還在電視鏡頭前，所以才用這麼激烈的語氣反駁。主持人雖轉頭點了下一個發言者，森川卻意猶未盡地，用嚴厲的眼神盯著主持人看。他的側臉，浮現出不曾有的苦惱，這與自己以前看到的那位年輕醫生不同，有種說不出的改變。

這次論壇雖然觸及許多話題，但沒有出現任何結論，就這樣結束了。主持人一如往常做了總結，但小仲幾乎沒聽進去，他的視線停留在那位醫生身上；直到最後，醫生那緊握的拳頭都擺在膝蓋，表情顯得抑鬱。

68

瑤子在家看完電視節目後，揶揄地說道：「阿良，你還真的生氣了呢。不過，你能說出真心話，很棒喔！」

「是嗎？我原來不是想那樣說的。」森川回想自己在攝影棚表現得如此激動，感到焦躁又害臊。

瑤子想起之前兩人的對話：「你說的那位胃癌病人，就是那個怒氣沖沖地衝出診間的人吧？你一直都惦記著他呢！」

「嗯。」

「現在，不知道他在做什麼？」

「那是去年十月的事情了。他當時只剩下三個月的生命，也許已不在人世。」

「查查看不就知道了？」

「我知道啊，但就算知道了也很困擾。就算還活著，也不能改變什麼，他的病是好不了的啊……」

瑤子揚眉，手拄著臉頰說：「如果那位病人看到今天的電視節目，不知道會怎麼想？」

「唉，他是個很難纏的人，說不定還在生我的氣呢！」

「也許吧。」瑤子托著臉頰笑道。森川的視線上移，帶點回心轉意的心情低語：

「不過，真有點想知道他的消息呢……」

69

今天是星期一的早晨，新的一週即將展開。

病房洋溢著早春氣息。小仲躺在靠窗的病床上，努力地坐起，感受直洩而下的陽光。

他把右手伸向和煦的日光，皮膚輝映銀色色澤。他的手變得細瘦而單薄，布滿細紋和浮凸的血管。他感嘆：眼前這幅景象真是美極了，眼前這雙手曾撫摸、緊握、接受過世間許多人事物；不過，我的人生已快走到盡頭。

小仲凝視著自己的手，不禁流下眼淚。但是，他流的並非全是悲傷的淚水，或許有些感傷，但大多是對自己的出世、生命，還有瀕臨死亡的感慨，是一種難以訴諸文字的慨歎。

自己離開這個世界以後，現實的一切依然不變。從宇宙的角度來看，人的一生，不過轉瞬即逝。自己縱使離去，這世界完全不受影響。但是，對個人而言，卻是就此一無所有；生命既微小又偉大，究竟是為什麼？

小仲望著床邊的桌子，他在海克力士聖誕派對收到的相框，裝著他與稻本、吉武的三人合照，小仲心想：能認識她們真好，後來會結識梅野也因為她倆的關係。相框旁插著一大束花，那是妹妹一家前來探望時插上的。

入院後，等小仲的精神狀態較為穩定時，稻本再度力勸他和妹妹聯絡。這一次，小仲終於答應了。妹妹一家人很快就來探視小仲。妹妹對於與他疏遠一事哭得很傷心，也向他道了歉。妹妹兩個兒子都進了想進的大學，她低頭承認，現在終於懂小仲當初提點的一些事情了。不過此時，小仲已心無芥蒂，沒有反駁，只是微笑。

如同梅野所說，人生沒有白走的路。小仲沉浸在注射嗎啡後的朦朧狀態，緩緩地向自己點頭表示贊同。

護理長走進病房時，小仲的臉頰還有點潤濕，但是表情很安穩。

「小仲先生，有話要跟您說。」

「什麼事？」

護理長似乎下了決心，帶著深刻的同情說道：「我跟梅野醫生商量過了。考慮到接下來治療的需要，我們想把您轉到個人病房，您願意嗎？」

她話裡的含意已十分清楚，同病房的病人轉到個人房後，大約過了十天就過世了。小仲早已有心理準備。

「知道，萬事拜託了。」小仲以不曾有過的禮貌語氣說道。

「那麼，我請護理師開始準備幫您換病房。」

「在那之前，可不可以請教一件事？請問轉到個人房的時間點，大家都一樣嗎？」

護理長緊抿著嘴唇，用難過的表情望著小仲說：「每個人的狀況都不一樣，小仲先生您的時間稍微延遲了些。」

「……喔。」小仲發出嘆息式的鼻息。他望向天花板，發現光線柔和，還有細微的粒子飛舞著。

「護理長……換病房的事可以緩一下嗎？我想打一通電話……」

「沒問題，等一下請護理師過來幫您。」

護理長走出病房後，小仲從包包裡取出手機，撥了通訊錄的號碼。響了幾聲後，對方應聲接起。

小仲說道：「啊……吉武小姐嗎？是小仲……沒問題，謝謝……想請妳幫忙一件事，不用急，在我上天國以前就可以了……麻煩妳了，可以替我買一卷錄音帶嗎？」

70

森川在醫局信箱發現一個塞著泡墊的黃色信封。

寄信人是「NPO法人海克力士會　吉武千尋」。他印象中沒見過這個名字，郵局戳印寄送日期是前天，三月十日。

森川原以為是要求樂捐的廣告郵件，但信封裡似乎裝有塑膠製品。他打開來一看，發現是一封信和錄音帶。

信的內容令人感到十分意外。

後記

把信寄到醫師手裡的是一位義務照顧病人的護理師。

信裡寫道：

XX先生直到最後，仍沒有放棄治療。他到設有腫瘤內科的醫院求診，也去了免疫細胞療法的診所；結果都沒有效。今年過完年後，他的身體狀況每況愈下。一月底，他住進安寧病房，三月九日下午兩點十分長眠了。他去世前，意識還很清楚。最後向妹妹、安寧病房的醫生、護理師們禮貌地致意後，安靜地往生了。

信封裡的錄音帶收錄了病人留給醫師最後的遺言。病人去世前七天，因為偶然看到醫師上了電視節目，所以想讓醫生知道自己的想法。

病人竟然看到了那個電視節目，醫師為此驚訝不已。他很意外，病人當時還活著，而且自己上節目不經意提到的當事人，竟然聽到了那段話……這一切的巧合都讓他覺得並非偶然。

錄音帶的內容好像是病人過世前四天錄的。病人的話不好懂，那是因為使用高劑量嗎啡後，意識混沌仍努力要把意念傳遞出來之故。

醫師在醫局辦公室裡讀完信後，把錄音帶拿回家播放，剛開始是一個人聽，後來又找來妻子一起聆聽。

錄音帶裡，收錄了病人這些話：

「……醫生，好久不見。您還記得嗎？我……偶然看到醫生您上電視……嚇了一跳。竟然這麼巧……所以，想……告訴您我最後的心情。用錄音的方式，是因為……已經沒有寫字的……力氣了。

醫生……我一直以為您……早把我忘了。所以……當我在電視上知道您一直為我的事煩惱時，我吃了一驚……如果沒看到那個電視節目，一直到死以前，我都會把醫生當做是最惡劣的醫生……」

病人的聲音高亢，數度中斷。在他沉默時，聽得出來他呼吸很痛苦。身體虛弱成這樣，他仍想傳達什麼訊息？

「醫生……我得了癌症很難受……為什麼是我？……復發後，我拚命地忍受副作用，非常努力地：拚了老命想治好。所以，當醫生您說出我已沒救了的時候，我非常生氣……希望您能瞭解我的心情。

我……即將死去，我知道。

最後……想告訴醫生的是，希望你們不要拋棄病人……突然面對死亡，是令人不開心的。即使只有一點點，還是希望你們能瞭解病人的悲傷、恐懼。

希望不要以為碰到這種事是……理所當然的。

希望別切斷我們的希望。

因為，希望，是病人的一種心理準備。」

病人的聲音變得斷斷續續，像是一字字絞擰出來似地。

這位臨終病人所面對肉體上的痛苦，醫師非常清楚。那種拚命的心情，滲透在不停中斷的聲音中。聽著病人忍著呼吸的痛苦，死命地傳達自己想法，醫師忍不住屏息。

「……病人的希望不只是把病治好而已，醫生不離不棄、守候在我們身邊也是一種鼓勵。這樣我們才能拿出勇氣……赴死的勇氣。

任何事都是一體兩面。希望你們不要只從醫生的立場……看事情。

即使是縮短生命的治療……也有它好的一面。盡量做……也就是說盡力而為。」

病人的語調紊亂，像酒醉，又像孩子般囈語，令人心驚。病人衰弱到連開口都很辛苦，動舌也費力；但儘管如此，病人仍掙扎說出最後一段話。

「所以，我……不認為……浪費了時間。

我這麼做……至少是如願地……走完自己的人生。

……醫生，還記得嗎？

要有意義地利用……時間，

……如你所說，我有意義地度過了。

所以……謝謝！」

病人最後彷彿使盡全身力氣，吐出沉重的嘆息。無聲的錄音帶空轉了一會兒後，終於停止播放。

醫師重複地聽了幾次；病人的話，字字在心中迴盪。

醫師一直認為自己不合適做外科醫師，感嘆這是一份讓人厭憎的工作。

或許如此真的不適合；但在理解病人的心情後，他的想法已經改變。即使無法成為好醫生，但至少不要成為最惡劣的醫生，為此，他必須不斷向前邁進。

因為那是自己唯一做得到的事。

參考文獻

- ＮＨＫ專題「徬徨無依的癌症病人」（二〇〇八年十二月一日）
- 讀賣新聞「醫療文藝復興・抗癌藥物療法專門醫生」（二〇一一年九月二十三日～三十日）
- 部落格「皮革胃　只剩三個月可活」：hiroina123.blog70.fc2.com/
- 癌症支援資訊中心「復發胃癌的TS－I隔日療法」：gansupport.jp/article/cancer/stomach/2924.html

醫學人文　20

惡醫

悪医

作　　者／久坂部 羊
譯　　者／姚巧梅、劉碩雅
封面設計／江孟達工作室
責任編輯／李奕昀
內文編排／中原造像股份有限公司—魯帆育

國家圖書館出版品預行編目（CIP）資料

惡醫／久坂部 羊著；姚巧梅、劉碩雅譯 . -- 第一版 .
-- 臺北市：天下生活，2018.05
320 面；14.8*21 公分 . --（醫學人文；20）
譯自：悪医

ISBN 978-986-95993-2-0（平裝）

861.57　　107001731

發 行 人／殷允芃
康健雜誌社長／李瑟
總 經 理／梁曉華
總 編 輯／張曉卉
出 版 者／天下生活出版股份有限公司
地　　址／台北市 104 南京東路二段 139 號 11 樓
讀者服務／（02）2662-0332　傳　　真／（02）2662-6048
劃撥帳號／ 19239621 天下生活出版股份有限公司
法律顧問／台英國際商務法律事務所・羅明通律師
總 經 銷／大和圖書有限公司　電　　話／（02）8990-2588
出版日期／ 2018 年 5 月第一版第一次印行
　　　　　2018 年 10 月第一版第三次印行
定　　價／ 380 元

ISBN：978-986-95993-2-0（平裝）
書號：BHHL0020P

天下雜誌網路書店 www.cwbook.com.tw
康健雜誌官網 www.commonhealth.com.tw
康健雜誌出版臉書 www.facebook.com/chbooks.tw

康健雜誌
天下雜誌